Hertha Sturm

Der gestreßte Zuschauer

Folgerungen für eine rezipientenorientierte Dramaturgie

Herausgegeben von
Marianne Grewe-Partsch und
Christian Doelker
unter Mitarbeit von
Ingrid Vetter

Klett-Cotta

Klett-Cotta

Printed in Germany
Schutzumschlag: heffedesign, Rodgau
Gesetzt aus der 10 Punkt Palatino von
Typomedia Satztechnik GmbH, Ostfildern
Auf säure- und holzfreiem Werkdruckpapier gedruckt
und gebunden von Gutmann + Co., Talheim
ISBN 3-608-91929-5

Die Deutsche Bibliothek – CIP Einheitsaufnahme
Ein Titeldatensatz für diese Publikation ist
bei der Deutschen Bibliothek erhältlich

Inhalt

Vorwort

„Der gestreßte Zuschauer. Folgerungen für eine rezipientenorientierte Dramaturgie" – Bei diesem Titel stellt sich unwillkürlich die Frage, warum das Fernsehen für den Zuschauer eine Streßsituation darstellt. Offenbar handelt es sich nicht um Themen und Inhalte. Zu ihnen hat der Zuschauer bestimmte Voreinstellungen. Zudem: Themen und Inhalte wechseln, sie sind keineswegs dem Fernsehen vorbehalten. Medienspezifisch hingegen sind – so hat es die Medienpsychologin Hertha Sturm mehrfach ausgeführt – die Darbietungsformen des Fernsehens. Sie sind es, die mit jeder Art von Beitrag verbunden sind. Mit ihnen ist der Zuschauer unausweichlich konfrontiert und ihnen gegenüber hat er keine oder nur wenige Erfahrungsschutzräume. In mehrfacher Hinsicht wird der Zuschauer gestreßt: durch das „Wie der Präsentation", durch die vielfältigen Verkürzungen, Bild- und Wortüberlastungen und die unvorhersehbaren plötzlichen Standort-, Situations-, Personen- und Szenenwechsel.

Vom „Wie der Präsentation" ist auch die Vermittlung von Wissen und Kenntnissen abhängig. Man kann Einfachbezüge nacheinander anbieten, konkret kommt eins zum anderen. Die Darbietung kann aber auch zerstückelt sein, durch Schnitte, Um- oder Überblendungen, es kann sich um konkrete Bilder zu abstrakten Texten handeln, um Nichtübereinstimmungen von Wort und Bild. Daher hat es der Fernsehrezipient ohnedies meist mit verschiedenen Dekodierungsanforderungen zu tun, denn er ist nicht nur Zuschauer, sondern zugleich auch Hörer wie gelegentlich Leser. Es werden von ihm also intellektuelle Schnellanpassungen erwartet, es ist aber auch mit intellektuellen Verzögerungen zu rechnen.

Zum zweiten haben mehrere Untersuchungen von Hertha Sturm ergeben, daß Fernsehen in erster Linie auf die Gefühle wirkt, darüber hinaus können noch härtere Wirkungen ausgelöst werden, die beim Zuschauer eine Streßsituation hervorrufen.

Von diesen beiden erwiesenen Fernsehwirkungen aus stellte sich für Hertha Sturm die Frage: Wie kann das Fernsehen für den Zuschauer freundlicher gestaltet werden? Diese Frage richtet sich in erster Linie an die Praxis der elektronischen Medien, führt aber weiter zu Medienforschung und Medienpsychologie.

Mit dieser Publikation liegt eine Neubearbeitung des im Verlag Bertelsmann-Stiftung erschienenen Buches „Fernsehdiktate: die Veränderung von Gedanken und Gefühlen" vor. Es war Hertha Sturm nicht mehr vergönnt, die Überarbeitung und Weiterentwicklung der geplanten Veröffentlichung zu Ende zu führen, da sie am 14. Mai 1998 gestorben ist. Sie hat Marianne Grewe-Partsch gebeten, die Veröffentlichung zu übernehmen, die in Zusammenarbeit mit Christian Doelker hiermit herausgegeben wird.

Die in den „Fernsehdiktaten" enthaltene Studie „Darbietungstempo und Persönlichkeitsmerkmale – eine Untersuchung zum Konzept von Extraversion und Introversion" hat Hertha Sturm nicht in die neue Bearbeitung aufnehmen wollen, da seinerzeit auf die ursprünglich vorgesehenen physiologischen Messungen der Versuchspersonen verzichtet werden mußte.

Die letzte Veröffentlichung von Hertha Sturm war ein Beitrag zum von Arnulf Kutsch und Horst Pöttker herausgegebenen Sammelband „Kommunikationswissenschaft – autobiographisch. Zur Entwicklung einer Wissenschaft in Deutschland". Sie gab ihm den Titel „Auf der Suche nach dominanten Wirkungspotentialen bei Medien und Rezipienten"[1]. Für die vorliegende Veröffentlichung haben wir den Abschnitt entnommen, der bis zum Anfang ihrer Lehrtätigkeit an der Universität Freiburg im Jahr 1968 führt.

An dieser Stelle ist ein Wort des Dankes zu richten: in erster Linie an Ingrid Vetter für ihre kompetente und einfühlsame redaktionelle Arbeit, an Christoph Hoelscher für die sorgfältige Gestaltung und Überarbeitung der Grafiken und last but not least an Johannes Czaja, Klett-Cotta, für die umfassende verlegerische Betreuung.

Marianne Grewe-Partsch
Ehrenkirchen

Christian Doelker
Zürich

[1] Westdeutscher Verlag GmbH, Opladen 1997.

Christian Doelker

Nachhaltigkeit in Forschung und Lehre

Die in ihren Vorträgen und Vorlesungen so eindringlich und eindrücklich erlebte Stimme Hertha Sturms klingt für jeden Leser, der sie persönlich gekannt hat, in ihren geschriebenen Texten nach. So fühlt man sich auch bei der Lektüre dieses Buches von der Autorin direkt angesprochen.

Hertha Sturms Interesse galt nie einseitig einem isolierten Untersuchungsgegenstand, sondern insbesondere auch dem involvierten Menschen, dem Verhältnis von Mensch und Medium, von Rezipient und Kommunikator. Sie wandte sich nicht einzelnen Medienkonstituenten zu wie Bild oder Ton, sondern deren Wechselwirkungen, dem Wechselspiel von visuellem und verbalem Informationsstrang. So ergaben sich aus originären und originellen Forschungsentwürfen immer wieder überraschende Befunde und Einsichten.

Relativierung landläufiger Meinungen

Einer dieser bekannten Befunde: In den mediengläubigen siebziger Jahren, als man in guter bildungspolitischer Absicht immer wieder geltend machte, daß audiovisuelles Lernen wirksamer sei als die Wissensvermittlung über verbale Darbietungen, wies Hertha Sturm in einer berühmt gewordenen Studie nach, daß via Radio und Fernsehen vermitteltes Wissen ebenfalls rasch wieder vergessen wird.

Eine andere frappierende Erkenntnis: Dem Hörmedium wurde analog zum Lesemedium stets der Vorzug gegenüber dem Bildmedium nachgesagt; es ermögliche ein aktives Rezipieren, wogegen Fernsehen einem passiven Vollaufenlassen mit Bildern gleichkäme. Demgegenüber konnte Hertha Sturm eindeutig aufzeigen, daß auch beim Fernsehen eine innere Aktivität in Form von Verbalisierungen und Kategorisierungen stattfindet. Innerlich produziert der Fernsehzuschauer ständig eigene Texte zu den dargebotenen Bildern, eine Art inneren verbalen Kommentars.

Allerdings erfolgt solches aktives Rezipieren nur unter bestimmten Voraussetzungen, die Hertha Sturm ebenfalls formuliert hat: Es müssen zwischen den einzelnen Einstellungen jeweils genügend „Halbsekunden" zur Verfügung stehen. Bei zu hektischen Abläufen der Fernsehdarbietung, also raschen Bildfolgen und Schnitten, wie sie heute üblich sind, fällt der Rezipient in eine lähmende Untätigkeit und Apathie zurück.

Verstehensbarrieren und Gefühlsfallen

Hier nun liegt einer der wichtigen zentralen Befunde, der von der Forscherin beschrieben und in vielfältiger Weise und von verschiedenen Richtungen her immer bestätigt worden ist: die aus dem Fernsehen resultierende Lernbehinderung. Außer der Hektik der televisuellen Darbietung führt auch die Diskrepanz zwischen Bild und Wort zu ähnlichen Behinderungen im Verstehensprozeß. Wenn das Bild nämlich nicht als Stütze des gesprochenen Wortes eingesetzt wird, sondern sich sozusagen als visueller Strang verselbständigt und neben der Wortaussage eine eigenständige Bildaussage fährt, ist der Fernsehzuschauer zwischen Bild und Wort hin- und hergerissen, oder noch einschneidender: Seine Aufmerksamkeit wird ausschließlich vom Bild beansprucht und damit vom Worttext abgezogen. Dies führt oft zu gravierenden Befunden wie Teilverstehen, Scheinverstehen, Mißverstehen. Der Wechsel von Konkret und Abstrakt führt dann auch häufig zu Überforderungen der Zuschauer.

Ein weiterer Forschungsbefund betrifft die Emotionalität der Medien, insbesondere des Fernsehens. Gefühlseindrücke, welche Sendungen hinterlassen, bleiben stabil. Man erinnert sich also verläßlich an den emotionalen Eindruck einer Darbietung, auch wenn man den Inhalt längst vergessen hat. In den letzten Untersuchungen verdeutlichten sich die Aspekte, die vor allem mit negativen Gefühlseindrücken verbunden sind. Jahre bevor Politikverdrossenheit – das Unwort des Jahres 1991 – ein öffentliches Thema war, wies Hertha Sturm auf die permanent negative Einschätzungen politischer Akteure durch die Zuschauer hin.

Telekratie bedrängt Demokratie

Im Falle der Politikdarstellung ist leicht nachvollziehbar, daß allein schon die Verstehensillusion beim Fernsehen ein Problem für das Funktionieren der Demokratie darstellt, weil das komplexe gesellschaftliche Geschehen heute angemessen informierte Bürgerinnen und Bürger voraussetzt. Auch daß Informationen rasch wieder vergessen werden, emotionale Befindlichkeiten aber bestehen bleiben, führt letztlich dazu, daß nur der gefühlsmäßige Eindruck von Politikern auf dem Bildschirm zählt. Das heißt unter anderem: Ein klug argumentierender Politiker wird vergessen oder gar als negativ erinnert. Umgekehrt kann ein populistischer Angeber vorteilhaft im Gedächtnis bleiben und schließlich gewählt werden. So droht eine Telekratie die Demokratie allmählich zu verdrängen.

Wichtige Schlußfolgerungen aus den Forschungen Hertha Sturms, deren Relevanz weit über die Fachwissenschaft hinausreicht, sind auch für die Erziehung abzuleiten als Gegensteuer zu herrschenden Prozessen und Erscheinungen: Anleitungen, um äußere Abhängigkeiten, eben z. B. von Medienreizen, durch eigene Initiativen und Aktivitäten zu überwinden und zu positiven und verläßlichen Gefühlsbindungen zu finden.

Schließlich sind die Forschungsergebnisse von Hertha Sturm auch für die Macher selbst von großer Bedeutung, indem sie als Anhaltspunkte für die von ihr immer wieder angesprochene und geforderte zuschauerfreundliche Dramaturgie dienen sollen. Diese sah sie zunehmend in Gefahr. Mit berechtigter Sorge betrachtete sie die Entwicklung der Fernsehangebote, welche zum großen Teil ihren eigenen Vorstellungen und Ansprüchen zuwiderlaufen. An der Kommerzialisierung – auch der Selbstkommerzialisierung der öffentlichen Veranstalter – ärgerte sie die damit verbundene Nivellierung und Zuschauerverachtung.

„Der gestreßte Zuschauer" als Nachlaß

Es möge nicht vermessen sein, aus den Forschungsschwerpunkten der Medienpsychologin Hertha Sturm auf den Menschen Hertha Sturm zurückzuschließen. Sie, der an einer klaren Wissensvermittlung gelegen war, achtete selber in ihren Vorlesungen, Seminaren, Vorträgen auf eine präzise und originäre Diktion, auf eine zuhörerfreundliche Dramaturgie. Sie schrieb nicht von leichter Hand und wägte jedes Wort ab. Mit dieser harten Anforderung an sich selbst ging Hertha Sturm auch an die Überarbeitung ihres letzten Buches, „Der gestreßte Zuschauer – Folgerungen für eine rezipientenorientierte Dramaturgie". Ihre einzige Sorge, als gesundheitliche Probleme einsetzten, blieb die Fertigstellung dieser wichtigen Publikation. Es war ihr vergönnt, die Manuskriptfassung noch so weit zu vollenden, daß nun dieses Buch in definitiver Form vorliegen kann.

Hertha Sturm

Statt einer Einführung: Von der Medienpraxis zur Medienforschung [2)]

Im Januar 1945 wurde ich zwanzig Jahre alt, im März bestand ich das Diplomexamen in Psychologie (unter Anrechnung eines Gastsemesters), im April zogen amerikanische Truppen in Erlangen ein.

Den Zeitpunkt des Kriegsendes hatte ich ziemlich richtig eingeschätzt – und daher Psychologie und Jura studiert, die Fächer mit der damals kürzesten Studienzeit (sonst hätte ich wohl geschwankt, zwischen Medizin, Musik oder Maschinenbau). Ich nahm an, daß die Universitäten lange Jahre, vielleicht Jahrzehnte, geschlossen sein würden (hier täuschte ich mich).

An wissenschaftliches Weiterarbeiten wagte ich also in diesem Frühjahr 1945 nicht zu denken. Da besann ich mich auf einen Entschluß, den ich ein paar Jahre zuvor gefaßt hatte: Sobald ich etwas freie Zeit haben sollte, wollte ich mich daransetzen und Notierungen aufarbeiten und ausfüllen zu Begebenheiten und Begegnungen während der Jahre der NS-Herrschaft und des Krieges. Diese Notizen standen in einem dicken schwarzen Heft, ich hatte es stets im Gepäck. Mir war klar, daß diese Aufzeichnungen nur sehr subjektiv sein könnten – es waren Notizen aus der Froschperspektive, bezogen auf konkrete Orte und konkrete Tage, doch gerade das erschien mir wichtig mit Blick darauf (wie es eine Schulfreundin formuliert hatte): „Was wir hier und jetzt erleben, das wird später kaum jemand glauben noch wissen wollen".

Ich sah die alten Notizen durch. Sie zeigten die Hitlerzeit in vielfältigen Variationen und keineswegs als einen monolithischen

---

2 In: Kutsch, A. & H. Pöttker (Hg.). Kommunikationswissenschaft autobiographisch. Zur Entwicklung einer Wissenschaft in Deutschland. Opladen: Westdeutscher Verlag 1997, pp. 184–196.

Block. So hatte ich zwei Oberschulen besucht (wie es damals hieß). Die eine Schule hatte einen Direktor in Partei-Uniform bei feierlichen Anlässen, es gab Flaggenhissungen mit NS-Parolen und Gemeinschaftsempfänge von Hitler-Reden in der Turnhalle. Die andere Oberschule hatte einen Direktor ohne jede NS-Ambition, das Lehrerkollegium war strikt sachlich oder in bemerkbarer Opposition, lediglich von einem Lehrer wurde berichtet, man wisse nicht, wo er stand (doch der wurde zu Kriegsbeginn eingezogen zum Militär, ich habe ihn nie kennengelernt). Über welche Schule sollte ich schreiben?

In den Aufzeichnungen fanden sich ähnliche Gegenläufigkeiten aus meiner Studentenzeit in Erlangen und Freiburg im Breisgau, ich stieß auf verschlüsselte Gesprächsnotizen aus dem Sanitätszimmer der Nürnberger AEG (einem „Nationalsozialistischen Musterbetrieb") darüber, wie das hoffnungsarme Leben zwangsrekrutierter Ostarbeiterinnen um ein Weniges erträglicher zu machen sei (und schon dieses Wenige erforderte viel Mut und Klugheit, von beiden Seiten). Unter diese AEG-Passage hatte ich den Satz geschrieben: „Wer die Revolver hat, hat die Macht." Wir hatten keine Revolver – die dienstverpflichteten deutschen Arbeiterinnen nicht und die Ostarbeiterinnen schon gar nicht.

Solcherart Geschichten – es gab viele davon – wollte ich in eine lesbare Form bringen, das konnte ich in meinem Studentenzimmer tun mit einer geretteten Schreibmaschine. An Außenaktivitäten dachte ich nicht, ich hätte mich auch nicht darauf einlassen können, ich hatte Dringlicheres zu tun.

Bei dem Einmarsch der amerikanischen Truppen war eine Studienkollegin schwer verwundet worden, wir wohnten bei derselben Wirtin, Pflege war angesagt. Zwar war Erlangen voll mit Lazaretten – doch die waren für Militärpersonen, für verwundete Frauen gab es keine Aufnahme. Leider stellte sich schon bald heraus, daß ich als Krankenpflegerin recht ungeeignet war. Auf Umwegen und über viele unbekannte Helfer – Post und Bahn gab es nicht – kam schließlich die Nachricht, daß eine Verwandte meiner Studienkollegin auf dem Weg sei, um sich der Krankenpflege anzunehmen. Ich ahnte nicht, daß die Umstände dieses Besuchs mein weiteres Leben bestimmen würden.

Die Verwandte kam, per Autostop. Die letzte Strecke – ab Ansbach – war sie von zwei Technikern mitgenommen worden, die nach Radio-Bauteilen suchten im Auftrag von „Radio Stuttgart – A Station of the Military Government". Den Technikern besorgte ich ein Nachtquartier, sie kamen am nächsten Morgen, um sich zu bedanken, und fragten – wohl aus Höflichkeit –, was ich denn so eifrig schriebe. Als sie hörten, daß es sich um Beschreibungen und Erfahrungen aus der NS-Zeit handelte, sagten sie, dafür bestünde vielleicht bei Radio Stuttgart Interesse, ich sollte ihnen einen Packen Manuskripte mitgeben, sie würden sie einem amerikanischen Kontrolloffizier zeigen.

Ein paar Wochen später kam der Wagen von Radio Stuttgart wieder. Man fragte, ob ich mitfahren wollte zu einem Gespräch über die Manuskripte. Ich sah ein Stück Zukunft.

Die Gespräche mit den amerikanischen Kontrolloffizieren verliefen freundlich, doch nicht in meinem Sinne: Man schlug vor, die Manuskripte zu kürzen, ich sollte mich auf jene Teile beschränken, die einen direkten Bezug zu NS-Willkür und dem jetzigen Leben der Deutschen hatten. Ich argumentierte, daß es während der Hitlerjahre politische Nischen gegeben habe und immer auch Privates – Freundschaften, Schülerstreiche, Liebesfreud und Liebesleid und viele traurige Abschiede. Dann versuchte ich zu erklären, daß schon ein paar Monate Altersunterschied zu sehr unterschiedlichen Lebensläufen führen konnten und daß NS-Anordnungen an verschiedenen Orten keineswegs in gleicher Weise befolgt wurden. Man trennte sich unentschieden.

Doch wie es damals war: Von meinem Auftritt bei den amerikanischen Kontrolloffizieren erfuhr der französische Radio-Verbindungsoffizier und forderte die Manuskripte an. Wenige Tage danach erhielt ich die Einladung zu einer Besprechung mit Fritz Nothardt, dem designierten Leiter der Abteilung Wort des noch aufzubauenden Südwestdeutschen Rundfunks in der französischen Besatzungszone. Auch er hatte die Manuskripte gelesen und machte den Vorschlag, ich solle mich in Baden-Baden melden, ein Empfehlungsschreiben würde mich einführen. Am 3. Dezember 1945 bin ich dort angekommen. Ich bin siebzehn Jahre beim Südwestfunk geblieben.

Lernjahre für ein Medium: Der Aufbau des Jugendfunks

In Baden-Baden traf ich auf ein kleines Häuflein von Franzosen und Deutschen, das sich anschickte, aus dem Kurhotel Kaiserin Elisabeth ein Funkhaus zu machen. Eine Zusammenarbeit dieser Art hatte ich mir bislang nicht vorzustellen vermocht: Da waren Offiziere der französischen Résistance, orthodoxe Marxisten, christliche Kommunisten und kommunistische Christen (es gab feine Unterschiede), Mitglieder der deutschen Antifa, jüdische Künstler und Musiker, Remigranten vielfältiger Provenienz, dazwischen freundliche Badener mit guten Ortskenntnissen. Wir arbeiteten unter kläglichen äußeren Bedingungen – in mein schwarzes Buch schrieb ich, etwas pathetisch: „Friede und Glück ist, wenn genügend da ist von einem Lebensmittel, seien es Rüben, Kartoffeln, Haferflocken, was auch immer."

Bedrückender als die äußeren Umstände aber waren die vielen Fragen, die mir gestellt wurden, besonders fürchtete ich kulturbezogene Fragen und meine dann zu offenbarende Kenntnislosigkeit (haben Sie Feuchtwanger gelesen? Nein. Was kennen Sie von Brecht und Lorca, von Bernanos und Sartre, von Strawinsky und Debussy?). Allmählich begann ich, die Ausmaße meines diktatorisch verordneten Kulturdefizits zu begreifen, es war ein großes Erschrecken.

Inzwischen hatten die französischen Kontrolloffiziere die Manuskripte gelesen. Sie meinten, daraus ließen sich Sendungen machen – und das sei eilig, denn am 30. März 1946 wäre Sendebeginn. Sie fragten, welchen Programmteil ich denn übernehmen wolle im Sendeschema des Südwestfunks (SWF). Am liebsten hätte ich geantwortet Musik, ernste Musik und Unterhaltungsmusik, doch mußte ich mir eingestehen, daß mir dazu ziemlich alle Voraussetzungen fehlten. In Anbetracht meines Alters – nach damaliger Rechtslage war ich noch minderjährig – wie im Zusammenhang mit entwicklungspsychologischen/jugendpsychologischen Interessen entschied ich mich für das Ressort Jugendfunk. Die französischen Kontrolleure waren einverstanden.

Es begann eine hektische Zeit. Im Einpersonenbetrieb Jugendfunk war ich zuständig für alles: für Planung, Manuskripte, Redaktion, Regie und Produktion. Am schwierigsten war die Beschaffung von Manuskripten. Die Schreiber und Schreiberlinge der NS-Jahre schieden von vornherein aus – wie aber zu neuen (und interessanten) Autoren kommen? Zudem verlangte die französische Zensur nach voll ausgearbeiteten schriftlichen Beiträgen schon deshalb, weil alle Wortdarbietungen Live-Sendungen waren (Bandgeräte gab es noch nicht, es gab nur nicht veränderbare Wachsplatten und auch die nur in sehr geringer Zahl).

Da halfen – wieder einmal – meine alten Manuskripte. Während der ersten Sendemonate füllte ich damit mehrere Halbstundensendungen, viele hatte ich in Dialogform gebracht und manche waren Grundlage für Jugendhörspiele (getreu der damaligen Hörfunkmaxime, daß eine „Rede" keine „Schreibe" sei). Diese alten Manuskripte sind sämtlich verschwunden, die ständige Raumnot des Südwestfunks führte zu kontinuierlichen Entrümpelungsaktionen. Es gibt nur noch Zufallsfunde, auf die dann manche (Fehl-)Informationen bezogen werden. Übriggeblieben sind vorzugsweise – ab 1949 – die Akten der Justitiariate, doch wann hatte man im Programmbereich schon mit dem Justitiar zu tun? In meiner siebzehnjährigen Zugehörigkeit zum Südwestfunk waren es drei Fälle: Einmal ging es um die Beschwerde eines Autors, der ein höheres Honorar wollte; der zweite Fall betraf ein Personalproblem; beim dritten ging es um immer wiederkehrende Rechtsfragen betreffend die Mitschnitte bei Jugend- und Schulfunksendungen. Darauf Programmentwicklungen und Programmbewertungen gründen zu wollen ist sicherlich ein wenig tragfähiger Ansatz. Hier wäre manche Korrektur an rundfunkhistorischen Arbeiten anzubringen.

Doch zurück zu den Realitäten dieser frühen Tage des Nachkriegsrundfunks. Die Schwierigkeiten der Manuskriptbeschaffung blieben unlösbar: In der alten Bäderstadt gab es kaum schreibkundige junge Leute, Autorenbesuche von außerhalb verhinderte die Hotel-Beschlagnahme der ansässigen französischen Militärregierung. Aus dieser Notlage heraus machte ich Friedrich Bischoff, dem mittlerweile ernannten Intendanten, im Winter 1946/47 den Vorschlag, den Jugendfunk nach Freiburg zu verlegen, bei weiterer Zuständigkeit der Südwestfunkzentrale Baden-Baden. Der Intendant, ein exzellenter Kenner von Radio-Problemen (Erfinder des Hörspiels, Leiter der Schlesischen Funkstunde, Breslau, bis 1933, Dichter und Schriftsteller) stimmte zu. Und hier melden sich eigene rundfunkgeschichtliche Interessen: Ich frage mich bis heute, wie und durch wen die französischen Kontrolleure auf diesen profunden und schwierigen, manchmal exzentrisch-unbequemen Rundfunkkenner aufmerksam wurden und wie es zu der Entscheidung kam, ihm die erste Südwestfunk-Intendanz anzubieten. Sie hätten es sich wohl sehr viel einfacher machen können, wortreiche „Frankophile" gab es plötzlich überall.

In Freiburg setzte ich die Autorensuche fort und wurde fündig. Da waren Jugendgruppen der verschiedensten Ausrichtung, die Jugendverbände begannen sich zu formieren, auch die sowjetzonale „Freie Deutsche Jugend" (FDJ) war dabei. Jugendzeitschriften erschienen mit frechen und klugen Texten (nur wenige überstanden die Währungsreform), an den Universitäten herrschte Aufbruchstimmung, es gab Studentenkabaretts, hitzige Diskussionen und Studenten-/Schülerorchester mit neuen Rhythmen. Der SWF-Jugendfunk wurde zu einem Forum kritischer und mutiger junger Leute, viele heute bekannte und anerkannte Namen ließen sich nennen – doch die meisten der damaligen Jung-Autoren sind verstummt, ihre Zeitanalysen kennt keiner mehr, ihre Zukunftsentwürfe sind „versendet" und vergessen. Für mich steckt darin ein Problem, das mich zunehmend beschäftigt, es läßt sich fassen in die Frage: „Wer kommt durch?" zum Beispiel in Journalistik, Politik und Wissenschaft. Die Recherchen dazu ergeben oft eine traurige Bilanz.

Es kam die Zeit der internationalen Jugendtreffen, meist angeregt und unterstützt durch die jeweilige Besatzungsmacht und angereichert mit außerdeutscher Prominenz. Diese Jugendtreffen hatten heftige Befürworter und harte Gegner, ein Jugendfunk hatte darüber zu berichten. Doch dazu waren beschwerliche Reisen nötig, und die konnte ich mir kaum erlauben. Denn: Der Jugendfunk in Freiburg sendete für den Gesamtbereich des Südwestfunks, daher waren für die Sendefreigabe der Manuskripte die Kontrolloffiziere der Zentrale Baden-Baden zuständig. Meist wurde – über eine Telefonleitung – erst wenige Minuten vor der jeweiligen Live-Sendung das Plazet gegeben – oder auch nicht, es war eine Tortur für alle Beteiligten. Für mich ergab sich daraus, daß ich zu den Sendeterminen nie verreist sein durfte oder gar krank. Ich hielt Ausschau nach weiteren Mitarbeitern.

Auf einem deutsch-französischen Studententreffen wurde ich auf Margherita von Brentano aufmerksam (die spätere Berliner Philosophieprofessorin), sie war in Vorbereitungen zur Herausgabe einer internationalen Jugendzeitschrift. Ich bot ihr eine Redakteursstelle an, sie war bereit, sagte aber, daß sie noch ihre Dissertation über Aristoteles abschließen wolle. Das müsse sich einrichten lassen, versprach ich – nicht vorhersehend, daß ich mich damit auf dem Weg zur eigenen Promotion befand: Ich bewohnte ein winziges Dachzimmer mit einem Kachelofen, hatte aber kein Heizmaterial. Meine neue Kollegin hatte Brennholz, doch keinen Ofen. Es entstand die Idee, Ofen und Brennholz zusammenzubringen in der Weise, daß ich mich beim Freiburger Psychologischen Institut zurückmeldete und eine Arbeit aus dem Bereich der Testpsychologie ausbaute zu einer Dissertation.[3] 1948 waren beide Arbeiten fertig, geschrieben in Nachtstunden neben den Tagesanforderungen des Jugendfunks (wobei anzumerken ist, daß Promotionen neben dem Beruf in diesen frühen Nachkriegsjahren keine Besonderheit waren – es gab keine Stipendien, kein Bafög, zudem mußten Studien- und Promotionsgebühren bezahlt werden).

1949 ging der Südwestfunk über in deutsche Zuständigkeit. Das erschien uns als ein guter Zeitpunkt zur Präsentierung eines Plans: Zu den Sendungen des Jugendfunks sollte ein weitgespanntes Schulfunkprogramm dazukommen, zusammengefaßt in einer Abteilung Schul- und Jugendfunk.

Erste Fragen nach den Wirkungsbeziehungen zwischen Rezipient und Medium: Das Beispiel Schulfunk

Die Begründung für die Einführung des Südwestfunk-Schulfunks fiel nicht schwer. Es gab noch immer zu wenig Schulbücher, pädagogische Hilfsmittel waren knapp, es fehlte an Lehrern (auch wegen der schleppenden Entnazifizierung), es herrschte eine allgemeine pädagogische Unsicherheit. Weiter kam uns zugute, daß die Sender in der amerikanischen und britischen Zone bereits mit Schulfunk-

[3] Vgl. Sturm, Hertha (1948): Über den Deutungswert der einzelnen Tafeln beim Rorschachschen und Behn-Rorschachschen Formdeuteversuch. Phil. Diss. Universität Freiburg/Breisgau vom 17. Dezember 1948.

programmen begonnen hatten. Die Vorschläge des Freiburger Zwei-Mädchen-Teams wurden daher wohlwollend aufgenommen – man ließ uns machen. Wir hatten kaum Unterstützung, doch auch keine Querschläge.

Am 9. Januar 1950 war es dann soweit: Der Südwestfunk begann mit seinem Schulfunkprogramm, an jedem Wochentag (außer sonntags) wurden zwei Halbstundensendungen ausgestrahlt. Bald schon lag die Abteilung Schul- und Jugendfunk an der Spitze der Sendezeiten des Südwestfunks.

An die Zeit vor und nach dem Start der Schulfunkprogramme erinnere ich mich nur ungenau, es war zuviel zu bedenken und zu tun. Das Hauptproblem war – wieder einmal –, Autoren zu finden, und zwar solche, die ein Sachthema voll beherrschten und sich zugleich einstellen konnten auf genau definierte Schülergruppen (und die reichten von der Grundschule bis zur Oberprima der Gymnasien). Autorensuche und Autorenpflege waren schlichte Notwendigkeiten – und jede Schulfunkabteilung in den neugegründeten Rundfunkanstalten bewachte ängstlich ihren Autorenstamm. Ein eigenes Beratungs- und Kontrollorgan – der Schulfunkbeirat – mußte etabliert werden, Verlagsverhandlungen waren nötig für die Herausgabe der Schulfunkhefte mit ihren genauen Beschreibungen der Sendungsinhalte.[4]

Der Schulfunk wurde zu einem „Funkhäuschen im Funkhaus", so ein gängiges Wort. Allmählich bildeten sich Fachredaktionen, vor allem aber waren im Schulfunk alle hörfunkspezifischen Darbietungsformen zu finden: Hörspiel, Hörbild, Reportage, Lesung, Interview, Musik (bis hin zu eigens komponierten Schulfunkopern). In diesem Zusammenhang verdient eine Besonderheit des Südwestfunk-Schulfunks Beachtung: Es gab keine Trennung zwischen Redaktion und Produktion. So stellten sich bei jedem Manuskript Fragen nach der Umsetzung von Geschriebenem in zu Hörendes, nach Gewichtigkeiten und Beziehungen von Inhalt und Form, nach Stimmqualitäten, Überleitungen und Pausensetzungen und nach den an-

---

4 Die Schulfunkhefte mit dem Titel „Schulfunkprogramm Südwestfunk" sind erhalten geblieben im Gegensatz zu Manuskripten und Tonbändern der Schulfunksendungen.

gemessenen technischen Möglichkeiten. Es handelte sich um Lern- und Erfahrungsfelder, wie sie wohl kaum noch anzutreffen sind.

Diese Planungs-, Redaktions- und Produktionsseite hatte einen Gegenpart: die Rezipienten des Schulfunks. Damit aber waren vordringliche Fragen angespielt nach den Wirkungen unseres täglichen Tuns auf Verständnis und Behalten, auf das emotionale Mitgehen von Schülern und Lehrern mit ihren recht unterschiedlichen Erfahrungen und Erwartungen. Um in direkte Kontakte mit den Nutzern unserer Angebote zu kommen, wurde eine Redakteurin beauftragt, mindestens einen Beitrag aus jeder Sendereihe in einem Klassenverband mitzuerleben und Protokolle anzufertigen über das Schüler-/Lehrerverhalten während der Sendung und über die nachfolgende Unterrichtseinheit. Im Laufe der Jahre gab es Hunderte solcher Schulfunkprotokolle – sie hielten manche Überraschung bereit.

So zeigte sich, daß einfache Sprechertexte oft besser verstanden und behalten wurden als aufwendig inszenierte Szenen (z. B. von Grundschulkindern), daß mühsam erhaschte Originalgeräusche als eher störend empfunden wurden, daß etliche Themen und Darstellungen eine längere Vorlaufzeit brauchten bis zu ihrer Akzeptanz (z. B. zeitgeschichtliche Sendungen für Gymnasialklassen). Wichtiger aber als altersgemäße und unterrichtsspezifische Themen erwiesen sich die zu den Themen und Inhalten gehörenden Dramaturgien, also die Darstellungskünste der Autoren, der Redakteure, Regisseure, Sprecher und Techniker. Ich begann einzelne Darstellungsteile zu variieren (etwa bei Wiederholungssendungen), es zeigten sich interessante Ergebnisse, doch ließen sie keine generalisierbaren Schlüsse zu, welcherart Wirkungsanteile der Medienseite zukommen könnten und welche der Rezipientenseite – genau um diese „Beziehung auf Gegenseitigkeit" aber ging es mir.

Wenn ich mich heute rückbesinne auf meinen Berufs- und Forschungsweg, dann sehe ich mit Erstaunen, daß die meisten der Fragen, denen ich später unter wissenschaftlichen Kriterien nachgegangen bin, zurückreichen in die Zeit der harten Schulfunkpraxis. Es handelte sich um Fragen

- nach den Wirkungsbeziehungen zwischen der Medienseite und der Rezipientenseite

- nach medienvermittelten Emotionen und ihren Verlaufsformen
- nach den Wirkungen der Dramaturgie unter entwicklungspsychologischen Gesichtspunkten
- nach den inneren Rezipientenaktivitäten während des Hörens, Sehens und Lesens (zumindest angedacht habe ich damals diesen Problembezug).

Für mich waren das „Warum-Fragen" – und ich suchte nach Ansätzen und Vorantworten für Klärungen der „Warum-Frage" von Medienwirkungen.

Zunächst versuchte ich, Antworten zu finden in der erreichbaren Literatur der Kommunikations- und Medienwissenschaft und mußte bald feststellen, daß solche „Warum-Fragen" so gut wie keine Beachtung erfahren hatten. Dann arbeitete ich mich ein in psychologische und pädagogische Fragestellungen, übernahm Lehraufträge für Pädagogik (an der Universität Mainz) und für Psychologie (an der Universität Freiburg), beschaffte mir anglo-amerikanische Forschungsberichte und hielt ständig Ausschau nach kompetenten Gesprächspartnern.

Weiter half mir Rolf B. Meyersohn – Mediensoziologe, um 1960 amerikanischer Gastprofessor in Frankfurt am Main–, er interessierte sich für meine Vorhaben. An einem Sonntagmorgen besuchte ich ihn in seinem Arbeitszimmer in der Universität. Auf seinem Schreibtisch lagen mehrere Stapel englisch-amerikanischer Medienliteratur, abgesondert davon standen etwa zehn Bücher. Mein Gastgeber wies auf die Bücherberge und sagte, die könnte ich durchblättern, sie seien geordnet nach Themenbereichen. Dann wies er auf den kleinen Stapel und meinte, den müßte ich mir sehr genau anschauen. Zuletzt griff er ein Buch heraus und bemerkte, das sei für mich wohl die wichtigste Veröffentlichung. Es war „Television and the Child" von Hilde Himmelweit.[5]

Schließlich faßte ich den Entschluß, die angestauten medienpraktischen Erfahrungen zu sichten und zu gewichten und sie zusammenzuschalten mit psychologischen und kommunikationswissen-

[5] Vgl. Himmelweit, Hilde T./Oppenheim, A[braham]. N[aftali]./Vince, Pamela (1958): Television and the Child. London, New York.

schaftlichen Konzepten und Ergebnissen. Es waren erste Schritte zu einer Hypothesenbildung über Wirkungsbezüge zwischen der Medienseite (in Form und Inhalt) und der Rezipientenseite (unter Beachtung als wichtig erachteter Persönlichkeitsmerkmale). Leiten ließ ich mich dabei von dem philosophisch-empirischen Grundsatz: Hypothesis non fingere – Hypothesen erfindet man nicht, gedacht als eine Gegensteuerung zu manchen wildwuchernden Thesen und Spekulationen über Radio- und (besonders) Fernsehwirkungen. Auch hatte ich ein Fernziel: Einige gute belegte Hypothesen sollten später unter strengen empirischen Bedingungen überprüft werden. Doch bis dahin sollte es noch Jahre dauern, denn – so machte ich mir klar – ohne Einbeziehung des Fernsehens mußten kommende Wirkungsuntersuchungen weithin Stückwerk bleiben. Ich bemühte mich also um Zugänge zur Fernsehpraxis.

Der Südwestfunk bot solche Zugänge. Lothar Hartmann, Programmdirektor für Hörfunk und Fernsehen, erlaubte manche Hospitanz bei der Produktion von Fernsehspielen und bei technischen Abläufen, doch war ich stets in großer Hetze, die Leitung des Schul- und Jugendfunks hatte Priorität. Auch mußte ich mir eingestehen, daß mit solchen Kurzvisiten die diffizile Fernseharbeit nicht zu erlernen war. Da nahm ich mir vor, vom Hörfunk zum Fernsehen zu wechseln, falls sich eine ernsthafte Möglichkeit bieten würde.

1963 erhielt ich ein Angebot des Zweiten Deutschen Fernsehens (ZDF), die Abteilung Bildung und Erziehung aufzubauen und zu leiten. Ich sagte zu – entgegen den Ratschlägen von Freunden und Mitarbeitern, die meinten, daß ich den Schul- und Jugendfunk doch nicht zu einem Zeitpunkt verlassen sollte, der einen Übergang von Dauerstreß zu einer lässigeren Gangart anzeigte. Zuspruch erhielt ich von Marianne Grewe-Partsch, sie kannte das Film- und Verlagsgeschäft, die Programmarbeit im Hörfunk, und sie wußte von meinen Fernzielen. Wir stimmten darin überein, daß für spätere Forschungsfragen die konkrete Kenntnis der Fernseharbeit eine Vorausbedingung sei.

Fernsehen: Vom Umgang mit Laufbildern und Laufworten
Das Problem der Doppeldekodierungen bei gleichzeitigem Sehen und Hören

Zu meinem Arbeitsbeginn beim Zweiten Deutschen Fernsehen brachte ich eine Reihe von Überlegungen mit, die für den Aufbau der Abteilung Bildung und Erziehung nützlich sein sollten. Vor allem beschäftigte mich die Frage, welcherart Themen und Inhalte dem Fernsehen zugehörig sein könnten und welche dem weitaus billigeren Medium Hörfunk (zum Beispiel mit Unterstützungen durch schriftliche und bildliche Materialien). Diese Praktikerfragen waren verbunden mit psychologischen und kommunikationswissenschaftlichen Überlegungen zu fernsehtypischen personalen Wirkungen unter den Bedingungen des gleichzeitigen Sehens und Hörens.

Vor allem interessierten mich die Aktionen und Reaktionen der Fernsehrezipienten bei diesen Mehrfachdekodierungen. Denn: Es sind von ihnen zumeist zwei unterschiedliche Dekodierungsleistungen verlangt, die der Laufbilder und Laufworte und manchmal sogar drei, so bei Schrifteinblendungen und Untertiteln – und das überdies in Sekundenschnelle. Diese Problemsicht war neu in der Medienwirkungsforschung, und es war vorherzusehen, daß ich mich nunmehr mit dazugehörigen Kriterien von Wahrnehmungs-, Entwicklungs-, Lern- und Emotionspsychologie würde beschäftigen müssen.

In der Erwartung, daß meine Erfahrungen mit Laufbildern und Laufworten zu weiteren wissenschaftlichen Fragen führten, hatte ich mir bei dem Wechsel vom Hörfunk zum Fernsehen ausbedungen, daß mir der Freitag als wissenschaftlicher Arbeitstag zugestanden wurde – Professor Holzamer, der Intendant, hatte dafür Verständnis. Leider kam ich nur sehr selten in den Genuß dieser Vergünstigung.

Es zeigte sich rasch: Programmarbeit im Fernsehen ist – wenn man sie ernst nimmt – ein Knochenjob. Anders als beim Hörfunk läßt sich hier mit der „Einmaligkeit des großen Einsatzes" nur wenig erreichen. Man kann nicht ein Manuskript in einer Nacht neu schreiben, nicht mit der Regie eines Aufnahmetermins Schwachstellen zudecken. Fernseharbeit heißt in den meisten Fällen: Vom Anfang bis zum Ende eines Beitrags oder einer Sendereihe muß jede Bildfolge genau vorgeplant sein, das beginnt mit den Drehorten bis zu jeder Art von Mitwirkenden – und immer ist man angewiesen auf Einsatz und Können der Zuarbeiter, auf die Kameramänner, die Ton-Equipe, auf Beleuchter, auf Cutter und Bild-/Tonmischer, auf die Kopieranstalten und … und … und. Ich lernte auch: Bei so viel unverzichtbarer Detailbeachtung kann es gar nicht ausbleiben, daß Thema und Inhalt – die Sache, um die es geht – gar manches Mal in den Hintergrund gedrängt werden durch produktionsbedingte Gegebenheiten und Schwierigkeiten. Für die Auswahl der Programmverantwortlichen könnte dies bedeuten: Es sind besondere Maßstäbe anzulegen an solide Vorauskenntnisse zum jeweiligen Thema wie für die Umsetzung eines Prüfwissens bei den zahlreichen Detailproblemen. Und immer wieder wäre zu fragen, ob und welche Details stimmig sein müssen, damit die Gesamtsendung – oder eine Sendereihe – eine berechtigte Akzeptanz erfährt.

Von den Beiträgen meiner Fernsehzeit sei nur auf eine Sendereihe näher eingegangen, weil mit ihr Grundfragen verbunden sind für spätere Forschungsrichtungen. Es handelt sich um die 36teilige „Fernseh-Elternschule".

Diese Sendereihe hatte einen klaren Bezug zu wissenschaftlichen Fragestellungen und Ergebnissen. Es ging um die Umsetzung von Erkenntnissen der Pädagogischen Psychologie, der Entwicklungs- und Jugendpsychologie, auch um empiriegestützte Ergebnisse der Psychoanalyse (die damals auf manchen Widerstand stießen).

Zu dieser Themenseite kamen die Fragen nach der Darstellung der Inhalte. Für mich stand die Überlegung obenan, zu welchen Inhalten sich die Laufbilder des Fernsehens als unverzichtbar erweisen würden. So hielt ich es für gut begründbar, daß zum Beispiel die emotionalen Interaktionen zwischen Kindern und Eltern sich über Visualisierungen nachvollziehbar und eindrücklich darstellen ließen. Mein besonderes Interesse aber richtete sich auf die Möglichkeiten der Laufbilder als Vermittler von Gegebenheiten der menschlichen Wahrnehmung. Die erste Sendung der „Fernseh-Elternschule" ist hierfür ein Beispiel: Zusammen mit dem Autor wurde das Konzept entwickelt, weite Teile des 30-Minuten-Beitrags aus der Augenhöhe eines Vierjährigen zu filmen. Die Sendung hatte den Titel „Ich sehe was, was Du nicht siehst", die Kamera zeigte, wie sehr die Wahrnehmungswelt eines Vierjährigen von der eines Erwachsenen unterschieden ist – auf verbale Kommentare konnte weitgehend verzichtet werden. Es war ein erster Antwortversuch auf das Problem der vom Fernsehen verlangten Doppeldekodierungen, die meist zu Lasten des Hörens gehen. Anders gesagt: Zunächst von der Fernsehpraxis her beschäftigte ich mich mit den Verbindungen zwischen Laufbildern und Laufworten, mit geglückten oder ungenügenden Beziehungen zwischen (meist) konkreten Laufbildern und der (eher) abstrakten Wortschiene.

Zu diesem Problem der fernsehtypischen Doppelkodierungen auf der Darbietungsseite und den verlangten Doppel-Dekodierungen auf der Rezipientenseite konnte ich manche Erfahrungen sammeln. So ließ sich belegen: Ein Großteil der zu internen Vorführungen eingeladenen Zuschauer, Kinder wie Erwachsene, hangelte sich an ihnen bekannten Laufbildern entlang, die dazugehörigen Texte aber wurden oft überschlagen – doch gaben alle Rezipienten auf Befragen an, sie hätten die Fernsehbeiträge voll verstanden. Aus diesen und ähnlichen Erfahrungen ließen sich zwei Fragen extrahieren: einmal, ob die vom Fernsehen verlangten Doppeldekodierungen nicht in besonderer Weise beitragen zur Umgehung von Lernwiderständen; zum anderen, ob sich die Wirkungen von Laufbildern über verbale Fragen auch nur annähernd erfassen lassen. Ich nahm mir vor, diesen Fragen unter harten empirischen Bedingungen nachzugehen, sobald sich eine Gelegenheit hierfür finden ließ.

Bei der „Fernseh-Elternschule" wurde zudem ein Versuch gewagt: Auf eine Filmdarbietung folgte – jeweils eine Woche später – ein 30-Minuten-Gespräch zum selben Thema. Vor diesen weiterführenden Gesprächen hatte man mich sehr gewarnt, weil, wie es hieß, alle medienpraktischen Erfahrungen zeigten, daß „sprechende Köpfe" nicht fernsehgerecht wären und die Einschaltquoten drastisch verringerten. Das war eine Herausforderung – vielleicht – aufweisen zu können, daß sich das Zuschauerverhalten des Entlanghangelns an konkreten Laufbildern themenbezogen lösen ließ durch präzise und verständliche verbale Weiterführungen: ausgehend von konkret Gezeigtem bis zu vorsichtigen Generalisierungen und Abstraktionen. Die Ergebnisse der Nutzungsforschung bestätigten die

Möglichkeiten eines solchen Vorgehens: Bei keinem der Gespräche war die Zuschauerquote geringer als bei den Filmen.[6]

Neben der täglichen Fernseharbeit – dazu gehörte auch der Aufbau eines Teams kompetenter Mitarbeiter – versuchte ich voranzukommen mit meinem Buchmanuskript. Seine Grundlagen waren Darlegungen zu den Wirkungsfeldern der Massenmedien in Verbindung mit menschlichem Lern- und Kommunikationsverhalten. Für dieses Manuskript interessierte sich mein Doktorvater, der Philosoph und Psychologe Robert Heiß, er las es und ließ mich wissen, daß er – nach einigen Veränderungen – diese Arbeit als Habilitationsschrift akzeptieren könne. Gekürzt wurde die Arbeit 1968 unter dem Titel „Masse – Bildung – Kommunikation" veröffentlicht.[7] (Neulich habe ich darin geblättert. Aus heutiger Sicht fand ich manche Bestätigung, z. B. meine Polemik gegen den Begriff Massenkommunikation, Mengenkommunikation schien mir schon damals angemessener zu sein. Auch stellte ich die Frage, was geschieht, wenn zunehmend Medienmanager weisungsberechtigt werden, so gegenüber Themen, Inhalten und Fachredakteuren. In anderen Zusammenhängen habe ich mich geirrt – ein Umschlag von „Tageswissen" zu „Tagesbildung" hat kaum stattgefunden.)

Ich befand mich also – fast unbeabsichtigt – auf dem Weg zur Habilitation. Das ZDF gewährte mir vier Wochen unbezahlten Urlaub – eine Zeitspanne die kaum ausreichte zur Ausarbeitung des Habilitationsvortrags sowie (das war damals üblich) für die Vorstellungsgespräche bei den 39 Ordinarien der Philosophischen Fakultät der Universität Freiburg im Breisgau. Im Februar 1967 war die Habilitation vollzogen, es war die erste ihrer Art für Psychologie und Massenkommunikation. Danach gingen die Fernseharbeiten weiter.

Zu dieser Zeit interessierte ich mich besonders für Arrangements und Wirkungen von Farben. Die letzte von mir verantwortete Farb-

[6] Basierend auf meinem heutigen Kenntnisstand sei angemerkt, daß die „Einheit von Zeit und Raum" durchaus eine Attraktion sein kann gegenüber den Hetzigkeiten und Fetzigkeiten vieler Fernsehprogramme; die derzeitigen Talkshows werden also wohl noch längere Zeit eine gewisse Publikumsresonanz finden.

[7] Vgl. Sturm, Hertha (1968): Masse – Bildung – Kommunikation. Stuttgart.

Serie handelte so auch von kindlichen Malarbeiten unter entwicklungspsychologischen Aspekten. Zu den Wirkungsbeziehungen von Licht und Farbe hätte ich gerne weitere Erfahrungen gesammelt – etwa unter dem Blickpunkt farbbestimmter Übergangspausen bei für den Rezipienten unvorhersehbaren Standort-, Situations- und Szenenwechseln (die bei der Fernsehwahrnehmung oft „fehlenden Halbsekunden" habe ich wohl schon mitgedacht). Ich hatte vor, mich verstärkt um farbpsychologische Arbeiten zu kümmern: wegen der Internationalität der Laufbilder und deshalb, weil die Bewertung von Farben kulturabhängig ist und Farbkombinationen daher sehr unterschiedliche Mitteilungen enthalten können mit Folgen, die kaum vorausbedacht werden. Leider bin ich auf diesem Feld nicht weitergekommen – ich habe es eingeordnet unter die Rubrik „Unerledigtes".

Mein Abschied von der Fernsehpraxis ging schneller vonstatten als geplant. Er hatte zu tun mit Umständen, wie man sie inzwischen recht häufig antrifft, damals habe ich sie als „Propaganda der leeren Kreise" bezeichnet, gemeint sind zu groß geratene Begriffe mit fehlenden Konkretionen. Um 1968 war „Fernseh-Universität" ein solcher Begriff in einem weithin ungefüllten Kreis – es gab viele Absichtserklärungen, einige neue Gremien, auch etliche Anwärter für eine potentielle Präsidentschaft. Nur: Wie denn diese gewaltigen Pläne sich umsetzen ließen für die einzelnen Fachrichtungen und vor allem mit Blick auf die Semesterwochenstunden einer Voll-Universität, solche Fragen blieben in concreto ungeklärt. Aber ich mußte sie stellen, weil man mich dafür ausersehen hatte, die Medienseite der ZDF-Fernsehuniversität zu vertreten. Für mich war das Veranlassung zu überlegen, welcherart Sendungen für die besonders überlasteten Fachrichtungen eine spürbare Unterstützung sein könnten, doch von solchen Beschränkungen wollte man nichts wissen, man wollte „*Die* Fernsehuniversität" (man hat sie bis heute nicht, auch nicht nach einem zweiten Anlauf der Ministerpräsidenten – und ungeklärt ist weiterhin meine Frage, über welche Sendekanäle denn eine Voll-Fernsehuniversität hätte betrieben werden sollen, es gab damals weder Verkabelung noch Satellitenempfang). Außerdem wurde mir – durchaus wohlwollend – nahegelegt, in eine Partei einzutreten im Sinne einer weiteren Fernsehkarriere. Ich wollte beides nicht, weder wollte ich mich auf So-nicht-zu-Verwirklichendes einlassen, noch wollte ich mich aus aktuellen Karrieregründen einer Partei anschließen.

Im März 1968 ging ich als schlichter Universitätsdozent an das Psychologische Institut der Universität Freiburg. Ich habe diesen Schritt nicht bereut.

Halbzeit und Seitenwechsel

Psychologie und Empirie: Der große Nachholbedarf

Nach guten zweiundzwanzig Jahren Medienpraxis (und gelegentlichen Ausflügen in die Wissenschaft) kehrte ich also zur Universität zurück. Eine gleichlange Zeit von Forschung und Lehre sollte folgen.

Standen bisher Fragen der Medienpraxis an die Psychologie im Vordergrund, so waren es jetzt Fragen nach den Aktionen und Reaktionen von Zuschauern und Zuhörern auf medienspezifische Außenreize. Von der Psychologie als Wissenschaft vom menschlichen Verhalten erhoffte ich Kriterien und Methodenhinweise zur Erfassung der Wirkungsbeziehungen zwischen personalen Steuerungen im Zusammenhang mit audio-visuellen Darbietungen in Form und Inhalt. Es ging mir also um die Frage nach dem „Warum von Medienwirkungen", nach „hinter" den jeweiligen Erscheinungsbildern stehenden Wirkungspotentialen bei Rezipienten und Medien, auch um Verlaufsprozesse eines inneren Antwortverhaltens auf medientypische Außenreize. Doch damit greife ich einer Entwicklung voraus.

Zunächst – das wurde mir bald klar – hatte ich einen großen Nachholbedarf in Statistik und Forschungsempirie. Hier lagen meine besonderen Defizite, auch durch die Ausschaltung empirischer Sozialforschung während der NS-Herrschaft und der doch recht langen Zeitspanne, die es brauchte, bis das neue und notwendige Spezialwissen – importiert vor allem aus den USA – hier Anwendung fand. Da nahm ich Nachhilfestunden bei einem Assistenten, einem vorzüglichen Kenner von Statistik und Methoden, ich bin ihm bis jetzt dankbar für seine Strenge bei der Vermittlung unverzichtbarer empirischer Standards. Ich lernte, daß ungenügende Rohdaten sich nicht im nachhinein verbessern lassen, daß die Manipulation von Hypothesen ausgeschlossen werden müsse, daß bei empirischen Untersuchungen alle als wichtig erachteten Wirkungsvariablen mitbedacht und miterfaßt sein sollten.

Leider erfuhr diese empirische Lernphase abrupte Unterbrechungen durch die sogenannte Studentenrevolution mit ihrer recht verbreiteten Ablehnung jeglicher Empirie (und gelegentlich frage ich mich – auch mit Blick auf manche Untersuchungen der Kommunikations- und Medienwissenschaft –, ob die Nachwirkungen von Studentenrevolution und Empiriefeindlichkeit nicht weitaus gravierender sind als bislang angenommen). Hinzu kam, daß mein relativ bürokratiefreier Dozentenstatus bald ein Ende fand: Da die Studentenrevolution sich ihre Opfer vor allem unter den Ordinarien suchte, wurde ich – wieder einmal ungewollt – zum Institutsdirektor gewählt mit allen Belastungen und Zeitaufwendungen dieser Jahre. Eine Ernennung zum „Professor auf Lebenszeit" verbesserte die Lage nicht.

Insgesamt aber erscheinen mir die Freiburger Universitäts-Lernjahre als Zeit reicher Erträge. Ich fand zu den Grundlagen, die die Richtung meiner Forschungen bestimmten.

Grundlagen und Forschungsrichtungen

Der Rezipienten-orientierte Ansatz und seine Mißverständnisse

Ein Ausgangspunkt meiner Forschungsüberlegungen war eine psychologische Basiserkenntnis, die besagt, daß menschliche Entwicklung – innerhalb genetischer Grenzen – vorab durch Außenreize geschieht. Wie wir uns aber entwickeln, ist abhängig von Art und Zahl der uns treffenden Außenreize und unseren damit verbundenen Aktionen und Reaktionen, so auch von unseren erlernten Anpassungs- und Abwehrstrategien – Rückentwicklungen mit eingeschlossen.

Überträgt man diese Basiserkenntnis auf die Wirkungsbeziehungen zwischen Medien und Rezipienten, dann melden sich zwei Forschungsfragen:

zum einen: mit welcherart Außenreize unterschiedliche Medien vorzugsweise verbunden sind;

zum anderen: zu welcherart Aktionen und Reaktionen medientypische Außenreize unterschiedliche Rezipienten veranlassen.

Zugleich führen diese Fragen zu der Feststellung, daß Medienwirkungen auf Zuschauer/Zuhörer und Leser abhängig sind von Persönlichkeitsmerkmalen der Rezipienten (wozu auch Sozial- und Situationsvariablen gehören) *und* von Form und Inhalt medienspezifischer Darbietungen. So ist wohl unmittelbar einsehbar, daß – auf der Rezipientenseite – Alter, Intelligenz, Voreinstellungen, emotionale Befindlichkeiten, Medienerfahrungen etc. den Umgang mit Medienangeboten steuern, wie – auf der Medienseite – wechselnde Inhalte, insbesondere aber die „Form des Transports von Inhalten/Das Wie der Präsentation" (also die unterschiedliche Verwendung von Schnitten, Schwenks, Zooms, Kamera- und Mikrofonwechsel, die Pausensetzungen etc.) höchst unterschiedliche Aktionen und Reaktionen beim Rezipienten hervorrufen. Es kommt also darauf an, Medien- *und* Rezipientenvariablen gleichermaßen exakt zu erfassen und aufeinander zu beziehen. Wird auf eine solche beidseitige Erfassung und Zusammenschaltung verzichtet, dann sind die nachherigen Ergebnisse äußerst aussageschwach, weil nicht aufzeigbar ist, worauf sie sich beziehen.

Gegen diese Nichtbeachtung der Wirkungspotentiale auf der Medien- wie auf der Rezipientenseite habe ich viel angeredet und angeschrieben, zugleich suchte ich nach einem Forschungsansatz, der beide Seiten gleichermaßen berücksichtigte. Ich entwickelte den rezipienten-orientierten Ansatz.[8]

Grundlage des Rezipienten-orientierten Ansatzes ist die Sichtweise, daß die psychologische Forschung (z. B. die experimentelle Psychologie in einer gut hundertjährigen Tradition) eine Reihe von wiederholt bestätigten Ergebnissen erbracht hat, die sich geradezu anbieten, nunmehr unter Medienbedingungen überprüft und als Vergleichsmaße in die Medienwirkungsforschung eingebracht zu werden. Mir erschien es schlicht leichtfertig, auf solcherart harte empirische Ergebnisse zu verzichten im Sinne einer Unterscheidung zwischen medienunabhängigen und medienabhängigen Wirkungspotentialen. Zunächst dachte ich an überprüfungswürdige Befunde der Wahrnehmungs-, Entwicklungs- und Lernpsychologie sowie an

---

8 Vgl. Sturm, Hertha (1982): Der rezipienten-orientierte Ansatz in der Medienforschung. In: Publizistik, 27. Jg., Nr. 1–2, S. 89–97.

Kriterien der Emotions- und Sozialisationsforschung. Die empiriebezogene Überlegung dabei war: Sind die medienabhängigen/medienunabhängigen Vergleichbarkeiten gegeben oder hergestellt (so hinsichtlich der Versuchspersonen, des Darbietungsmaterials in Form und Inhalt, der verwendeten Methoden), dann lassen sich aus der Differenz/Nichtdifferenz der Ergebnisse Kriterien entnehmen für die Wirkungsanteile der Rezipienten- wie der Medienseite. Zudem schien mir eine vorsichtige Generalisierung der medienabhängigen Ergebnisse gegeben, wenn diese mit Befunden übereinstimmen, die zu einer empiriegeprüften Theorie gehören. Dies war der Fall bei mehreren Untersuchungen, die schließlich zur Fragerichtung nach dominanten Wirkungspotentialen bei Medien und Rezipienten führten.

Bleibt noch zu vermerken, daß der rezipienten-orientierte Ansatz zahlreiche Fehl-Etikettierungen und Fehlinterpretationen erfahren hat, veranlaßt wohl durch die Wortwahl – doch war für mich eine fast durchgängig fehlende Rezipientenorientierung der Medienwirkungsforschung ein Stück Programmatik (heute würde ich einen anderen Titel wählen). Gelegentlich habe ich mich um Richtigstellungen bemüht, auch in recht einfachen Worten, so noch 1988 unter dem Titel „Medienwirkungen – ein Produkt der Beziehungen Rezipient und Medium". Darin heißt es u. a.: Der Ausgangspunkt des Rezipienten-orientierten Ansatzes lautet daher: „Was ist bei medienvermittelten Darbietungen anders als bei nicht nicht-medienvermittelten Außenreizen…? Es geht also sowohl um die Frage ‚Was macht der Mensch mit den Medien?' wie um die Frage ‚Was machen die Medien mit den Menschen?' *Beide* Seiten gilt es gleichberechtigt zu erfassen."[9]

[9] Vgl. Sturm, Hertha (1988): Medienwirkungen – ein Produkt der Beziehungen zwischen Rezipient und Medium. In: Fröhlich, Werner D./Zitzlsperger, Rolf/Franzmann, Bodo (Hrsg.): Die verstellte Welt. Beiträge zur Medienökologie. Frankfurt/Main, S. 115–130 sowie in: Groebel, Jo/Winterhoff-Spurk, Peter (Hrsg.): Empirische Medienpsychologie. München, 1989, S. 33–45. Vgl. Sturm, Hertha (1991): Fernsehdiktate – Die Veränderung von Gedanken und Gefühlen. Ergebnisse und Folgerungen für eine rezipientenorientierte Mediendramaturgie. Bertelsmann Stiftung. Gütersloh.

I

Die Beziehungen zwischen Rezipient und Medium

Personale Medienwirkungen und das „Wie der Präsentation"

Jeder weiß es und hat seine Erfahrungen damit: Vergleichbare Inhalte lassen sich sehr unterschiedlich darbieten, und je nach Art der Verbindung von Inhalt und Darstellung kommt es zu unterschiedlichen Akzeptanzen oder Ablehnungen auf der Empfängerseite. Doch gilt ebenso: Je nach den personalen Befindlichkeiten der Rezipienten haben dieselben Präsentationen sehr differente Wirkungen. Dabei sind zeitabhängige Veränderungen der Darbietungsweisen mitzuveranschlagen, denn je nach den Vorauserfahrungen und den Erwartungen der Rezipienten sind sie verbunden mit unterschiedlichen Anpassungen oder Abwehren.

Um den Aufweis und die Gewichtung solcher Mehrfachbeziehungen zwischen der Medienseite und der Rezipientenseite geht es bei den nunmehr darzulegenden Voraussetzungen und Kriterien für eine zuschauerfreundliche Mediendramaturgie. Es geht um Wirkungen des „Wie der Präsentation" – eine Sichtweise, die erst mit großer Verspätung Eingang gefunden hat in die Medienwirkungsforschung. Zwar hatte man sich – oft aufwendig – um Inhalte und Themen gekümmert, nicht aber um den medienspezifischen Transport von Inhalten.

Erst 1971 wurde nach den Wirkkompetenzen der formalen medienspezifischen Angebotsweisen gefragt im Zusammenhang mit der Verständlichkeit von Fernsehdarbietungen, vier Jahre danach wurde der „Ansatz der formalen medienspezifischen Angebotsweisen" direkt benannt in einer Studie zu den „kurzzeitigen Angebotsmustern des Fernsehens" (Sturm, 1971; 1975). Ab 1979/80 haben sich amerikanische Forscher der Wirkungsproblematik der „formal features" richtungsweisend zugewandt, sie konnten die „Dominanz der Präsentation" bestätigen (Huston und Wright, 1981; vgl. Sturm/ Grewe-Partsch, 1979; Sturm, 1980; 1986c; 1987).

Diese nur sehr zögerliche Beachtung der formalen medienspezifischen Präsentationsformen in Arbeiten zu Medienwirkungen ist mir bis heute kaum erklärbar, denn ohne die Erfassung der formalen Wirkungsingredienzen sind verläßliche Aussagen zu personalen Medienwirkungen weithin unmöglich. So ist wohl unmittelbar einsichtig, daß ein Fernsehbeitrag hetzig-fetzig dargeboten, mit zahlreichen Schnitten, Schwenks und Zooms, unvorhersehbaren Bild-/ Wort-Umsprüngen und unterlegt mit lauter Musik *anders* wirkt als ein Beitrag in ruhiger Darbietungsart, mit langsamen Übergängen, behutsamen Standort-/Situations- und Szenenwechseln und unter Verzicht auf reißerische Geräusch- und Musikeffekte. Diesen Wirkungsanteilen auf der Medienseite stehen freilich gleichwertige Wirkungspotentiale auf der Rezipientenseite gegenüber: Ein Vierjähriger wird denselben Medienbeitrag anders erleben als ein Achtjähriger, ein emotional stabiler Zuschauer/Zuhörer anders als ein emotional instabiler, ein Rezipient mit Interessen und Vorwissen anders als ein an Thema und Darbietung uninteressierter Konsument.

Daraus läßt sich eine Art Regel ableiten: Für den Aufweis personaler Medienwirkungen sind die Erfassung von Inhalt *und* Form (auf der Medienseite) wie die Erfassung wichtiger Personenmerkmale (auf der Rezipientenseite) Voraussetzung, da erst deren Aufeinanderbeziehung Aussagen darüber zuläßt, welche Wirkungsanteile der Medienseite und welche der Rezipientenseite zuzurechnen sind. Anders formuliert: Personale Medienwirkungen sind ein Produkt der Beziehungen zwischen Rezipient und Medium (Sturm, 1988; 1989). Genau um solche schrittweisen Erkennungen und Benennungen der beidseitigen Wirkungspotentiale geht es bei der Erarbeitung von Grundlagen für eine rezipientenorientierte Mediendramaturgie.

Solcherart Grundlagenarbeit dürfte – das sei schon jetzt vermerkt – ein klarer Zukunftsbezug zukommen. Denn: Aus den Ergebnissen einer exakten Zusammenschaltung von Medien- und Rezipientenvariablen lassen sich nicht nur aktuelle Wirkungen ablesen, man kann ihnen zudem Hinweise entnehmen für personale Entwicklungen und Rückentwicklungen zukünftiger Rezipienten in ihrem Umgang mit dem „Wie der Präsentation". Diese Annahme gilt es zu begründen.

Den hier beschriebenen Beziehungen zwischen Rezipient und Medium liegt die psychologische Basiserkenntnis zugrunde, daß menschliche Entwicklungen abhängig sind von *Art und Zahl* der das Individuum treffenden Außenreize und den durch sie veranlaßten personalen Anpassungs- und Abwehrleistungen, also den personalen Verarbeitungsstrategien. Ohne Außenreize – wenn uns niemand anfaßt, keiner mit uns spricht, bei stets gleichbleibenden Temperaturen und Helligkeiten (ein freilich kaum vorstellbarer Zustand) – würde menschliche Entwicklung nicht stattfinden, wahrscheinlich würden wir sterben. So bliebe auch das beste genetische Potential ungenutzt, wenn keine oder nur spärlich-fragmentierte Außenreize an das Individuum gelangten. Dabei gilt: Diese Anpassung an Außenreize geschieht von den ersten Lebenstagen an – je nach ihrer Art und Zahl formieren sich personale Erfahrungen und Erwartungen. Begreift man *Mediendarbietungen als Außenreize*, dann zeigt sich die Gegenseitigkeitsfunktion von Wirkungen sehr deutlich: Sie verlangen Anpassungen, auch Neu-Anpassungen und Abwehren, und werden gleichzeitig gefiltert durch lebenslange Vorauserfahrungen und Erwartungen der Rezipienten.

Eine Übertragung dieser Erkenntnisprozesse auf das Bezugsfeld „Mensch und Medien" liegt nunmehr nahe. Sie führt zu der Feststellung, daß Mediendarbietungen mitbestimmend sind für die Formierung menschlicher Anpassungs- und Abwehrleistungen, also menschliche Entwicklungen beeinflussen, wobei anzufügen ist, daß wiederholten und ähnlichen Anpassungsvorgängen eine besondere Wirkungsqualität zukommt. Somit stellt sich die Frage, welcherart Außenreize als medien-immanent anzusetzen sind, also: mit welchen Darbietungsingredienzen der Rezipient durchgängig-unausweichlich konfrontiert wird.

Die Antwort auf diese Frage kann wohl nur lauten: Es sind die formalen medienspezifischen Angebotsweisen, die – wenn auch in unterschiedlichen Handhabungen und Erscheinungen – mit jeder Art von Inhalt verbunden werden können. Sie sind es, die je nach Medium unterschiedliche wie ähnliche Anpassungen verlangen, insbesondere hinsichtlich des Zeitfaktors für personale Dekodierungsleistungen.

Als formale Gestaltungsmittel des Fernsehens lassen sich die Bild-/Ton-Beziehungen ansetzen, auch Kamera- und Mikrofonwechsel, Um- und Überblendungen, Schnitte, Schwenks und Zooms, Lichteffekte und Pausensetzungen. Für den Hörfunk bedeutsam sind Wort-/Musik-/Geräusch-beziehungen, Sprechgeschwindigkeiten, sprachliche Betonungen und Rollenaufteilungen. Für Printmedien ist an Schriftarten, Schriftgrößen, Farbmischungen, Wort-/Bild-Plazierungen etc. zu denken.

Für die Rezipientenseite stellen sich Fragen nach alters-, intelligenz- und interessenabhängigen Dekodierleistungen, nach emotionalen Überforderungen und Unterordnungen, nach Motivationen und Anspruchsniveaus, nach Medienerfahrungen, nach Rezeptionssituation und Sozialbeziehungen etc. sowie – neu hinzukommend – Probleme zur Erfassung darbietungsabhängiger „Innerer Aktivitäten".

Schon diese wenigen Stichworte verweisen auf ganze Bündel von Zusammenhängen zwischen der Medienseite und der Rezipientenseite. Den Fernseh-Präsentationen kommt dabei eine Sonderrolle zu wegen ihrer gleichzeitig möglichen Bild-/, Laufbild-/, Wort-/, Ton- und Schriftbeziehungen und den damit verbundenen und mehrfachen Dekodierungsanforderungen an Zuschauer, Zuhörer und Leser. Vorwegzunehmen ist daher, daß die eigentliche Leistung einer allmählich zu fundierenden rezipientenorientierten Mediendramaturgie darin zu bestehen hätte, die gegenseitig *dominanten* Wirkbeziehungen herauszufiltern, also Einflußgrößen, die sich immer wieder zeigen, wenn auch unter veränderten Gegebenheiten in stets neuen Differenzierungen. Bei solchen Arbeiten zu „Wirkungsbeziehungen auf Gegenseitigkeit" kann es geschehen, daß medienübergreifende Zusammenhänge aufgedeckt werden, die bislang nicht bedacht wurden, denen aber eine hohe Dominanz zukommt.

Ein durchgängig medienübergreifender Bezug manifestiert sich so in der Rezipientenvariablen „innere Aktivitäten". Hiervon wird später noch ausführlich die Rede sein, doch sei schon jetzt darauf verwiesen, denn: Bei jeder Art von Mediendarbietungen kommt es zu einer Fülle von „inneren Antworten", dabei zeigen sich klare

Dominanzen. So agiert und reagiert der Fernsehrezipient vorzugsweise mit sendungsbegleitenden „inneren Verbalisierungen", der Hörfunkteilnehmer mit „inneren Bildern", der Leser mit Vorstellungsketten von Bildern, Tönen und Rückerinnerungen zumeist sehr individueller Natur. Für den Fernsehrezipienten konnte die zentrale Bedeutung der laufbildbegleitenden inneren Verbalisierung ausgewiesen werden: Sie ermöglicht es dem Zuschauer, das Gesehene/Gehörte zu kategorisieren und einzubringen in eigene Bezugssysteme – und je nach dem Zustandekommen/Nicht-Zustandekommen von inneren Verbalisierungen zeigen sich Unterschiede für kognitive Nachvollzüge wie im Hinblick auf unterschiedliche emotionale Differenzierungen (Sturm, 1995, „Die inneren Aktivitäten bei Hören, Sehen und Lesen. Ein Ansatz zur Klärung der Warum-Frage von Medienwirkungen").

Angesprochen ist damit vorab das „Wie der Präsentation" unter dem Blickpunkt, ob die Laufbild-Darbietungsseite innere Aktivitäten/innere Verbalisierungen erlaubt oder nicht erlaubt: Wie darzulegen sein wird, geht es dabei um zuschauerfreundliche Wort-/Bild-Beziehungen und um die Beachtung von darbietungsadäquaten „Halbsekunden-Pausen" (vgl. Sturm, 1984, „Wahrnehmung und Fernsehen – Die fehlende Halbsekunde. Plädoyer für eine zuschauerfreundliche Mediendramaturgie" und 1986, „Medienvermittelte Pausen und Lerneffekte. Eine Untersuchung zu Wirkungen der formalen medienspezifischen Angebotsweisen").

Diese Vielfachbeziehungen zwischen Rezipient und Medium lassen sich in einem vorläufig-punktuellen Schaubild darstellen, wobei – je nach Interesse und Erfahrungen – verschiedene Gegenseitigkeitsbeziehungen herausgelesen werden können. Ein anderes Feld ist freilich die empirie-sichere Erfassung der dazugehörigen Wirkungen (in einem Vorgriff wird daher auf Kapitel II verwiesen, so auf die Darlegung des rezipientenorientierten Ansatzes, der psychologische Standards und Erkenntnisse einzubringen versucht in medienveranlaßte Problemlagen).

Die nachstehende Rasterliste ist unvollständig und in ihren Anordnungen eher zufällig. Sie vermag aber wohl einen Eindruck zu geben, welcherart personaler und medialer Einflußgrößen an dem Produkt „Personale Medienwirkungen" beteiligt sein können.

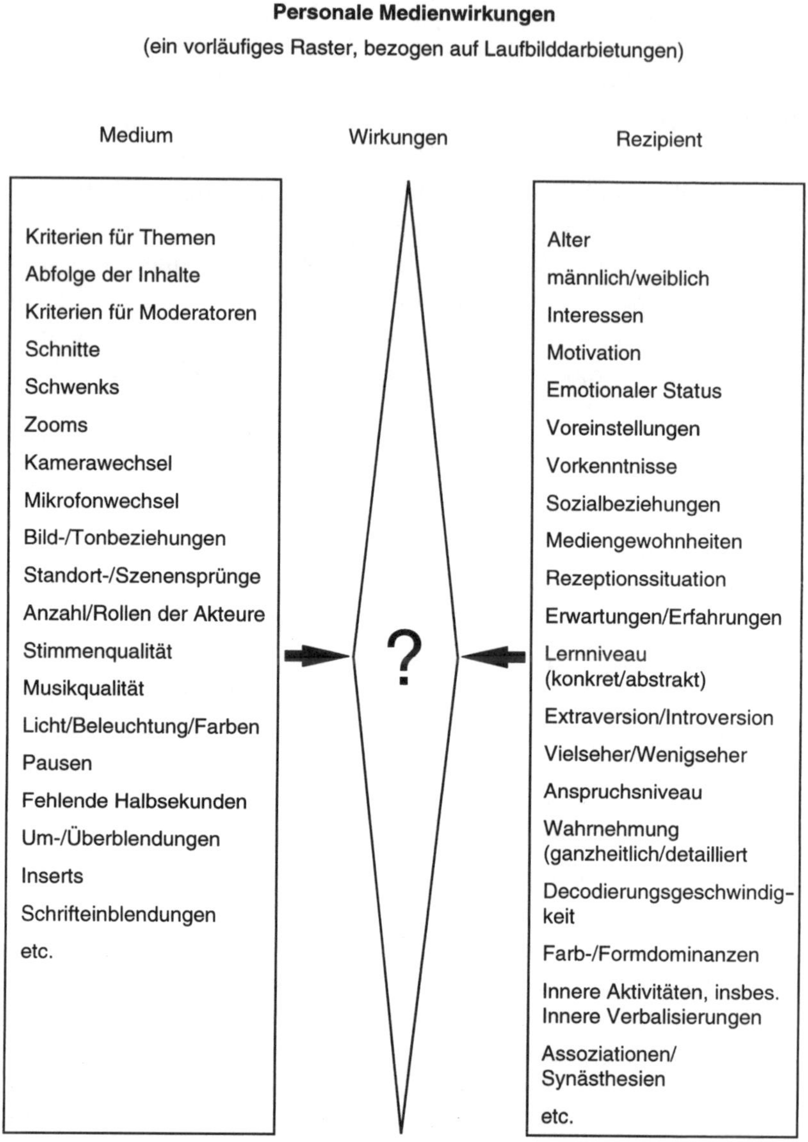

Abb. 1: *Personale Medienwirkungen (Darstellungsschema)*

Es wird sich also anbieten, verschiedene Wirkungsmerkmale gegeneinander abzuprüfen, was meint, es dürfte auf der Medienseite wie auf der Rezipientenseite zunächst nur jeweils ein Merkmal variiert werden. Als ein schrittweise zu erreichendes Ziel ist jedoch anzustreben, zu einer Bündelung/Aggregierung bestimmter Wirkungseinheiten zu kommen bis hin zur Dingfestmachung dominanter Wirkungspotentiale – dies verlangt eine Fülle noch zu leistender Vorausarbeiten: So müßten zahlreiche (Persönlichkeits-)Tests überprüft oder neu entwickelt werden, insbesondere aber müßten solide dramaturgisch-handwerkliche Erfahrungen handhabbar gemacht werden für die Erstellung – auch – dramaturgiebezogener Untersuchungsdesigns.

Bereits diese Vorausarbeiten für eine empiriegestützte rezipientenfreundliche Mediendramaturgie verlangen demnach zweierlei: die Einlösung unverzichtbarer wissenschaftlicher Standards wie harte Kenntnisse der Ingredienzen der Medienseite. Da sich Fragestellungen zur Medienseite über Bücher und Lehrbücher nur sehr unzureichend erschließen, sei mir erlaubt, auf die Wichtigkeit des Mit-Tuns hinzuweisen (so durch die Erstellung von Manuskripten, von Ablaufplänen mit ihren vielfältigen Formen der Übergangswechsel und der Wort-Bild-Beziehungen) und zu raten, erst danach mitzureden bei Diskussionen zwischen Medienwissenschaftlern und Medienpraktikern.

Dabei – und das scheint mir wichtig anzumerken – bräuchte die vielfach beklagte Kluft zwischen Medienforschung und Medienpraxis so unüberbrückbar gar nicht zu sein, vorausgesetzt freilich, es handelt sich um redlich-erfahrene Wissenschaftler und ebensolche Praktiker. So haben die summiert reflektierten Beobachtungen eines kenntnisreichen Medienpraktikers durchaus eine enge Beziehung zu wissenschaftlicher Arbeit, z. B. durch erfahrungsbezogene Fragen für medienrelevante Hypothesen.

Der Hörfunk als Erfahrungspotential: Fragen nach dem „Warum" von Medienwirkungen

Die hier darzulegenden Probleme möchte ich mit meinen Erfahrungen als Leiterin des Schul- und Jugendfunks im Südwestfunk (1945–1963) belegen. Es galt, ein weitgespanntes Programm zu erstellen (jeden Werktag mindestens eine Sendung), es mußten sehr unterschiedliche Zielgruppen bedient werden (ab vierter Klasse Grundschule bis zu den Primen der Gymnasien), man hatte es mit Autoren sehr unterschiedlicher Wissensgebiete wie unterschiedlichen Produktionsteams zu tun und vor allem mit sehr differenzierten Inhalten und Darstellungsformen.

Der Schulfunk galt als „Funkhäuschen im Funkhaus", die Reportage hatte darin ebenso ihren Platz wie Hörspiel, Dokumentation, Interview, Lesung, Feature, Hörbild und Musikdarstellung. Dabei verdient ein Spezifikum des damaligen Südwestfunk-Schulfunks besondere Erwähnung: die Einheit von Redaktion und Produktion, denn hier gab es keine organisatorische Trennung. Hinzu kam eine recht enge Beziehung zu den Teilnehmern unserer Sendungen, den Schülern und Lehrern – beim Südwestfunk war ein Redaktionsmitglied zuständig dafür, die Schulfunkproduktionen im Klassenraum zu verfolgen und die Schüler-/Lehreraktivitäten zu protokollieren.

Allein schon, was diese Schulbesuche/Protokolle zutage brachten, lenkte – immer wieder erneut – den Blick auf dramaturgische Warum-Fragen: auf Manuskriptqualitäten und Manuskriptdefizite (so darauf, daß eine „Rede" keine „Schreibe" ist), auf Leistungen von Regie und Technik, auf Stimmqualitäten, auf Pausen, Musik und Geräusche, auf Einblendungen und Übergänge der verschiedensten Art. Das war die eine Seite. Die andere war: Unser Zielpublikum agierte/reagierte oft nicht in der Weise, wie wir es nach unseren stundenlangen Redaktions- und Produktionssitzungen erwartet hatten. Manchmal erwies sich ein mühsam erhaschtes Originalgeräusch als äußerst störend, ein andermal erreichte ein langer Wortbeitrag höchste Aufmerksamkeiten bei Altersgruppen und Schularten, für die er gar nicht gedacht war (vgl. Heftrich, 1960; zu programmatischen Aussagen siehe Brentano, 1952).

Es zeigte sich wiederholt, daß die jeweiligen Themen der Sendungen (obwohl oft den Lehrplänen entnommen) keineswegs durchgängig den Verständnisleistungen der Adressaten entsprachen. Wichtiger aber als die alters- und schulspezifische Thematik war in vielen belegten Fällen die zum Thema gehörende Dramaturgie, also die Darstellungskunst der Autoren, Redakteure, Regisseure, Sprecher und Techniker.

Diese vielfältigen Programm- und Rezipientenerfahrungen führten zu einer Hierarchie von Fragen nach der Angemessenheit von Inhalt und Form für bestimmte Zuhörergruppen (nachzulesen in den Schulfunkheften des Südwestfunks, 1950–1963, insbesondere in den Protokollen des Schulfunkbeirates). Zugleich war zu erkennen, daß kognitives Verstehen und emotionales Erleben als eine besondere Problembeziehung einzuschätzen war, auch zeigten sich etliche Hinweise dafür, daß die Beziehung „konkret – abstrakt" eine besondere Aufmerksamkeit verlangte: so hinsichtlich von zusammenfassenden Sprechertexten und (konkret) ausgespielten Szenen.

Hinzu kamen Überlegungen, welcherart Möglichkeiten es gab, dem „flüchtigen Wort" nachhaltig entgegenzuwirken durch eine zusätzliche Einbeziehung von Print- und Bildmedien; so war den sendungsbegleitenden Schulfunkheften, bestimmt vor allem für die Hand des Lehrers, zumeist ein „Bilderteil" angefügt, dieser gedacht auch als Korrektur gegenüber wortabhängigen personalen Bildvorstellungen der zuhörenden Schüler. Denn die visuellen Eigenaktivitäten der Zuhörer wiesen eine kaum eingrenzbare Vielfalt auf, im Hinblick auf bestimmte Lernstoffe zeigten sich aber ebenso vielerlei „Fehlvorstellungen".

Weiter galt es, der Erfahrung Rechnung zu tragen, daß Wiederholungssendungen sehr unterschiedliche Akzeptanzen erbrachten: Es gab Sendereihen, die nach wenigen Jahren als veraltet bewertet wurden, und andere, die ihre Akzeptanz erst Jahre später erfuhren (so die Sendereihe „Dokumente zur Geschichte des Dritten Reiches" mit ihren originalen Tonaufnahmen, erstmals gesendet 1955).

Auf der Suche, solche medienpraktischen Erfahrungen in den Ergebnissen der internationalen Kommunikations- und Medienforschung wiederzufinden, erlebte ich eine Reihe von Überraschungen und Enttäuschungen: Die Rezipientenseite wurde nur von wenigen

Forschern angemessen bedacht, zumeist fanden sich eher globale Annahmen und Zuschreibungen; ähnlich wurde das jeweilige Medium meist ohne Differenzierungen behandelt, gelegentlich wurden zwar Annahmen über Inhalte von Medienbotschaften in die Untersuchungen einbezogen, jedoch blieben die unterschiedlichen formalen Transportmöglichkeiten von Inhalten durchgängig unberücksichtigt.

Für meine Fragen als Medienpraktikerin und Psychologin hieß dies: Verläßliche Hinweise für die Gestaltung von Sendungen für bestimmte Zielgruppen waren kaum auffindbar. Ich sah mich darauf verwiesen, nach Beobachtungskriterien zu suchen, die, von psychologischen Grundlagen ausgehend, in Verbindung mit medienpraktischen Erfahrungen eine gewisse Verläßlichkeit versprachen.

Meine späteren Forschungsansätze basieren überwiegend auf Überlegungen, die sich bereits während meiner kontinuierlichen Hörfunkarbeit einstellten, so manche forschungsbezogene Erstfragen, z. B. nach den emotionalen Medienwirkungen (ab 1972), nach dem Problem der Übertragbarkeit/Generalisierbarkeit von Ergebnissen auf der Grundlage der Theorie der formalen Intelligenzentwicklung nach Piaget (1970), nach den Wirkungen der formalen medienspezifischen Angebotsweisen (1975). Auch das Problem der „inneren Aktivitäten" der Rezipienten stellte sich bereits im Zusammenhang mit der Medien- und Rezipientenseite des Schulfunks.

Doch je mehr sich solche Forschungsfragen summierten, desto deutlicher vermißte ich die Erfahrungen einer kontinuierlichen Fernsehpraxis – dies auch, weil nunmehr die Radiohörer zugleich und zunehmend zu Fernsehrezipienten wurden. Aus diesem Grund entschloß ich mich, vom Hörfunk zum Fernsehen zu wechseln. Mein vordringliches Interesse war dabei, bestimmte Produktionserfahrungen des (damals so bezeichneten) „einsinnigen" Mediums Hörfunk mit dem Bild-/Ton-Medium Fernsehen zu vergleichen, zudem wollte ich der Gestaltungsfrage „Bild – Text/konkret – abstrakt" besonders nachgehen.

Das Fernsehen als Erfahrungspotential: Die Doppelkodierungen von Bild und Ton

Die nunmehr zu benennenden Erfahrungen wurden gewonnen bei Aufbau und Leitung der Abteilung „Bildung, Erziehung, Jugend" des Zweiten Deutschen Fernsehens (1963–1968). In dieser Zeit kam es zu ersten Vorversuchen, zu lerntheoretischen Grundlagen der Wirkungen von Hörfunk und Fernsehen.

Ein überraschendes Ergebnis solcher Vorversuche war, daß Hörfunkteilnehmer in ihrem Verständnis- und Lernverhalten irritierbarer erscheinen als Fernsehteilnehmer: War der Radiohörer gestört in seinem „Folgenkönnen" (heute würde ich sagen: in seinen „inneren Aktivitäten", dann war sehr häufig ein inneres wie äußeres „Abschalten/Nicht-mehr-Hinhören" gegeben – wohingegen Fernsehteilnehmer bestimmte Verständnisbarrieren weitaus weniger bemerkt haben. Der Fernsehrezipient meinte weitaus häufiger als der Radiohörer, er habe verstanden.

Diesen Unterschieden in der Bewertung des Verstehens wurde bei zahlreichen Hörfunk-/Fernsehdarbietungen nachgegangen. Dabei zeigte sich: Es waren die konkreten, dem Zuschauer schon vertrauten Einzelbilder, die das Bemerken von Lern- und Verständniswiderständen verhinderten. Was die Fernsehteilnehmer in vielen Fällen taten, war folgendes: Sie dekodierten ihnen schon vertraute Bilder, sie hatten sich an einzelnen Laufbildpassagen gewissermaßen „entlanggehangelt", unterschlugen aber die dazugehörigen Texte wie auch Bilder, die sie nicht sofort verstehen/dekodieren konnten. Solche Ersterkenntnisse führten zu – späteren – Fragestellungen nach der Bedeutung des „Lernschritts Widerstand", nach der „Ergänzungsbedürftigkeit des Fernsehens als Problem seiner medienspezifischen Angebotsweisen" bis zu empirisch abgesicherten „Defiziten des Fernsehens" (Sturm, 1968, 1979, 1989).

Für eine verständnisfördernde Mediendramaturgie schien sich abzuzeichnen: Es galt, zu einsehbaren Hinführungen von „konkret" zu „abstrakt" zu kommen, also zu einer Verringerung zu Bildkompositionen und Bildauflösungen, der Bedeutung von Wort-Texten als Hinweisreize und Verständnishilfen sowie der Pausensetzung, insbesondere bei für den Zuschauer/Zuhörer nicht vorhersehbaren

Bild-Umsprüngen, den Standort-, Situations- und Szenenwechseln (vgl. dazu Sturm 1980, 1984, 1986).

Solche und ähnliche vorwissenschaftliche Überlegungen wurden eingebracht in die Konzeption und Produktion der 36teiligen Sendereihe „Die Fernseh-Elternschule“ (1964/65). Da mit dieser Sendereihe bis dahin unbekanntes Terrain betreten wurde, war unserem Team auch über die (potentielle) Rezipientenseite nur wenig bekannt, doch war anzunehmen, daß wir es mit höchst unterschiedlichen Erfahrungen und Erwartungen zu tun hatten, also mit sehr verschiedenartigen Lern- und Abstraktionsniveaus im Zusammenhang mit einer differenzierten Thematik.

Diese beiden Seiten bedenkend, wurde die „Fernseh-Elternschule“ so konzipiert, daß – wöchentlich alternierend – auf einen 30minütigen Fernsehfilm acht Tage später eine gut vorbereitete Fernsehdiskussion, genauer, ein weiterführendes Fernsehgespräch gesendet wurde. Die Konzeption dieser Sendereihe zielte darauf ab, daß sich Diskussionspartner und Zuschauer auf konkrete Bezüge berufen konnten, die der Film aufgezeigt hatte. Zu diesem wöchentlichen Wechsel erbrachte die quantitative Zuschaueranalyse ein erstaunliches Ergebnis: In keinem Fall hatten die Diskussionssendungen weniger Zuschauer als die Filme – entgegen vielen Voraussagen.

Dieser Befund ließ neben anderen Einschätzungen diese zwei Schlüsse zu: einmal, daß Fernsehgespräche, bei denen die Hinführung vom Konkreten zum Abstrakten und vom Abstrakten zum Konkreten als Prinzip durchgehalten wird, ähnlich attraktiv sein können wie gut komponierte Filme; und zum anderen, daß zumindest ein Teil der Filmzuschauer bereit war, der Darstellung eines Themas auf „Wort-Niveau“ zu folgen. In Kenntnis der inzwischen vorliegenden Medien-/Rezipientenuntersuchungen zu fernsehvermittelten Emotionen, den Wort-Bild-Beziehungen und dem Zusammenhang von Pausensetzung und „innerer Verbalisierung“ meine ich, daß mit der „Fernseh-Elternschule“ ein Teilstück der rezipientenfreundlichen Mediendramaturgie praktiziert worden war. Dieser Versuch betraf zugleich das Fernsehen als Hörmedium, eine Gegebenheit, die oft vernachlässigt wird. Sie sollte jetzt besonders bedacht werden, weil je nach Zunahme und Ausweitung der Fernsehkanäle zwangsläufig eine Zunahme der Fernseh-Interviews, -Gespräche und -Diskussionen zu erwarten ist.

Zunächst stellt sich das Problem der Themeneingrenzung, vor allem aber die Frage nach der Auswahl der Gesprächs- und Diskussionspartner wie des Moderators. Viele Erfahrungen sprechen dafür, daß insbesondere bei Themen neuer Art (und damit einem noch „ungefilterten" Publikum) der Auswahl der Fernsehakteure eine zentrale Wichtigkeit zukommt. Denn diese Gesprächs- und Diskussionsteilnehmer haben die schwierige Aufgabe, das „hinter" dem jeweiligen Thema stehende Wissen oder Nichtwissen zu beschreiben, zu bündeln, oft auch zu gesprächsfähigen Benennungen und Begriffen hinzuführen. Das fernsehspezifische Problem der Aufeinanderbeziehung von „konkret" und „abstrakt" wird also personalisiert, an Personen gebunden, die für eine Sendungsspanne zu Fernsehakteuren werden.

Leider sind solche Gesprächs- und Diskussionsteilnehmer – die in Rede und Sache „konkret" und „abstrakt" einsehbar zu verbinden wissen – nur schwer zu finden. Man sucht sie kaum mit Erfolg unter Verbandsvorsitzenden und Mehrfachmitgliedern verschiedener Kommissionen, deren Aufgabe es ja auch nicht ist, „von der Sache her" verständlich zu sein. Es gilt also, die eher stillen und eben nicht auf Medien ausgerichteten Gesprächsteilnehmer zu finden, deren tägliche Arbeit einen stetigen Umgang mit den in Frage stehenden Realitäten verlangt und die sich deshalb scheuen, ungefüllte Begriffe und Schnellzuschreibungen zu verwenden, weil sie wissen, daß damit die zu vermittelnden Probleme nur allzu leicht fehletikettiert werden.

Ähnliche Vorauskriterien gelten für die Moderatoren/Gesprächsleiter. Von ihnen ist sogar in besonderer Weise zu verlangen, daß sie das darzustellende Thema in seinen konkreten Inhalten wie in den begrifflichen Facetten beherrschen; denn der Moderator/Gesprächsleiter sollte vorausbedenkend erkennen, wann eine Gedankenkette zu Ende, wann eine neue Frage zu stellen ist, welche Überbrückungshilfen angezeigt sind und wo ein problembezogenes „Kontra" nötig ist.

Die englische Bezeichnung „anchor-man" beschreibt die Rolle des Moderators/Gesprächsleiters recht präzise (und die ist wohl kaum durch ein aufgesetztes Moderatorentraining zu erreichen). In solchen Zusammenhängen ist daran zu erinnern, daß der Zuschauer Fernsehdarbietungen nicht nur mißt an vergleichbaren anderen Fernsehangeboten, sondern ebenso an seinen eigenen Kenntnissen und Erfahrungen in Familie, Ausbildung und Beruf zunehmend das Aufeinanderbezogensein von Theorie und Praxis und weiß von daher um die damit verbundenen Schwierigkeiten. Schon von solchen personalen Erfahrungen her dürfte die Meßlatte für Moderatorendarbietungen weit höher liegen, als gelegentlich angenommen wird (vgl. dazu Sturm, 1974a, 1984).

Begreift man den Moderator als anchor-man, dann sind zugleich einige emotionale Verläßlichkeiten für den Zuschauer gegeben, denn er wird ihm – zumindest während einer Sendung oder Sendereihe – immer wieder begegnen. Zur Verstärkung der emotionalen Verläßlichkeit haben wir uns bei der „Fernseh-Elternschule" auf zwei sich abwechselnde Moderatoren beschränkt. Weiter wurde darauf geachtet, daß der Rezipient sich in die Gesprächs-/Diskussionsteilnehmer „einsehen" und „einhören" konnte. Keine Gesprächsrunde hatte mehr als vier Teilnehmer, manche hatten nur drei, dazu kam der Moderator.

Solche Überlegungen führten zum heiklen Problem der „Pausensetzung" bei Laufbilddarbietungen, und zwar sowohl bei den Filmen wie bei den Gesprächen; bei beiden waren „Nachdenkpausen" für den Zuschauer gefragt. Für die Filme der Fernseh-Elternschule ist hier noch ein nachträglicher Dank an Kameraleute und Cutterinnen abzustatten: Auf das Problem aufmerksam gemacht, kamen von ihrer Seite zahlreiche Vorschläge für sinnvolle Bildverlängerungen und für nachvollziehbare Überleitungen auf der Tonschiene. Bei den Gesprächen und Diskussionen lag es beim Moderator, durch nachdenkliche Wortwahl und ruhige Gesten die verlangten Pausen einzubringen als Strukturierungshilfen für die dreißigminütigen Wortdarbietungen. Zwei Jahrzehnte später konnte dann der wissenschaftliche Nachweis erbracht werden für die Wichtigkeit von medienvermittelten Pausen bei fernsehvermittelten Aufgaben (Sturm, Vitouch, Grewe-Partsch, 1986).

Um Mißverständnisse zu vermeiden, liegt mir an einem Zusatz: Bei meinem Rückblick auf die Fernsehpraxis habe ich mich nur auf eine Sendereihe unter bestimmten Beobachtungsaspekten bezogen – es hätten sich auch andere Serien und Einzelsendungen ähnlicher Art und Zielrichtung finden lassen. Damit soll betont werden, daß die hier dargelegten medienpraktischen Hinweise und Erfahrungen nicht auf das „Insgesamt" von Fernsehdarbietungen übertragbar sind – so nicht unbedingt auf aktuelle Themen, auch nicht auf bewußt kontrovers angelegte Darstellungen.

Allerdings möchte ich hinzusetzen, daß derzeit vielen anderen Sendungsarten eine Spur Rezipientenfreundlichkeit guttun würde: durch Halbsekunden-Pausen bei den Übergängen, durch ein Ausredenlassen der Befragten und durch ein Vermeiden abrupter Abbrüche – so durch ein plötzliches „Guten Abend", gleichgültig, was an Themen und Inhalten vorausgegangen ist. Doch davon wird später noch zu handeln sein.

Bleibt noch hinzuzufügen, daß etlichen dieser frühen Fernseherfahrungen auch heute noch ein gewisses Gewicht zukommen könnte: so werden die zahlreichen Talkshows wohl auch weiterhin ihr Publikum finden – die Einheit von Zeit und Raum kann eine Attraktion sein gegenüber den Hetzigkeiten und Fetzigkeiten miteinander konkurrierender Programme.

Im Verlauf meiner Hörfunk- und Fernsehpraxis stellten sich eine Reihe von Fragen, die später eingingen in empirische Untersuchungen, z. B.

- nach den Wirkungsbeziehungen zwischen der Medienseite und der Rezipientenseite;
- nach der Wertigkeit der formalen medienspezifischen Angebotsweisen;
- nach den Wirkungsunterschieden vergleichbarer Hörfunk- und Fernsehdarbietungen bei Emotionen und Kognitionen;
- nach den inneren Rezipientenaktivitäten während des Fernsehens oder des Radio-Hörens.

II

Die Dominanz des „Wie der Präsentation“ Grundlagen für eine rezipientenorientierte Mediendramaturgie

Nach diesen „Fragen aus der Medienpraxis“ drängen sich nunmehr Überlegungen auf, wie ihnen empirisch nachgegangen werden kann: es gilt wissenschaftliche Kriterien zu erarbeiten. Doch müßte – wie bereits angedeutet – eine kenntnisreich-kriterienbezogene Medienpraxis in den meisten Fällen zu sehr ähnlichen Notierungen kommen wie eine empirie-gestützte Medienwissenschaft, denn beide Seiten haben es mit denselben Grundvoraussetzungen zu tun: mit der genauen Erfassung von problemgeleiteten Beobachtungen. Auf seiten der Wissenschaft treten etliche unverzichtbare Kriterien dazu. Lediglich drei solcher Vorausstandards will ich nennen:

Da ist zunächst das Kriterium der *Validität*, zu umschreiben mit der Frage: Erfaßt eine Untersuchung eigentlich das, was sie zu erfassen vorgibt? Leider scheitert eine Vielzahl gegenwärtiger Medienstudien schon an diesem ersten Kriterium.

Darunter fallen Kinderbefragungen, die vorab Frage-Verständnis/Frage-Unverständnis, Sprachkompetenz und Sprechverhalten erfassen, nicht aber Medienwirkungen. Zu verweisen ist auch darauf, daß z. B. die persönliche Intelligenz einen hohen Einfluß hat auf Verständnis und Erinnern; bleibt diese unerfaßt (finden sich also zufällig mehrere Hoch-/Niedrigintelligente in verschiedenen Vergleichsgruppen zusammen), dann sind die späteren Ergebnisse weithin wertlos. In solchen Zusammenhängen wären auch die üblichen Panelbefragungen neu zu bedenken, denn bei wiederholten Befragungen desselben Personenkreises zu denselben Problemlagen wird zumindest miterfaßt, ob und inwieweit ein Befragter *zugibt*, daß er seine Meinung, seine Einstellung geändert hat (und das hat mit Persönlichkeitsvariablen wie Selbstbewußtsein, Anspruchsniveau, Ehrlichkeit etc. zu tun, nicht aber unbedingt mit dem erfragten Zusammenhang).

Das Kriterium der *Reliabilität* ist zu benennen mit der Frage: Wie *genau* erfaßt eine Untersuchung das In-Frage-Stehende, womit die Exaktheit der verwendeten Instrumentarien angesprochen ist. So hat die Verwendung von semantischen Differentialen keineswegs einen unbegrenzten Einsatzbereich (z. B. im Hinblick auf Alter und zutreffende verbalisierte Zuschreibungen); ebenso erbringen physiologische Messungen nur dann präzise Befunde, wenn mehrere physiologische Meßverfahren zueinander in Beziehung gesetzt werden. Entscheidend ist schließlich die zentrale Frage, ob und inwieweit sich (so bei Fernsehuntersuchungen) laufbildvermittelte Eindrücke über verbale Befragungen auch nur in annähernder Genauigkeit abrufen lassen. Hierzu dürften hirnphysiologische Forschungen etliche Überraschungen erbringen – ein Grund (neben vielen anderen Gründen) der nahelegt, daß eine psychologisch-fundierte Medienwirkungsforschung sich dringlich um Neuropsychologie und Hirnphysiologie (be)kümmern sollte.

Schließlich bleibt das Kriterium der *Objektivität* – zu übersetzen mit der Frage, ob und welche Verallgemeinerungen zulässig sind. Daß gerade dieses Kriterium recht häufig umgangen wird, verwundert nicht: Reicht doch – empirisch-wissenschaftlich – kein Ergebnis weiter, als die vorher definierten Fragestellungen, die untersuchte Population, die eingegebenen Prüfmaterialien und die verwendeten Methoden dies zulassen. Hinzu kommt bei Untersuchungen zu personalen Medienwirkungen die unabdingbare Forderung nach der gleichgewichtigen Erfassung von Medien- und Rezipientenvariablen, dies schon deshalb, weil anders gar nicht nachweisbar ist, worauf sich die jeweils notierten Wirkungen beziehen. Ohne diese beidseitige Erfassung sind Verallgemeinerungen so gut wie nicht möglich, schon gar nicht im internationalen Bereich. Überdies verlangt jede fortschreibbare Medientheorie nach Kriterien dieser Wirkungsbeziehung auf Gegenseitigkeit.

Anders gesagt: Es werden sich wohl kaum Einwände gegen die Feststellung finden lassen, daß Medienwirkungen auf Zuschauer, Zuhörer und Leser abhängig sind von Persönlichkeitsmerkmalen des Rezipienten (wozu auch Sozial- und Situationsvariablen wie gesamtgesellschaftliche Einschätzungen gehören) *und* von Form und Inhalt medienspezifischer Darbietungen. So dürfte unmittelbar einsehbar sein, daß – auf der Rezipientenseite – Voreinstellungen, emotionale Befindlichkeiten etc. den Umgang mit Mediendarbietungen steuern, wie – auf der Medienseite – die „Form des Transports von Inhalten/das Wie der Präsentation" (also die unterschiedliche Verwendung von Schnitten, Schwenks, Zooms, Kamera- und Mikrofonwechsel, die Pausengestaltung, Musikeinblendungen etc.) höchst unterschiedliche Aktionen und Reaktionen beim Rezipienten hervorrufen.

Eine verläßliche Medien-/Rezipientenforschung ist also darauf verwiesen, Rezipienten- *und* Medienvariablen gleichermaßen exakt zu erfassen. Wird auf eine solche Erfassung und Zusammenschaltung verzichtet, dann sind die nachherigen Ergebnisse äußerst aussageschwach, denn es lassen sich keine verläßlichen Zuordnungen treffen, welche Wirkungsanteile der Medienseite zugehören und welche der Rezipientenseite. Das meint zugleich: Die Kriterien „Validität" und „Reliabilität" bleiben uneingelöst (vgl. Sturm, 1988 „Medienwirkungen – ein Produkt der Beziehungen zwischen Rezipient und Medium").

Diese schwierige Forschungslage verlangte nach einer neuen Blickrichtung im Geflecht der zahllosen Beziehungen zwischen der Medienseite und der Rezipientenseite. Ich durchforstete die psychologische Literatur nach Konzepten und Ergebnissen, die sich als Kriterienmaße einbringen ließen in medienvermittelte Problemlagen.

Das Resultat dieser Bemühungen nannte ich den „rezipientenorientierten Ansatz" (Sturm, 1982).

Auch um zu einer Einlösung solcher wissenschaftlicher Vorauskriterien wie einer handhabbar-detaillierten Verbindung zwischen der Rezipienten- und der Medienseite zu kommen (und damit zu einer Grundlage für die Einlösung wissenschaftlicher Standards), habe ich den *rezipientenorientierten Ansatz* entwickelt.

Der rezipientenorientierte Ansatz

Ausgangspunkt des rezipientenorientierten Ansatzes ist die Überlegung, daß menschliche Entwicklungen stets verbunden sind mit Art und Zahl der Außenreize, die Personen (und Personengruppen) erfahren, und dem dazugehörigen individuellen (auch gruppenabhängigen) Aktions- und Reaktionsverhalten. Mediendarbietungen werden als Außenreize verstanden, die vom Rezipienten spezifische Anpassungs- oder Abwehrleistungen verlangen, je nach Art der Darbietungen und je nach Möglichkeiten des personalen Antwortverhaltens. Es geht also gleichermaßen um die Erkennung von Art und Zahl der Besonderheiten von medienvermittelten Außenreizen wie um unterschiedliche Anpassungs- oder Abwehrstrategien unterschiedlicher Empfängergruppen.

Die psychologische Forschung kann für eine rezipientenorientierte Medienforschung wichtige Dienste leisten, denn sie vermag Fragestellungen und Strategien medienunabhängiger Untersuchungen einzubringen in Problembereiche, wie sie nunmehr die Massenmedien aufweisen. Insbesondere ist dabei zu denken an die Bereiche Wahrnehmungspsychologie, Entwicklungs- und Lernpsychologie, an Emotionsforschung und an Teile der Sozialpsychologie. Die Untersuchungen zu diesen Feldern sind Legion (was auch mit einer gut hundertjährigen Tradition der experimentellen Psychologie zu tun hat), es handelt sich um Erfahrungen der Verläßlichkeit von Erst- und Nachfolgebefunden, um Differenzierungen und Weiterführungen, auch um das Aufgeben von Ansätzen, die sich als nicht tragfähig erwiesen haben.

Unter Kenntnis und Berücksichtigung solcher Arbeiten wäre es geradezu leichtfertig, wiederholt bestätigte Ergebnisse psychologisch-/sozialwissenschaftlicher Forschung nicht einzubringen als Kriterien und Vergleichsmasse in Untersuchungen zu Medienwirkungen.

Damit läßt sich prüfen, ob sich entsprechende Ergebnisse wieder, nicht oder anders zeigen im Hinblick auf nunmehr medienvermittelte Stimuli. Allerdings verlangt dieses Vorgehen nach einer exakten Gleichschaltung, also Parallelisierung der medienunabhängigen und der medienabhängigen Untersuchungen hinsichtlich der Stimuli in Form und Inhalt, der Situationsvariablen, der verwendeten Methoden, der persönlichkeitsspezifischen Merkmale der Rezipienten, so ihrer kognitiven, emotionalen und sozialen Befindlichkeiten.

Sind solche Übereinstimmungen gegeben, dann lassen sich aus der Differenz oder Nicht-Differenz der Ergebnisse Medienwirkungen erkennen, die den Kriterien der Validität und Reliabilität weithin standhalten. Eine vorsichtige Generalisierung der medienabhängigen Ergebnisse ist dann angezeigt, wenn diese übereinstimmen mit den Befunden, die zu einer empirie-geprüften Theorie gehören. Zumeist handelt es sich dabei um dominante Wirkungen, die, auch in internationalen Zusammenhängen, unter ähnlichen Bedingungen immer wieder erscheinen.

Der rezipientenorientierte Ansatz läßt sich demnach beschreiben als der Versuch, Medienwirkungen als Veränderungen von personalen und sozialen Befindlichkeiten zu verstehen, wie umgekehrt personale und soziale Befindlichkeiten im Hinblick auf Medienwirkungen als Steuerungsgrößen zu begreifen sind. Wissenschaftstheoretisch formuliert: Der rezipientenorientierte Ansatz nimmt eine Mittlerstellung ein zwischen dem Reiz-Reaktions-Modell und dem Nutzen-Ansatz, er beachtet beide Seiten – sowohl „Was machen die Medien mit dem Menschen?" wie auch „Was macht der Rezipient mit den Medienangeboten?". Beide Seiten, meine ich, gilt es gleichberechtigt zu berücksichtigen (vgl. Sturm, 1982, 1988, 1997).

Der rezipientenorientierte Ansatz hat zu meinem Bedauern eine Reihe von Fehl-Etikettierungen erfahren: so die Verwendung des Begriffs „rezipientenorientiert" als eine Art Gegenkonstruktion zu „medienzentriert" – eine klare Verkennung des Gemeinten und Beschriebenen.

Freilich: Die Schwierigkeit der Anwendung des rezipientenorientierten Ansatzes besteht darin, daß sowohl gründliche Kenntnisse auf der psychologischen/sozialwissenschaftlichen Seite gefordert sind als auch ein exaktes Wissen über die Ingredienzen der jeweiligen Medien: Man muß für beide Seiten beurteilen können, was denn *detailliert* erfaßt und aufeinander bezogen werden soll und kann. Ohne solche nachweisbaren detaillierten Beziehungen läßt sich weder die Ausgangsfrage kommunikationswissenschaftlicher Forschung „Was hat auf wen unter welchen Medienbedingungen welche Wirkung?" schrittweise beantworten, noch ist die Warum-Frage nach mediendramaturgischen Wirkungen denkbar; dies allein schon im Hinblick auf die vielfältigen Variablen der Präsentation und das damit verbundene jeweils unterschiedliche Antwortverhalten der Rezipienten. Um zu einer Umsetzung dieser wissenschaftlichen Standards und damit auch zur Anwendung des rezipientenorientierten Ansatzes zu kommen, sind mehrere einzelne oder kombinierte Untersuchungsschritte nötig.

Es geht um Untersuchungsschritte, die

1. nicht nur die medienvermittelten Inhalte, sondern ebenso die Art der Präsentation berücksichtigen (also die Schnitte, Schwenks und Zooms, die Um- und Überblendungen, die Mikrofon- und Kamerawechsel, die Umsprünge von Bild auf Wort und von Wort auf Bild, die Bild-/Wort-Pausen, die Geräusch- und Musikzutaten; bei schriftlichen Materialien ginge es um Schriftgrößen, Zeilen- und Wortabstände, Schriftarten, Bebilderungen etc.)
2. Unterschiede der Präsentationsarten der Medien herausarbeiten (so bei Laufbildern/Fernsehen, bei Tondarbietungen/Hörfunk, bei unterschiedlichen Druck-Erzeugnissen)
3. der Rezipientenseite in ihren dominanten Anpassungs-/Abwehrstrategien an Medienreize die ihr zukommende Gewichtung geben (so hinsichtlich Alter, Intelligenz, Interessen, emotionale Befindlichkeiten, Voreinstellungen, situatives Umfeld, Mediengewohnheiten etc.)
4. das Problem berücksichtigen, unter welchen Bedingungen empirische Befunde eine gewisse Generalisierung zulassen, hierbei ist insbesondere an empiriegeprüfte Theorien zu denken, zunächst von der Rezipientenseite – wobei manche Neu-Überprüfung vorzunehmen sein wird.

Auf längere Zeiträume gesehen, dürfte auch an wiederholt geprüfte Theorieteile der Medienseite zu denken sein: Diese wären dann mit der Rezipientenseite in Beziehung zu setzen. Finden sich hierbei Übereinstimmungen, dann sind je nach Reichweite der überprüften Theorien Generalisierungen möglich.

Mediendramaturgie und Verständnis: Die entwicklungstheoretischen Kriterien von Piaget, übertragen auf Hörfunk und Fernsehen

Ausgehend von den dargebotenen medienpraktischen Fragestellungen (und den dahinterstehenden psychologischen und pädagogischen Interessen), erscheint es naheliegend, daß die erste Anwendung des rezipientenorientierten Ansatzes sich auf das „Wie der Präsentation" bezog, und zwar unter dem Blickpunkt medienspezifischer Verständlichkeiten. Damals schon – 1971 – gab es eine Fülle von Untersuchungen zu kognitiven Medienwirkungen, jedoch wurde so gut wie nicht Bezug genommen auf die unterschiedlichen Darstellungsarten. Dabei (und jeder Medienpraktiker weiß es) können Fernsehen und Hörfunk dieselben Themen sehr unterschiedlich präsentieren: so aus einer Sichtweise (etwa eines Erzählers oder Moderators) oder unter sehr differenten Bewertungsaspekten; vergleichbare Inhalte können ruhig-fortschreitend dargestellt werden, doch auch zerstückelt-häppchenweise und unterbrochen durch zahlreiche „Umsprünge". Für den Rezipienten heißt das: Er muß sich an jeweils sehr unterschiedliche Präsentationsformen anpassen, wenn er einer Darbietung folgen und sie verstehen will.

Unter den Kriterien des rezipientenorientierten Ansatzes habe ich also Ausschau gehalten nach wiederholt bestätigten psychologischen Befunden zu Wirkungen von Präsentationsarten, die zudem – und das ist entscheidend – für Überprüfungen unter Medienbedingungen geeignet waren. Besonders beachtet wurden lerntheoretische und entwicklungspsychologische Arbeiten, weil diese, so stand zu erwarten, einige Vorantworten zur Frage „Welche Präsentationen für welche Rezipienten?" enthalten konnten.

Das Ergebnis solcher Bemühungen war: Je intensiver ich mich mit lerntheoretischen und entwicklungspsychologischen Konzepten (und den dazugehörigen empirischen Befunden) befaßte, desto wichtiger erschienen mir die Zusammenhänge zwischen dem (medienspezifischen) „Wie der Präsentation" und den „Etappen der formalen Intelligenzentwicklung", wie sie Piaget in seiner grundlegenden Arbeit „Psychologie der Intelligenz" beschrieben hat. Denn: Folgt man der Sichtweise und den Befunden Piagets zur formalen

Intelligenzentwicklung und überträgt sie auf die formalen medienspezifischen Angebotsformen von Hörfunk und Fernsehen, dann zeigen sich etliche fundamentale Voraussetzungen für das Zustandekommen medienabhängiger Verständnisleistungen. Entscheidend ist dabei, daß die Kriterien Piagets angewandt werden können auf Darstellungsfragen zu wohl allen medienvermittelten Inhalten, zudem können sie auf Kinder wie auf Erwachsene bezogen werden.

Schon diese wenigen Hinweise deuten an, daß der Leser – wieder einmal – aufgefordert ist, „gleichzeitig mit mehreren Bällen zu spielen“: So muß er grundlegende Details zur Kenntnis nehmen, diese zusammen sehen mit kognitiven Entwicklungsprozessen und diese Zusammenschau einbringen in die Problemlagen des „Wie der Präsentation“. Nach dieser Vorwarnung sei nun versucht, die unter lebensrealen Bedingungen gewonnenen Erkenntnisse Piagets ein Stück weit durchschaubar und handhabbar zu machen im Sinne einer rezipientenbeobachtenden Verständlichkeit.

Faszinierend an der empiriegestützten Theorie der formalen Intelligenzentwicklung war für mich zunächst, daß Piaget Intelligenz definiert als einen „fortschreitenden Anpassungsvorgang an die Umwelt“, wobei diese Anpassungsvorgänge mit einer ständigen Erweiterung der personalen kognitiven Bezugssysteme verbunden sind. Das heißt, daß seine Definition von Intelligenz auch dann zutrifft, wenn es sich um Anpassungsvorgänge innerhalb ganz verschiedener Umwelten handelt, weil es von Aufbau, Art und Zahl dieser kognitiven Bezugssysteme abhängt, welche Verstehensleistungen dem Individuum möglich oder nicht möglich sind. Genauer: In seinen Arbeiten zur formalen Intelligenzentwicklung untersucht Piaget die *Art und Zahl der Bezüge*, die für die einzelnen Intelligenzetappen maßgeblich sind – wie (in der Umkehrung) Art und Zahl der personalen Bezugsleistungen für unterschiedliches Verstehen und Bewerten von Aufgaben und Inhalten.

Allein von daher gesehen, verwundert es nicht, daß die an Sprach- und Kulturgrenzen nicht gebundenen entwicklungspsychologischen Arbeiten Piagets eine hohe internationale Beachtung gefunden haben. Zahlreiche Nachprüfungen haben wiederholte Bestätigungen für Aufbau und Abfolgen der formalen Intelligenzetappen erbracht, auch manche methodische und sozialisationsspezifische Differenzierungen. Solche Überprüfungen erbrachten weiter, daß die Alterszuordnungen zu den einzelnen Intelligenzetappen deutlich variieren können – doch läßt sich aus der Theorie der formalen Intelligenzentwicklung unmittelbar folgern, daß je nach Art und Zahl der verlangten Umweltanpassungen der Aufbau der formalen Intelligenzstrukturen gefördert, verzögert oder angehalten werden kann.

In Anbetracht solcher Grundkenntnisse bot sich das Modell der formalen Intelligenzentwicklung geradezu dafür an, es in eine Beziehung zu setzen mit den formalen Gestaltungsmitteln von Hörfunk und Fernsehen. Dies auch, weil die medienspezifischen Präsentationsarten ähnlich unabhängig sind von sprachlichen und kulturellen Eigenheiten, also von grenzüberschreitenden Wirkungen auszugehen ist.

Mit dem Beitrag „Fernsehen und Entwicklung der Intelligenz" wurde dieser Versuch unternommen (Sturm, 1971). Bei dieser Erstdarlegung ging es um eine Zusammenschau der Ergebnisse Piagets und deren Übertragung auf laufbildspezifische Vergleichbarkeiten. Da im folgenden nur Grobhinweise zu den Arbeiten Piagets und seiner Schüler gegeben werden, sollte für Detailfragen diese Einführung herangezogen werden (für Weiterführungen siehe Sturm, 1974; Sturm und Grewe-Partsch, 1979; Sturm und Jörg, 1980). Nunmehr sei ein weiterer Schritt versucht: Es geht dabei um die Frage nach *Art und Zahl der Bezüge*, die Zuschauern und Zuhörern unter dem Gesichtspunkt der Verständlichkeit angeboten und zugemutet werden können.

Für die Handhabung einer rezipientenorientierten Mediendramaturgie zeichnen sich damit theoriegeleitete Antworten ab (von dazugehörigen empirischen Befunden wird später noch zu sprechen sein), insbesondere zu programm-definierten Zielgruppen (so zu Kinder-, Jugend- und Bildungsprogrammen); es lassen sich Angaben machen für eine Erleichterung kognitiver Nachvollzüge bei Informations-, Dokumentations- bis Unterhaltungssendungen (zumindest für einzelne Passagen, die ein besonderes Verständnis verlangen); es sind Hinweise möglich für eine gewisse Vermeidung oder Verstärkung selektiver Wahrnehmungen (speziell bei der Darbietung neuer Sachverhalte). Zugleich werden sich Fragen einstellen zu medienspezifischen Sozialisationswirkungen. Der Weg für die nächsten Darlegungen ist damit vorgegeben: Es gilt, die Eckpunkte der Theorie der formalen Intelligenzentwicklung aufzuzeigen mit Blick auf mediendramaturgische und medienpädagogische Ableitungen im Zusammenhang mit konkret-benennbaren Differenzierungen.

Die Entwicklungsetappen Piagets: Ableitungen für Mediendramaturgie und Pädagogik

Zu beginnen ist mit einer Differenzierung der Piagetschen Definition von Intelligenz als „fortschreitender Anpassungsvorgang an die Umwelt". Nach Piaget vollzieht sich dieser Anpassungsvorgang unter zwei Verläufen: der „Assimilation" und der „Akkommodation" – und zwar je nach den personalen kognitiven Bezugssystemen und den Umweltanforderungen.

Zur Erklärung: „Assimilation" ist der Vorgang der Angleichung an das Individuum. Er hat zur Voraussetzung, daß Umweltreize in ein schon bestehendes kognitives Schema integriert werden können. Bezogen auf den Medienkonsumenten bedeutet Assimilation, daß seine bisherigen kognitiven Erfahrungen ausreichen, um das Angebot zu verstehen.

„Akkommodation" ist der komplementär-gegenläufige Vorgang, die Angleichung des Individuums an die Umwelt. Das bedeutet: Reichen die bisherigen kognitiven Schemata nicht aus zur Integration der Umweltanforderungen, dann müssen die kognitiven Bezüge erweitert und neu angepaßt werden – nach Piaget müssen Denk- und Handlungsschemata so verändert werden, daß die Umwelt neu begriffen werden kann. Auf den Medienkonsumenten bezogen bedeutet Akkommodation, daß er auf neue Anpassungsleistungen verwiesen ist, wenn er verstehen will – etwa auf erhöhte Aufmerksamkeiten und erweiterte Selektionsstrategien.

Assimilations- und Akkommodationsvorgänge gehören untrennbar zusammen; weiterführend beschreibt Piaget Intelligenz als ein jeweils neu zu erreichendes Gleichgewicht zwischen „assimilieren" und „akkomodieren". Dieser Zusammenhang wird transparent, wenn wir uns die Entwicklung von Verständnis vergegenwärtigen: Ist ein Heranwachsender oder Erwachsener vorzugsweise auf Assimilation verwiesen (erfährt er also immer wieder ihm bereits Bekanntes), lernt er kaum hinzu. Sind vorzugsweise Akkommodationsleistungen von ihm verlangt (ist er also laufend überfordert), ist anzunehmen, daß er diesen Überforderungen ausweicht; Lerneffekte sind dann ebenfalls kaum zu erwarten, eher ist mit einer Fülle von kognitiven Fehlbezügen zu rechnen. Für die Beziehung „Darbietung und Rezipient" läßt sich damit eine Zielrichtung andeuten: Es geht um Überlegungen zur Herstellung von Gleichgewichtigkeiten zwischen Assimilationen und Akkommodationen (vgl. Sturm, Der Zuschauer als Manipulator, 1973). Zu vermerken bleibt noch die Selbstverständlichkeit, daß Assimilationen und Akkommodationen verbunden sind mit jeder Phase menschlicher Entwicklung: Durch eine Erweiterung der kognitiven Schemata (Akkommodation) ergeben sich neue Möglichkeiten, die Umwelt zu erfassen (dann Assimilation). So gesehen, gibt es keine Endpunkte der menschlichen Intelligenzentwicklung – Rückentwicklungen mit eingeschlossen.

In der Beziehung „Rezipient und Medien" spielen die komplementär-gegenläufigen Anpassungsvorgänge eine zentrale Rolle: für die Darbietungsseite, weil sie zum Assimilieren oder Akkommodieren veranlaßt – für die Rezipientenseite, weil je von Art und Zahl der lebenslang geleisteten Anpassungsvorgänge abhängig ist, ob und wie Mediendarbietungen dekodiert, verstanden und nachvollzogen werden. Ich gehe also aus von der Annahme, daß man die Anpassungsvorgänge Assimilation und Akkommodation zur Kenntnis genommen hat; denn nur unter ihren Voraussetzungen haben die Intelligenzetappen Piagets eine Art Kompaßfunktion für die Beantwortung der Frage, welche dramaturgischen Darbietungsbezüge welche Rezipientengruppen über- oder unterfordern.

Mit anderen Worten: Es geht um Hinweise zu Wirkungen des „Wie der Präsentation" unter dem Blickpunkt der Art und Zahl der Bezüge, die Piaget den einzelnen Intelligenzetappen zuordnet.

Ab jetzt haben wir es also zu tun mit Problemaufweisen, auf welchen Intelligenzetappen bei welchen Darbietungsweisen vorab mit Assimilationen zu rechnen ist (der Rezipient entnimmt dem Angebot jene Details und Passagen, die ihm vertraut sind, er hangelt sich an ihm Sofort-Verständlichem entlang etc.) wie mit Akkommodationen (der Rezipient läßt sich ein auf neue Anpassungsleistungen, wobei durchgängige Überforderungen ebenfalls auf punktuell-selektive Dekodierungsstrategien verweisen). Für eine verständnisfördernde, rezipientenorientierte Mediendramaturgie stellt sich damit eine klare Aufgabe: Wie ist zu erreichen, daß Assimilations- und Akkommodationsleistungen nahe beieinanderstehen? Die Arbeiten Piagets geben dazu eindeutige Hinweise.

Mit diesen letzten Bemerkungen mag – vielleicht – klar geworden sein, warum ich mich immer wieder bemühe, das Modell der formalen Intelligenzentwicklung einzubringen in die Medienpraxis, Medienforschung und Medienpädagogik (wobei mir von seiten der Piaget-Kenner zu weitgehende Vereinfachungen vorgeworfen werden können, ein Vorwurf, der sofort akzeptiert wird – von seiten der Nichtkenner aber zu viele Komplizierungen). Mir ist bislang kein anderes empirie-bezogenes Modell bekannt, das vergleichbare Markierungspunkte setzt für eine Abschätzung kognitiver Wirkungen des „Wie der Präsentation" und in ähnlich direkter Weise übertragbar ist auf Mediendarbietungen. Freilich: Es ist ein relativ altes Modell – seine Erstdarlegung erfolgte 1947–, und selbstverständlich bieten sich etliche Hinzunahmen und Weiterführungen an.

Es geht zunächst um ein Neubewerten der Alterszuordnungen (hier ist generell früher anzusetzen); hinzuzunehmen wären neuere Erkenntnisse der Motivationsforschung (so ist zu vermuten, daß sich je nach Motivationslagen und Anspruchsniveaus Unterschiede zeigen bei unterschiedlichen personalen Interessengebieten); zu nennen sind neuere Untersuchungen zu Lernentwicklungen von Erwachsenen sowie geriatrische Arbeiten (hier könnten sich veränderbare Strukturbeziehungen zeigen bis hin zu personalen Rückentwicklungen).

Schließlich ist darauf zu verweisen, daß die unter Laufbild-/Laufwortbedingungen verlangten Verständnisleistungen – zumindest auf Dauer – die Entwicklung menschlicher Bezugssysteme beeinflussen, also als kognitive Sozialisationsfaktoren zu berücksichtigen sind (allerdings braucht man für das Aufzeigen von Sozialisationswirkungen präzise Vergleichbarkeiten, insbesondere bei internationalen Vergleichen – und schon deshalb wird das Modell der formalen Intelligenzentwicklung noch über lange Zeit bedeutsam sein).

Piaget gibt seinem Modell der Intelligenzetappen die Überschrift „Die Entwicklung des Denkens" (Piaget, 1970, alle Zitate nach dieser vierten Auflage der deutschen Übersetzung). Um diese Entwicklung des Denkens vereinfacht nachvollziehbar zu machen, bietet sich an, die Intelligenzetappen Piagets in der ursprünglichen Fassung wiederzugeben, auch mit unveränderten Alterszuordnungen. Die nachfolgende Übersicht mag dazu eine Hilfe sein, sie setzt jedoch voraus, daß die Erscheinung der einzelnen Etappen als Entwicklungsprozeß verstanden wird. Mit anderen Worten: Man muß sich klarmachen, daß jede erreichte Denk-Etappe auf ihren Vorläufern aufbaut, also die Intelligenzbezüge der jeweils vorangegangenen Entwicklungen mit enthält.

Unter diesen Voraussetzungen kommt es zu dieser Abfolge:

1. Die senso-motorische Intelligenz (bis gegen das Lebensalter von 18 Monaten)
2. Das symbolisch-vorbegriffliche Denken (bis etwa gegen 4 Jahre)
3. Das anschauliche Denken (etwa die Jahre 4–7 umfassend)
4. Die konkreten Operationen (etwa den Lebensjahren 7–11 zuzuordnen)
5. Die formal-abstrakten Operationen (ab etwa 11 Jahren – dann individuelle Entwicklungen).

Schon aus dieser ersten Überschau läßt sich entnehmen, daß das Modell der formalen Intelligenzentwicklung nicht nur auf Kinder und Jugendliche zu beziehen ist. So bleibt darauf zu verweisen, daß keineswegs alle Erwachsenen bis hin zum formal-abstrakten Denken gelangen, also nicht durchgängig mit formalen Systemen operieren können und schon gar nicht auf allen Gebieten. Auch Menschen vor oder nach der Lebensmitte agieren und reagieren – je nach Außenreizen – reflexhaft (dies wäre der Etappe 1 zuzuordnen) oder mit privaten symbolischen Äußerungen, die sich in allgemeine Begrifflichkeiten nicht einfügen (ein Verhalten, dem Etappe 2 entspricht). Etappe 3 ist sogar fast ganz abhängig vom Lebensalter der

Erwachsenen: Bei unvertrauten Sachverhalten zerlegt auch der Erwachsene die ihm vermittelten Neuigkeiten zunächst in einfache „Wenn-dann-Bezüge", und keineswegs in allen Fällen werden diese integriert in konkrete Systeme und/oder eingebracht in die Vielfaltbeziehungen abstrakt-formaler Gruppierungen.

Doch das sind Vorgriffe. Zunächst geht es um eine stichworthafte Charakterisierung der einzelnen Intelligenzetappen im Hinblick auf *Art und Zahl* der ihnen zugrundeliegenden Bezüge und um die Herausarbeitung der Entsprechungen auf der Medien-Darbietungsseite, insbesondere des Fernsehens.

1) Zur senso-motorischen Intelligenz

Die Tätigkeiten der senso-motorischen Intelligenz bestehen nach Piaget „ausschließlich darin, aufeinanderfolgende Wahrnehmungen und aufeinanderfolgende Bewegungen zu koordinieren". Um den vierten Lebensmonat gelingt die Koordination verschiedener Reflexe, es entstehen die ersten kognitiven Schemata. So stellt das Kind fest, daß ein Objekt verschiedenen kognitiven Schemata zugeordnet werden kann. Derselbe Gegenstand kann betrachtet, angefaßt, herangezogen, fortgeworfen werden. Damit ist die Einsicht verbunden, daß der Gegenstand unabhängig von verschiedenen Handlungen seine Identität behält. Kurz vor der *Vollendung des zweiten Lebensjahres* geht das Kind schließlich dazu über, Experimente „in Gedanken" vorzunehmen. Mit dieser Möglichkeit zur Verinnerlichung von Handlungen tritt es in die nächste Entwicklungsetappe ein.

Diesen Beobachtungen Piagets ist zu entnehmen, daß einzelne Laufbilder und Lauftöne wahrgenommen und reflexhaft beantwortet werden. Das zeigt ein Beispiel, mit dem Piaget auf Filmdarbietungen Bezug nimmt (eine Ausnahme in seinen Arbeiten), er schreibt: „(...) die senso-motorische Intelligenz geht wie ein langsam abrollender Film vor, bei dem man nacheinander alle Bilder zwar sieht, aber unabhängig voneinander, ohne die zum Verständnis des Ganzen unerläßliche kontinuierliche Schau" (Piaget, 1970, S. 137).

Ableitungen für Mediendramaturgie und Pädagogik

Es bedarf wohl kaum weiterer Erklärungen, daß Hinweise zum „Wie der Präsentation" unter Verständnisbedingungen für die erste Intelligenzetappe entfallen müssen: Welche Inhalte unter welcher Dramaturgie auch angeboten werden, ein kognitiver Nachvollzug dürfte nicht möglich sein. Jedoch – das Kleinkind antwortet reflexhaft auf Lautstärke, Farbdominanzen und Bildveränderungen, es kann sie aber weder vorhersehen noch einordnen in zureichende kognitive Schemata. Daher stellen sich eher pädagogische Fragen, zum Beispiel, ob man das Kleinkind solchen Reflexwechseln aussetzen will. Zumindest sollte bei ferngesteuerten „Reflexduschen durch Außenreize" Körperkontakt zu einer vertrauten Person gegeben sein.

2) Zum symbolisch-vorbegrifflichen Denken

Schon gegen Ende der senso-motorischen Intelligenz kommt es zu einer höchst bedeutsamen Markierung: dem Umgehenkönnen mit gedanklichen Vorstellungen. Das *zwei- bis vierjährige* Kind wird zunehmend fähig, mit „symbolischen Schemata" umzugehen, es kann Handlungen „in Gedanken" vornehmen. Hat das Kind die Vorstellung von einem Gegenstand, etwa von seiner Puppe, dann sucht es diesen Gegenstand auch unter einer Decke, es sucht nach seiner Puppe, auch wenn diese nicht als greifbare Aufforderung zu sehen ist. Dieses allmähliche Erkennen von überdauernden Bezügen führt das Kind zu den Vorbegriffen.

Piaget schreibt: „Die Vorbegriffe sind Vorstellungen, die das Kind an die ersten sprachlichen Zeichen, die es zu verwenden gelernt hat, anknüpft.

Charakteristisch für diese Schemata ist, daß sie zwischen der Allgemeinheit des Begriffs und der Individualität der Elemente, die er bezeichnet, stehenbleiben." Als Beispiele werden genannt: Das zwei- bis dreijährige Kind wird ohne Unterschied „die Schnecke" oder „die Schnecken" sagen, ebenso „der Mond" oder „die Monde", ohne darüber zu entscheiden, ob die auf dem Spaziergang angetroffenen Schnecken oder die immer wieder am Himmel gesehene Scheibe eine einzige Schnecke und ein einziger Mond oder eine Klasse von verschiedenen Individuen sind. So nimmt das Kind auch an, daß ein Berg sich während eines Ausflugs verändert oder die Schnecke an verschiedenen Wegstellen immer wieder auftaucht. Im Mittelpunkt des symbolisch-vorbegrifflichen Denkens steht somit die „egozentrische Assimilation der Wirklichkeit an die eigene Tätigkeit" (Piaget, 1970, S. 144).

Ableitungen für Mediendramaturgie und Pädagogik
Für die Etappe des „symbolisch-vorbegrifflichen Denkens" sind alle Hinweise für eine zuschauerfreundliche Mediendramaturgie mit besonderen Schwierigkeiten verbunden, weil sich so gut wie nicht vorhersagen läßt, was der *Zwei- bis Vierjährige* aus den Laufbildern herausliest oder in sie hineinsieht. Ein Stück Holz kann ein bösartiges Tier oder ein liebevoller Gefährte sein, ein kahler Baum in einer Fernsehdarbietung – für den Erwachsenen vielleicht Symbol für Einsamkeit oder eine Jahreszeit – kann vielerlei Ängste auslösen. Hinzu kommt, daß die Wortschiene ausfällt für Erklärungen oder Beruhigungen, da die egozentrisch-individuellen Vorbegriffe keineswegs in Übereinstimmung zu den allgemeinen Sprachkodes zu sein brauchen.

Doch läßt sich eine generelle Anregung geben für Sendungen, die sich an Kinder im Vorschulalter richten: Man sollte überlegen, ob sich nicht Beiträge anbieten in der Art von „Lichtbild-Vorträgen" bei freilich sehr reduzierten Wortanteilen. Zu denken ist an dramaturgisch gut gebaute „bebilderte Geschichten", wobei die einzelnen „Standbilder" nur an wenigen Stellen zu Laufbildern werden dürften. Die Wirkungszusammenhänge von (hier egozentrischen) Assimilationen und (sich gelegentlich abzeichnenden) Akkommodationen könnten so eine Unterstützung erfahren (eine reizvolle Aufgabe auch für die Kinder-Medienforschung). Die Ableitung für pädagogisches Tun ist einfacher: Man sollte Kinder unter vier Jahren nicht allein lassen mit dem Fernsehen, eine vertraute Bezugsperson sollte dabeisein, wenn Fernsehbilder und kindliche Symbolbilder zusammentreffen.

3) Zum anschaulichen Denken

Diese Entwicklungsetappe – von Piaget den *Vier- bis Siebenjährigen* zugeordnet – bietet für eine altersgemäße Mediendramaturgie wohl die besten Wirkungsmöglichkeiten. Denn innerhalb dieser Etappe findet eine „allmähliche Koordinierung der vorstellungsmäßigen Beziehungen statt, die das Kind bis an die Schwelle der Operationen führt". Aber: Die nun sich ausformenden Begriffe sind anschaulich-konkret, ebenso vollzieht sich das Denken in anschaulichen, konkreten Bildern. Das an solcherart konkrete Vorlagen der Vorstellungen gebundene Denken ist unidirektional, also eingleisig, es folgt dem Wenn-dann-Verlauf der Ereignisse (oder stellt ihn her) und ist zumeist nicht in der Lage, sich einen Ablauf von rückwärts her vorzustellen oder eine Vorstellungskette „umzudrehen". Diese Eingleisigkeit des Denkens erlaubt die Ausführung nur jeweils einer Handlung: Sind für die Lösung eines Problems zwei gleichzeitige Handlungen (tatsächliche oder vorgestellte) verlangt, ist das Kind überfordert. Anders beschrieben: Das Kind sieht in einem Handlungsablauf einzelne aufeinanderfolgende Zustände, ohne die dazwischenliegenden Transformationen zu beachten (Piaget nennt das „Phänomenismus").

Zur Verdeutlichung dieser das Verständnis bestimmenden Einbezüglichkeit sei auf den weltweit immer wieder überprüften „Perlen-Umschütt-Versuch" verwiesen: Kinder legen mehrere Dutzend Perlen in ein breites Gefäß. Vor ihren Augen werden die Perlen dann in ein schmales und hohes Gefäß umgeschüttet (z. B. in ein Sektglas). Kinder der Intelligenzetappe „Anschauliches Denken" bestehen nun darauf, daß in dem schmalen und hohen Gefäß mehr Perlen sind als in dem vorherigen flachen Gefäß. Piaget bemerkt zu solchen und ähnlichen Versuchen ausdrücklich, daß es sich hierbei nicht um Wahrnehmungstäuschungen handelt, vielmehr zentriert das Kind „sein Denken und seine Aufmerksamkeit auf die Höhenbeziehungen und vernachlässigt die Breite" (Piaget, 1970, S. 148).

Ableitungen für Mediendramaturgie und Pädagogik
Beachtet man die Einbezüglichkeit der Denkvorgänge bei *Vier- bis Siebenjährigen*, dann zeigen sich zahlreiche fernsehdramaturgische Möglichkeiten für Gleichgewichte zwischen Assimilationen und Akkommodationen, so allein schon durch ruhig ablaufende konkret-anschauliche Bilder und das Hinzukommen sprachlicher Benennungen. Wichtig dabei ist, daß die Fernsehdarbietungen in

unidirektionaler konkreter Nacheinanderdarstellung erfolgen: Eines kommt zum anderen – etwa in der Art, wie die meisten Märchen erzählt werden.

Bei solchen handlungsbezogenen eingleisigen Darstellungen gibt es kaum ein Nachlassen der Aufmerksamkeit (wie Kinder sich auch über lange Zeitstrecken Märchen anhören), hingegen führen zeitlich versetzte Handlungsinhalte (etwa der an den Anfang genommene Schluß einer Geschichte), unvermittelte Schritte, Um- und Überblendungen sowie den Bildern gegenläufige Texte zu Störungen von Aufmerksamkeit und Verstehen. Typisch dafür ist ein Dekodierverhalten, das ganze Darbietungsketten in einzelne Wenn-dann-Beziehungen zerlegt (weshalb auch die Erinnerung an Einzelbilder nichts aussagt über kognitives Verstehen). Diese Herstellung von jeweils nur einem kognitiven Bezug erfordert die genaue Handhabung von übereinstimmenden Wort-Bild-Beziehungen: Sie unterstützen den kindlichen Rezipienten beim Erwerb anschaulicher Begriffe und deren Differenzierungen – beides Voraussetzungen für den Übergang zu den nächsten Intelligenzetappen.

Unter pädagogischen Gesichtspunkten bietet sich an, die Vier- bis Siebenjährigen in längere lebensreale Erzählungen und Berichterstattungen mit einzubeziehen, dies auch im Sinne einer Gegensteuerung zu den vielen punktuellen Laufbilddekodierungen und manchen häppchenweisen Darbietungen des Fernsehens; zunehmend verschärft durch Fernbedienung und Kanalwechsel. Mit Blick auf Werbe-Beiträge ist anzumerken, daß es keineswegs verwunderlich ist, wenn Vorschulkinder diese bevorzugen: sie kommen den kindlichen Wahrnehmungs- und Verständnisleistungen sehr entgegen. Das Problem ist ein anderes: Bei einem allzu häufigen Sehen von Werbedarbietungen kann der Heranwachsende über Gebühr lange auf einer Entwicklungsstufe festgehalten werden, der er entwachsen sein sollte.

4) Die konkreten Operationen

Diese Intelligenzetappe ist dadurch gekennzeichnet, daß die *Sieben- bis Elfjährigen* die Gesamtheit eines konkreten Systems erfassen können: Die anschaulichen Beziehungen einer Situation oder Konstellation werden nunmehr „gruppiert“, und mit diesen Gruppierungen wird „operiert", d. h. sie können gegeneinander verschoben und zueinander in verschiedene Bezüge gesetzt werden. Piaget schreibt dazu: „Das Denken haftet nicht mehr an besonderen, bevorzugten Zuständen des Gegenstandes, sondern bemüht sich, seinen sukzessiven Veränderungen auf allen möglichen Um- und Rückwegen zu folgen, es geht nicht mehr von einem besonderen Standpunkt des Subjektes aus, sondern koordiniert alle besonderen Gesichtspunkte zu einem als objektiv erachteten System" (Piaget, 1970, S. 161). Zugleich weist Piaget mit Nachdruck darauf hin, daß das Umgehenkönnen mit konkreten Operationen keineswegs bedeutet, daß man auch formalabstrakte Operationen verstehen und ausführen kann.

Ableitungen für Mediendramaturgie und Pädagogik
Zunächst ist davon auszugehen, daß erst im Alter zwischen *sieben und elf* Jahren Darbietungen verstanden werden, die den Nachvollzug mehrerer Handlungsstränge verlangen. So werden nunmehr „Geschichten in einer Geschichte" nachvollzogen und richtig zugeordnet, Perspektivenwechsel und Zeitsprünge machen nicht mehr unbedingt Schwierigkeiten, auch können verschiedene Bewertungsaspekte (z. B. eine Beurteilung aus der Sicht der Eltern oder des Lehrers bei einer Schulgeschichte) zutreffend eingeordnet werden.

Jedoch ist daran zu erinnern, daß es sich um konkrete Gegebenheiten und um konkret-verständliche Darstellungen handeln muß. Für eine rezipientenorientierte Mediendramaturgie sind demnach Überlegungen fällig, wie die verschiedenen Beziehungen und Bewertungen konkret ausgewiesen werden können, und zwar besonders hinsichtlich ihrer Transformationen und Operationen zu neuen Sichtweisen und jeweils neuen Bewertungen. Diese Konkretisierungen in Bild und Ton bei den medienspezifischen Übergängen von einer Systembeziehung zu einer anderen sind demnach Voraussetzungen für Gleichgewichtigkeiten zwischen Assimilationen und Akkommodationen, also für darbietungsbegleitende kognitive Verständnisprozesse.

Vorrangig für pädagogisches Tun dürfte sein, daß generell auf die Darlegung und den Nachvollzug ein besonderes – auch zeitliches – Gewicht gelegt wird. Es geht um Strategien, die verhindern, daß die (etwa) Sieben- bis Elfjährigen die konkreten Systembezüge und ihre Variabilitäten überspringen und sich statt dessen mit ungefüllten Begriffen und Schlagworten zufriedengeben, die heute gehandhabt werden und wie sie nur allzuleicht (auch) vielen Fernsehdarbietungen entnommen werden können. Im Grunde geht es um eine Weichenstellung, ob der Heranwachsende später Konkretionen und Abstraktionen aufeinander beziehen kann oder nicht. Piaget benennt diese Entwicklungslinie in aller Eindeutigkeit: „Die konkreten Operationen bereiten die formalen Operationen vor und geben diesen ihren Inhalt" (Piaget, 1970, S. 169).

5) Die formal-abstrakten Operationen

Schließlich erreicht der Heranwachsende die Intelligenzetappe „Formale Operationen". Dazu schreibt Piaget lapidar: „Das formale Denken entwickelt sich im Jugendalter." Seinen Beginn setzt er *gegen elf/zwölf Jahre* an, und zwar „von dem Augenblick an, da das Subjekt fähig wird, hypothetisch-deduktiv zu denken". Auf dieser – für Piaget letzten – Stufe der Intelligenzentwicklung gewinnen die Gruppierungen und Operationen eine zunehmende Unabhängigkeit von den konkreten Gegebenheiten, auf die sie sich bisher stützen. Ein abstrakt-formales „X" (so in der Algebra) vermag jetzt Zeichen zu sein für eine unbekannte, zu suchende Größe: für eine Zahl, eine Zeiteinheit, eine Wegstrecke. Piaget vermerkt: „Die hypothetisch-deduktiven Operationen befinden sich auf einer anderen Ebene als das konkrete Denken, weil eine Handlung, die aufgrund von Zeichen ausgeführt wird, die von der Wirklichkeit losgelöst sind, etwas ganz anderes ist als eine Handlung, die sich auf die Wirklichkeit als solche stützt oder auf die gleichen Zeichen, die mit ihr verbunden sind" – wobei zugleich gilt, daß „die formalen Operationen nur in dem Maße sinnvoll sind, wie sie sich auf konkrete Operationen stützen können" (Piaget, 1970, S. 169).

Nach dem Erreichen der Etappe konkrete/formale Operationen sieht Piaget weitere intellektuelle Entwicklungen als Differenzierungsprozesse auf allen Stufen des Denkens und in Abhängigkeit von Art und Zahl der Umweltbezüge.

Ableitungen für Mediendramaturgie und Pädagogik

Auf einen ersten Blick könnte es scheinen, als ob Fernsehdarbietungen mit ihren Verbindungsmöglichkeiten von Bildern und Worten besonders geeignet seien zur Unterstützung von Verständnisleistungen auf der Etappe der formalen Operationen. Bei genauerem Hinsehen zeigt sich jedoch, daß die besonderen Schwierigkeiten von Laufbilddarbietungen gerade in den Bild-/Ton-Beziehungen liegen, denn durch sie kann der Rezipient in zweifacher Weise Akkommodationsleistungen umgehen. So kann er der Laufbildseite vorab jene Bildpassagen entnehmen, die ihm ohnedies vertraut sind, die dazugehörigen Texte aber überschlagen.

Doch gibt es auch die Umkehrung: Bei unvertrauten Bildbeziehungen kann er zur Wortschiene wechseln und jene Benennungen und Begriffe herausfiltern, die er schon wiederholt gehört hat – ohne Bezug zu operationalen Bilddarlegungen. Zudem ist zu vermerken, daß keineswegs alle Rezipienten – und schon gar nicht auf allen Gebieten – bis hin zum abstrakt-formalen Denken gelangen. So müßten sich viele Erwachsene eingestehen, daß sie – je nach Ausbildung und Interessen – zwar bestimmte Konkretionen und Abstraktionen zusammenzubringen vermögen, jedoch nicht bei neuen und ihnen unvertrauten Sachverhalten und Gegebenheiten. Bei der Darstellung von neuen Inhalten, zu denen kaum Vorkenntnisse vorhanden sind, könnte es entscheidend sein, daß die Darlegungen zunächst eingleisig-unidirektional erfolgen, es wären also die einzelnen Bestimmungsgrößen einer Gegebenheit konkret-nacheinander aufzuweisen; dann könnte ein konkreter Systembezug hergestellt werden und schließlich die formale Begriffssprache hinzukommen.

Bei Jugendlichen und Erwachsenen kann dies in sehr kurzen Zeiteinheiten geschehen, auch bei bestimmten Sendungsteilen. Mediendramaturgisch käme es darauf an, dem Rezipienten Chancen zu geben für ein medienspezifisches Durchlaufen der einzelnen Intelligenzetappen, wobei der einfühlsam gesetzten dramaturgischen Pause eine besondere verständnisunterstützende Qualität zukommt. (Auf das Problem zuschauerfreundlicher Pausensetzungen wird noch ausführlich eingegangen.)

Innerhalb des pädagogischen Bereichs sollten vermehrte Anstrengungen unternommen werden für nachvollziehbare Zusammenschaltungen von „konkret“ zu „abstrakt“ und umgekehrt. Dazu zählen auch Analysen von Fernsehdarbietungen unter dem Aspekt, ob und inwieweit sie sich auf Überführungen von konkreten Operationen zu formal-abstrakten Operationen einlassen und ebenso auf Rückführungen von „abstrakt“ zu „konkret“. Bevorzugt bieten sich hierfür aktuelle politische Sendungen an, Interviews und Gesprächsrunden eingeschlossen, und zwar aus zwei Gründen: Zum einen ist davon auszugehen, daß aktuelle Sendungen meist „ein Stück Neuheit“ enthalten, und zum anderen, daß nur ein Teil der Rezipienten in der Lage ist, mit abstrakten Darlegungen und Bezugssystemen umzugehen. Das heißt, daß eine große Gruppe von Zuschauern, Zuhörern und Wählern sich in einem Bezugsvakuum befindet zwischen punktuellen Bildveranschaulichungen und eher abstrakten Wort-Mitteilungen und dadurch zu Fehlbezügen veranlaßt werden kann.

Im Hinblick auf politische Entwicklungen werden so Möglichkeiten behindert, anstehende Probleme in einem demokratischen Prozeß der allgemeinen Meinungsbildung zu diskutieren und zu lösen. Anders gesagt: Wird auf solche kognitiven Annäherungen verzichtet, dann ist nicht auszuschließen, daß sich das medienvermittelte demokratische Miteinander weitgehend erschöpft in Appellen an die jeweilige Gegenseite, hingegen die vielen Facetten und Konkretionen der Sache, um die es geht und die einen Konsens verlangen, kaum verständlich werden. An politische Global-Äußerungen sollte deshalb der Anspruch gerichtet werden, daß sie sich zurückführen lassen auf konkrete Grundlagen und Vorstellungen – wie umgekehrt konkrete Einzelforderungen überführt werden müßten in begriffliche Zuordnungen, die differenzierte Umfelder mit einschließen.

Kriterien der formalen Intelligenz und das „Wie der Präsentation“ – Empirische Untersuchung einer Entwicklungsetappe unter Fernseh- und Hörfunkbedingungen

Wie oben dargelegt wurden die Kriterien Piagets eingebracht in ein Modell zur Abschätzung kognitiver Medienwirkungen (Sturm,

1974). Jedoch: ein solches theoriebezogenes Modell sagt noch nichts aus über seine Stimmigkeit unter harten Realbedingungen. Es war also eine empirische Überprüfung verlangt, zumindest eine Teilüberprüfung.

Für eine erste Überprüfung wurde die Intelligenzetappe „anschauliches Denken" gewählt, sie erfolgte unter den Voraussetzungen des rezipientenorientierten Ansatzes: Es ging um ein Angebot von Aufgaben, wie sie Piaget in lebensrealen Zusammenhängen gestellt hatte, die nunmehr unter Fernseh- und Hörfunkbedingungen – eingebettet in eine Geschichte – vier- bis siebenjährigen Kindern zu vermitteln waren. (Sturm und Jörg: „Informationsverarbeitung durch Kinder. Piagets Entwicklungstheorie auf Hörfunk und Fernsehen angewandt", 1980.)

Zunächst galt es dem kognitiven Entwicklungsstand der Kinder auf der Medienseite zu entsprechen, das heißt, das Fernseh-/Hörfunkangebot mußte unidirektional-eingleisig präsentiert werden, es mußte konkret „eines" zum „anderen" kommen. Zu vermeiden waren daher Perspektivenwechsel, „Geschichten in der Geschichte", Szenen-, Situations- und Zeitumsprünge.

In Zusammenarbeit mit der Schweizerischen Radio- und Fernsehgesellschaft SRG konnte ein solcher Film produziert werden: „Nuscho, Pi und Pina – ein Programm mit Denkaufgaben nach Jean Piaget". Der Film hatte eine Länge von 15 Minuten und wurde nach Abschluß der Untersuchung vom Schweizer Fernsehen DRS ausgestrahlt.

Im Mittelpunkt des Filmes stand die Umsetzung von drei Aufgaben, die Piaget für die Intelligenzetappe „anschauliches Denken" entwickelt hatte. Es handelte sich um die kognitiven Alterskriterien Größenkonstanz, Reihenfolge und Perspektive.

Zum Inhalt der Geschichte: Drei Geschwister – zwei Jungen, ein Mädchen, als Puppen dargestellt – sind Akteure der Handlung. Das Alter der Geschwister kann man an ihrer Größe ablesen: Der älteste Bruder ist der Größte, dann folgt die Schwester, und der Jüngste ist der Kleinste. Die drei Geschwister sind es gewohnt, auf einer Wiese mit Hasen zu spielen. Doch eines Tages sind die Häschen traurig. Eine Eule hat eines der Häschen geraubt, sie hält es bei sich gefangen.

Zur Befreiung des Häschens müssen die Kinder drei Aufgaben lösen: Um zu dem Häschen zu kommen, müssen sie zuerst eine Mauer überklettern (Aufgabe 1: „Treppenbau"/Größenkonstanz). Dann müssen sie durch einen Tunnel, an dessen Ende ein Zettel auf die Kinder wartet. Jetzt muß die Reihenfolge bedacht werden, in der die Kinder den engen Tunnel durchqueren: Die Schwester soll als erste zu der Nachricht gelangen, denn sie kann am besten lesen (Aufgabe 2: „Reihenfolge von Personen vorhersagen können, die der visuellen Beobachtung entzogen sind"). Schließlich gilt es, die Eule zu täuschen, sie darf nicht merken, daß alle drei Kinder auf sie zugehen. Die Geschwister stellen sich hintereinander auf, so daß die Eule nur den Ältesten und Größten sehen kann (Aufgabe 3: „Eine Perspektive beachten – sich in die Position der Eule versetzen"). Es gelingt den Kindern, das Häschen zu befreien.

Diese Geschichte wurde 450 vier- bis achtjährigen Versuchspersonen in zwei bildidentischen Fernsehfassungen angeboten: einer durchgängig verbalisierten Fassung und in einer Fassung ohne Verbalisierung bei den (Piaget-)Aufgaben. In den Fernsehfassungen findet sich jeweils nur ein einziger Schnitt. Die Hörfunkfassung war textidentisch mit der vollverbalisierten Fernsehfassung. Die Vergleichbarkeit des Darbietungsmaterials war also gegeben.

Da solche direkten Vergleichbarkeiten nur selten herstellbar sind, sei hier ein nachträglicher Dank an das Zürcher Produktionsteam erlaubt. Für das kenntnisreiche Sich-Einlassen auf wissenschaftliche Bedingungen ist insbesondere Verena Doelker-Tobler, der damaligen Leiterin der Hauptabteilung Familie und Bildung des Schweizer Fernsehens DRS, Verena Billeter-Guggenbühl und Judith Beke zu danken. Zudem hat Guido Würth es ermöglicht, daß die Zürcher Kinder die Fernseh- und Hörfunkgeschichte an eigens konstruierten – maßstabgetreuen – Spielbrettern nachspielen konnten (auf meist unzureichende Kinderbefragungen konnte also verzichtet werden). Dabei gab es zwei Arten von Spielbrettern: einen Spieltisch, der den in den Fernsehfassungen gezeigten Personen und Gegenständen so ähnlich wie möglich war, und einen Spieltisch mit Veränderungen in Farbe und Form.

Hauptergebnisse dieses sehr aufwendigen Erstversuches waren: Es zeigte sich eindeutig, daß Aufgabenstellungen und Aufgabenlösungen, wie sie von Piaget als zutreffend für die Entwicklungsetappe „anschauliches Denken" ermittelt wurden, von vier- bis achtjährigen Kindern auch unter Medienbedingungen nachvollzogen werden können, dies sogar bei gegenüber der Fernsehdarbietung veränderten Nachspielsituationen. Dabei konnten deutliche Unterscheidungen zwischen der voll-verbalisierten Fernsehsendung (sparsamer Text auch zu den Piaget-Aufgaben) und der Fernsehfassung, die auf Off-Verbalisierungen bei den Piaget-Aufgaben verzichtete, festgestellt werden. Bei der vollverbalisierten Fernsehfassung wurde zu 92%, bei der Hörfunkfassung zu 80% richtig nachgespielt

Die voll-verbalisierte Fernsehfassung erbrachte durchgängig die besten Nachspielergebnisse, und zwar bei allen Altersgruppen. Es bietet sich also an, Vorschulkindern bei Fernsehdarbietungen mit sparsamen verbalen Hinweisreizen zu helfen. Freilich – und darauf haben wir genau geachtet – sollten diese in direkter Übereinstimmung sein mit den gezeigten Laufbildern, es dürfen also nicht unbezogene und gegenläufige Dekodierungen verlangt sein. Aus mediendramaturgischer Sicht belegte die Zürcher Untersuchung: Vier- bis achtjährige Kinder verstehen längere und schwierige Fernseh- und Hörfunkbeiträge, wenn diese Rücksicht nehmen auf die kognitiven Bezüge der Rezipienten. Damit wurde ein erster Beweis geliefert, daß die in lebensrealen Zusammenhängen erbrachten Befunde Piagets auch unter Medienbedingungen Gültigkeit haben.

Schließlich noch eine Anmerkung für die weiterführende Bedeutung solcher Vergleichsuntersuchungen: Gegenüber den Piagetschen Altersangaben konnten wir eine etwa einjährige „Verständnisverfrühung" feststellen, einen Entwicklungssprung zwischen dem fünften und sechsten Lebensjahr.

Wir haben es also mit Veränderungen beim Rezipienten zu tun – womit freilich noch nicht die Frage beantwortet ist, inwieweit bestimmte Anpassungen an medienspezifische Außenreize zu einem solchen früher einsetzenden Verständnis beigetragen haben. Doch auszuschließen ist dies nicht – man denke nur an die vielen vom Zuschauer verlangten Schnellanpassungen und die damit verbundenen kurzzeitigen Angebotsmuster des Fernsehens.

Die kurzzeitigen Angebotsmuster des Fernsehens

Erkennt man, daß das „Wie der Präsentation" – und damit die formalen medienspezifischen Angebotsweisen des Fernsehens – bestimmend ist für fernsehabhängige Wirkungen, dann zeigt sich sehr rasch ein Folgeproblem: Es läßt sich beschreiben als die vom Rezipienten verlangten Anpassungen an die besonderen „kurzzeitigen Angebotsmuster des Fernsehens" (Sturm, 1975). Schon damals ließ sich festhalten:

Allgemein ist davon auszugehen, daß der Fernsehteilnehmer, der sich zum Zuschauen entschließt, jeweils mit mehr als einem Thema konfrontiert wird; vor allem in Magazinsendungen hat er es mit einem ganzen Bündel von Themen zu tun, wobei jedes Thema zumeist auch verschiedene inhaltliche Aspekte birgt. Das ist das eine. Das andere ist das wohl Wichtigere: Die formalen-medienspezifischen Angebotsweisen des Fernsehens sind, verglichen etwa mit lebensrealen Zusammenhängen, auf schnellen Wechsel angelegt. Da gibt es keine unverändert feststehende Kamera – etwa dem individuumzentrierten Blickwinkel eines menschlichen Beobachters vergleichbar–, statt dessen gibt es Umblendungen, Überblendungen, Wechsel der Perspektiven, Montagen und Schnitte der verschiedensten Art; es gibt nicht die fortschreitende Kontinuität von Bild und Ton (und umgekehrt), vielmehr hat man es zumeist mit Umsprüngen von Bild auf Wort zu tun; es gibt kaum ein normales alltägliches Von-Person-zu-Person-Gespräch mit den üblichen Pausen und Redundanzen; es gibt keine „Langzeit-Langweiligkeit". Das aber bedeutet, daß der Zuschauer veranlaßt wird, ständig „Vorführungen von Kurzzeitigkeiten" nachzuvollziehen, sich einzulassen auf ein vom Fernsehen gesetztes „Hier und Jetzt" mit ständig neuen Eindrücken, die er nicht vorhersagen kann, auf die er aber – zumindest wahrnehmungspsychologisch – reagieren muß.

Heute ist hinzuzusetzen: Das Problem ist geblieben – Satellitenempfang, Fernbedienung und Channel-switching haben die Situation noch verschärft.

Das alles meint:

Die formal-medienspezifischen Angebotsmuster des Fernsehens (der Wechsel von Bild zu Wort und von Wort zu Bild, Änderung der

Perspektiven, Umblendungen, Überblendungen, Betonung oder Nichtbetonung von Geräuschen und Farbe, Montagen, Schnitte usw.) sind also untrennbar mit jeder thematisch-inhaltlichen Darstellung verbunden. Sie sind es, die immer wieder erscheinen, mit deren ständiger Wiederholung es der Rezipient zu tun hat. So liegt auch der Schluß nahe, daß die von den formalen medienspezifischen Angebotsmustern vermittelten Eindrücke eine sehr viel stärkere Langzeitwirkung haben als themenabhängige Eindrücke.

Kann der Rezipient einem ihm nicht zusagenden Thema sowie seiner inhaltlichen Aufbereitung entkommen – sei es durch sein Programmauswahlverhalten, sei es durch seine recht gut eingespielte selektive Wahrnehmung –, mit den formalen medienspezifischen Angebotsmustern des Fernsehens ist er weitgehend ungeschützt konfrontiert, gleichgültig, welches Programm er sieht. Daraus ergibt sich eine lange Kette von allmählichen Beeinflussungen. So betrachtet, ist das Fernsehen ein durchaus ernstzunehmender Sozialisationsagent (Sturm, 1975).

Halten wir also fest: Die formalen medienspezifischen Angebotsweisen, insbesondere des Fernsehens, sind es, die generelle „massenmediale Kurzfristigkeiten" (Sturm, 1980) ausmachen. Da kann der Rezipient ohne jeden Übergang von den Tropen ins Eismeer versetzt werden oder aus einer Liebesszene in eine einsame Gefängniszelle. Damit unterscheidet sich die Fernsehwahrnehmung grundsätzlich von der nicht-medienvermittelten Wahrnehmung, denn: Ohne Medienvermittlung hat der Wahrnehmende fast in allen Situationen ein paar Halbsekunden Zeit zwischen der Erwartung eines Ereignisses und dessen Eintreffen. Dazu kommt: Weil sich bislang kaum verläßliche Grundlagen einer „Laufbildgrammatik" abzeichnen, lassen sich auch keine „Wahrscheinlichkeiten" des Bildablaufes vorhersagen.

Anders ist es um die „Wahrscheinlichkeitsstruktur der Sprache" bestellt (vgl. Hörmann, 1967) und die damit verbundenen Möglichkeiten einer Vorhersage von Informationsabläufen.

In dem hier dargelegten Bezugsrahmen weisen uns die kurzzeitigen Angebotsmuster des Fernsehens direkt zurück auf die Arbeiten Piagets zur formalen Intelligenzentwicklung, also darauf, daß Verstehen und Verständnis abhängig sind von *Art und Zahl der Bezüge*, mit denen ein Mensch umzugehen vermag. Es entsteht nunmehr die Frage, ob und wie die Kurzfristigkeiten des Fernsehens Einfluß nehmen auf Art und Zahl der Bezüge, die der Rezipient dekodieren muß; der Verdacht liegt nahe, daß der Rezipient durch diese Kurzfristigkeiten vor allem zum Assimilieren veranlaßt wird, jedoch der Vorgang der Akkommodation behindert wird. Die kurzzeitigen Angebotsmuster des Fernsehens können so dazu beitragen, daß Heranwachsende auf Entwicklungsstufen festgehalten werden, denen sie bereits entwachsen sein sollten. Ebenso dürften kognitive Rückentwicklungen nicht auszuschließen sein. Zu denken ist z. B. an ein schnell-agierendes Erwachsenenverhalten auf der Stufe der Wenn-dann-Beziehungen des Anschaulichen Denkens.

Hinsichtlich der kurzzeitigen Darbietungsweisen des Fernsehens haben wir es – so viel mag schon jetzt klargeworden sein – mit etlichen Defiziten im kognitiven Bereich zu tun (von emotionalen Defiziten wird später noch die Rede sein). Diese defizitäre Seite des Fernsehens bezieht sich in besonderer Weise auf ungenügende Beziehungen zwischen den Darbietungsschienen „konkret" und „abstrakt", oft – doch nicht immer – identisch mit ungenügenden Beziehungen zwischen der Bilder- und der Textseite.

Ein Dilemma des Fernsehens: „konkret" und „abstrakt"

Es bedarf wohl keiner eingehenden Begründung, daß fehlende/mangelhafte/gestörte Beziehungen zwischen begrifflichen Benennungen und den dahinterstehenden Konkretionen zu einer Vielzahl von Mißverständnissen/Fehlinformationen und Fehlinterpretationen führen. Dabei fällt auf, daß bereits in der Kommunikation des Alltags zunehmend abstrakte Begriffe gebraucht werden, die zu den dahinterstehenden Konkretionen kaum Bezüge haben. Ganz offenbar verstärkt das Laufbildsehen diese begrifflichen Defizite: Im Visuellen wird zumeist Bildhaft-Konkretes widergespiegelt, Abstraktionen erscheinen zumeist im Text, zum Teil ohne Beziehung zum Bild.

Hinsichtlich Fernsehdarbietungen wäre demnach die Frage einzubringen, ob bestimmte Defizite des Fernsehens gerade in jener Beziehung liegen, die man gemeinhin als seine Stärke bezeichnet: in der gleichzeitigen Darbietung von Bild und Ton (vgl. Sturm, 1979 „Wissensvermittlung und Rezipient – Die Defizite des Fernsehens“).

Denn die „Bild-/Ton-Schiene“ verlangt vom Rezipienten zumeist zwei gleichzeitige Dekodierungen, zwei Verständnisleistungen, und zwar fast immer in Sekundenschnelle. Dabei handelt es sich – das haben zahlreiche Analysen erbracht – fast durchgängig zwar um konkrete Laufbilder, aber um weithin abstrakte Wort-Texte. Was unsere – vorwissenschaftlichen – Versuche Anfang der 60er Jahre schon aufscheinen ließen, findet, so zeigt sich, zunehmende Bestätigung: das Verbleiben des Rezipienten bei einer einfacheren laufbildgesteuerten Darbietungsschiene, die es ihm erlaubt, sich an konkreten Laufbildern „entlangzuhangeln“ und „Lernwiderstände“ zu umgehen.

Dieser Befund der fast durchgängig geäußerten Annahme der Fernsehzuschauer, man habe verstanden und Fernsehen sei besonders leicht zu verstehen, hat inzwischen vielfältige wissenschaftliche Unterstützung erfahren (Wember, 1976; Saxer u.a., 1980; Greenfield, 1982; Salomon, 1984. Inzwischen sind zahlreiche Einzelbefunde dazugekommen, oft versehen mit Etikettierungen wie „Fernsehkinder“ oder „Computergeneration“). Eine Erklärung dafür bietet das Entwicklungsmodell Piagets: Der Zuschauer hält sich gewissermaßen fest an Assimilationspunkten (hier: den punktuell einfach zu dekodierenden konkreten Laufbildern), verzichtet aber auf Akkommodationsleistungen (hier Dekodierung von eher abstrakten Wort-Texten). Damit zeigt sich zugleich ein Forschungsproblem: Die Erinnerung an einzelne Bilder oder einzelne Szenen sagt so gut wie nichts aus über das Verständnis von Laufbilddarbietungen.

Von diesem fernsehspezifischen Problem „konkret/abstrakt“ sind wohl durchgängig alle Zuschauer betroffen – nicht nur Kinder oder Heranwachsende. So ist daran zu erinnern, daß keineswegs alle Erwachsenen bis zum formal-abstrakten Denken kommen und schon gar nicht auf allen Gebieten. Zugleich ist daran zu denken, daß die Etappe der formallogischen Operationen auf die Zulieferung der vorangegangenen Intelligenzetappen angewiesen ist.

Auf die Darstellungsproblematik des Fernsehens bezogen, bedeutet das: Insbesondere bei neuen und ihm unvertrauten Sachverhalten braucht auch der Erwachsene zunächst die konkrete Nacheinander-Präsentation der einzelnen Bestimmungsstücke einer für ihn neuen Sache; erst dann kann er die einzelnen Bestimmungsstücke zusammenfügen und mit ihnen konkret operieren. Und schließlich bedarf es eines ständigen Hin- und Herschaltens zwischen konkreten Operationen und formal-abstrakten Operationen, damit eine einsehbare Verbindung entsteht zwischen anschaulichen Bildern, konkreten Beziehungen und abstrakten Zeichen, Formeln und Begriffen (Sturm und Grewe-Partsch, 1979).

Analysiert man Fernsehbeiträge – auch Informations- und Bildungssendungen – unter solchen Gesichtspunkten, dann zeigt sich recht nachdrücklich, wie unzureichend die Verbindung „konkret/abstrakt" zumeist bedacht wird. Da sieht man – etwa in einem Film über eine Wüstenregion – wunderschöne Wüstenbilder, und der Text vermerkt: „Kamele ziehen durch die Wüste", eine durchaus verständniserweiternde Passage für die Etappe des anschaulichen Denkens. Aber dann kann es geschehen, daß plötzlich – ohne jeden Übergang – ein Experte ins Bild kommt, er spricht über Niederschlagsmengen, Klimaveränderungen, über die Statistik der Ölvorräte und die technischen Schwierigkeiten der Ölgewinnung. Mit einem Schlag also wird der Zuschauer/Zuhörer aus einem anschaulich-unidirektionalen Bilderfluß herausgerissen und mit abstrakt-formalen Operationen konfrontiert. In einem solchen Fall verwundert es nicht, wenn der Rezipient hängenbleibt bei ihm Angenehm-Verständlichem, also „assimiliert", jedoch intensives Bemühen um Verständnis, also Akkommodationen, umgeht.

Ähnliche Beispiele lassen sich bei wissenschaftlichen Sendungen finden. Da wird etwa ein physikalischer Vorgang sehr eindrucksvoll wiederholt auf der Stufe des „anschaulichen Denkens", also in Wenn-dann-Manier, demonstriert, die dazugehörige Formel aber wird, ganz verschämt und kurz, erst gegen Ende des Beitrags eingeblendet.

Freilich ist auch das Umgekehrte erfahrbar: Ein durchaus präziser, abstrakt-begrifflicher Text, dazu aber eher unbezogene, rasch wechselnde Bilder, manchmal gedacht als „Veranschaulichung", die sich jedoch eher als verständnishemmend erweisen.

Zwar sind Zitate keine Beweise, dennoch möchte ich an den Satz Kants erinnern: „Begriffe ohne Anschauung sind leer, Anschauungen ohne Begriffe sind blind". Auf diesen philosophischen Grund-Satz sah ich mich zurückverwiesen bei zahlreichen Überlegungen zu Fernsehbeiträgen über die Zeit des Nationalsozialismus. Denn: Was dokumentarisch vorgeführt werden konnte, das waren vorab NS-dokumentierte Propaganda-Bilder, „verfremdet" (und zusammengehalten) meist durch neue Kommentare auf der Etappe des abstrakten Denkens. Hier zeigte sich das Problem „konkret/abstrakt" in besonderer Prägnanz auch als Problem fernseh-kommentierter Zeitgeschichte (vgl. Sturm, „Die Bedeutung von Anschauung und Begriff für die politische Sozialisation", 1980).

Was bei diesen NS-Filmen und den dazugefügten neuen Texten deutlich wurde, hat eine recht fernsehalltägliche Entsprechung: Es geht um den Nachvollzug von Vielfältig-Konkretem, aus dem sich Begriffe abstrahieren lassen, wie es sich umgekehrt um eine Füllung mancher oft gebrauchter Leerformeln und Begriffshülsen durch angemessen-zutreffende Konkretionen handelt. Für das Bild-Ton-Medium Fernsehen stellt sich damit nicht nur die Frage „Was ist des Bildes" und „Was ist des Wortes" – vielmehr geht es um Wort-/Bild-Kombinationen wie um Pausen zwischen der Wort-Bild-Schiene. Mediendramaturgisch gesehen führt das zu der Frage, wie sich die formalen fernsehspezifischen Mittel nutzen lassen nicht nur für Verkürzungen, sondern auch für längere Bild-/Wort-Passagen und Bild-Wort-Pausen zwischen konkreten und abstrakten Aussagen, die der Zuschauer/Zuhörer nachvollziehen kann. Bei Darbietungen, die auf einen Nachvollzug, also auf Verständnis zielen, wäre als erstes zu überlegen (und zwar zunächst unabhängig von einer Adressatenbestimmung): Was soll der Rezipient in eigenen Bildern fortführen und ergänzen, und was soll er gedanklich-verbal dazufügen und weiterbringen? Ebenso wäre zu überlegen, welcherart Hinweisreize optisch oder akustisch gegeben werden sollen. Allein schon anhand solcher Vorausüberlegungen ergeben sich unterschiedliche Arten der Wort-Bild-Beziehung.

III

Die Dominanz des Emotionalen bei Hörfunk und Fernsehen
Die Gegenläufigkeiten von kognitiven und emotionalen Wirkungen

Zu einer ersten Vergleichsuntersuchung der *emotionalen und kognitiven Wirkungen* bei Fernsehen und Hörfunk kam es 1970, eine vorherige empirische Arbeit zu dieser Thematik ist mir nicht bekannt, auch nicht im internationalen Bereich.

Zwei Jahre später wurde der Untersuchungsbericht veröffentlicht unter einem Titel, der die Brisanz der Ergebnisse kaum erkennen ließ: „Medienspezifische Lerneffekte. Eine empirische Studie zu Wirkungen von Fernsehen und Rundfunk" (Sturm, v. Haebler, Helmreich, 1972).

Als vordringliche Forschungsfragen setzten wir an:

- Prüfung des *Wissenszuwachses* bei vergleichbaren Rezipientengruppen nach Darbietung einer vergleichbaren Hörfunk- bzw. Fernsehsendung
- Prüfung der *emotionalen Eindrücke* nach den Darbietungen
- Prüfung der Änderung des *erworbenen Wissens* und der *emotionalen Eindrücke* über einen Zeitraum von drei Wochen.

Für diesen Erstversuch wurde eine Fernsehdiskussion zu einem neutralen Thema erstellt, zu dem die Versuchspersonen kaum Vorkenntnisse hatten (das Diskussionsthema lautete: Lebens- und Berufsbedingungen in Australien). Mitwirkende waren fünf Diskutanten (zwei Frauen, drei Männer), die den Hörfunk-/Fernsehrezipienten unbekannt waren. Dauer der Sendung: 45 Minuten. Diese Diskussionssendung wurde der Hälfte der Versuchspersonen unter Fernsehbedingungen vorgeführt (also mit Bild und Ton), der anderen unter Hörfunkbedingungen (also nur mit Ton, ohne Bild).

Für die Prüfung des Wissenszuwachses/des Wissensabfalls wurde das (nachträglich erstellte) Diskussionsmanuskript nach dem Analyseschema von R. F. Bales in kleinste inhaltliche Einheiten zerlegt, repräsentativ-anteilsmäßig den einzelnen Diskutanten zugeordnet und anschließend als Multiple-Choice-Fragen formuliert.

Für die Erfassung der emotionalen Eindrücke, welche die Versuchspersonen mit der Gesamtsendung wie deren Akteure verbanden, wurde das EVP-Instrumentarium von S. Ertel (Kurzform) verwendet. Selbstverständlich wurden beide Erhebungsinstrumente mehreren Vortests unterzogen.

Versuchspersonen waren Studenten des zweiten Semesters der Universität Freiburg (Zufallsauswahl nach der Studentenkartei). Von 500 Studenten wurden Alter, Geschlecht sowie Fernseh- und Hörfunkgewohnheiten erfragt, mit Tests wurden erfaßt: Interessen am Thema der Sendung, Wissen zum thematischen Umfeld der Sendung und die Intelligenz. Nach den erhobenen Merkmalen wurden 209 Versuchspersonen neun parallelen Gruppen zugeteilt (vier Fernseh-, vier Hörfunkgruppen, eine Kontrollgruppe), da zu vier Zeitpunkten getestet wurde: unmittelbar nach der Fernseh- bzw. Hörfunkdarbietung, eine Woche, zwei und drei Wochen später; eine wiederholte Testung/Befragung der Versuchspersonen wurde so vermieden, Verzerrungseffekte wurden ausgeschaltet.

Die Ergebnisse dieser Vergleichsuntersuchung waren unerwartet und eindeutig. So zeigte sich (entgegen vielen Annahmen und Spekulationen), daß das von Hörfunk und Fernsehen vermittelte Wissen in gleicher Weise erlernt und in gleicher Weise vergessen wird: man vergißt erst schneller und dann langsamer.

Die nachstehende Kurve zeigt dies auf einen Blick. (Für Interessierte sei hinzugefügt, daß diese medienspezifischen Vergessenskurven den Gedächtniskurven von Hermann Ebbinghaus – aus dem Jahre 1885, ermittelt über Erlernen und Vergessen sinnloser Silben – erstaunlich ähnlich sind.)

Hingegen die *emotionalen Eindrücke*, welche die Hörfunk- und Fernsehrezipienten mit der Diskussionssendung verbanden, waren eindeutig medienabhängig: Die emotionalen Eindrücke waren jeweils andere, je nachdem, ob die Sendung über Hörfunk oder Fernsehen erlebt wurde. Hörer empfanden die Sendung erregender als

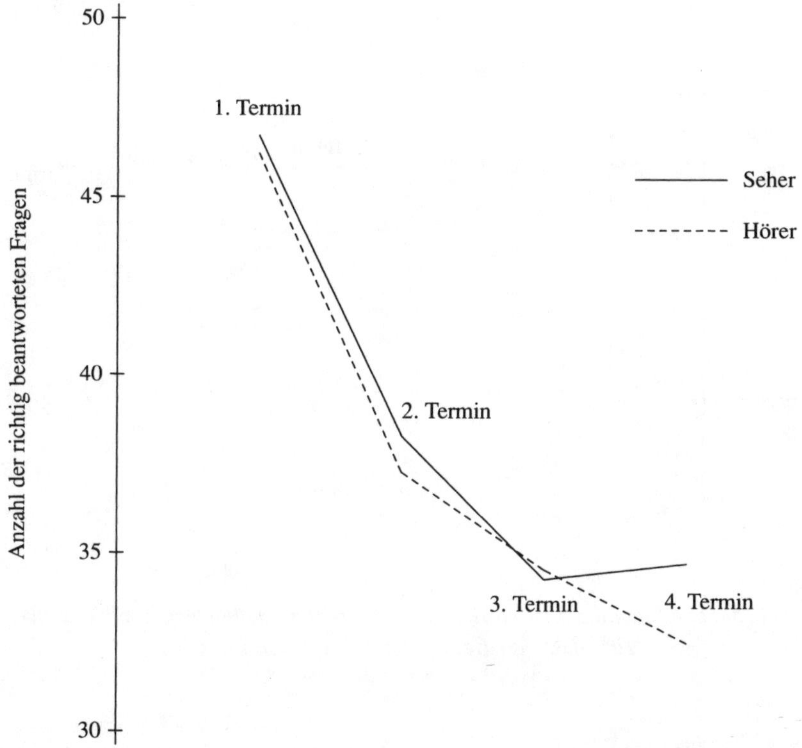

Abb. 2: *Vergessenskurve von fernseh-/hörfunkvermittelten Wissensinhalten über einen Zeitverlauf von drei Wochen*

Seher; Hörer empfanden die Sendung mächtiger als Seher; Seher empfanden die Sendung unangenehmer als Hörer, auf die sie weder angenehm noch unangenehm wirkte. Als der wohl wichtigste Befund dieser Erstuntersuchung aber bleibt anzusetzen: Die jeweiligen emotionalen Eindrücke der Seher und Hörer veränderten sich mit zunehmendem Abstand zur Sendung nicht. Die einmal von den Fernseh- wie von den Hörfunkrezipienten mit der Gesamtsendung und deren Akteuren verbundenen emotionalen Eindrücke blieben bestehen, weder Richtung noch Intensität änderten sich innerhalb des überprüften Zeitverlaufs von drei Wochen. Weder bei den Fernseh- noch bei den Hörfunkrezipienten erfolgte eine Veränderung

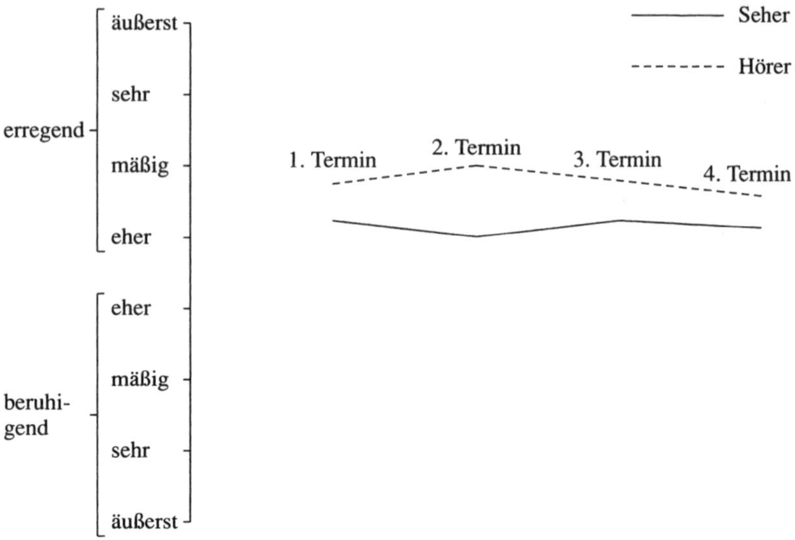

Abb. 3: *Die Stabilität fernseh-/hörfunkvermittelter emotionaler Eindrücke über einen Zeitverlauf von drei Wochen; Dimension Erregung*

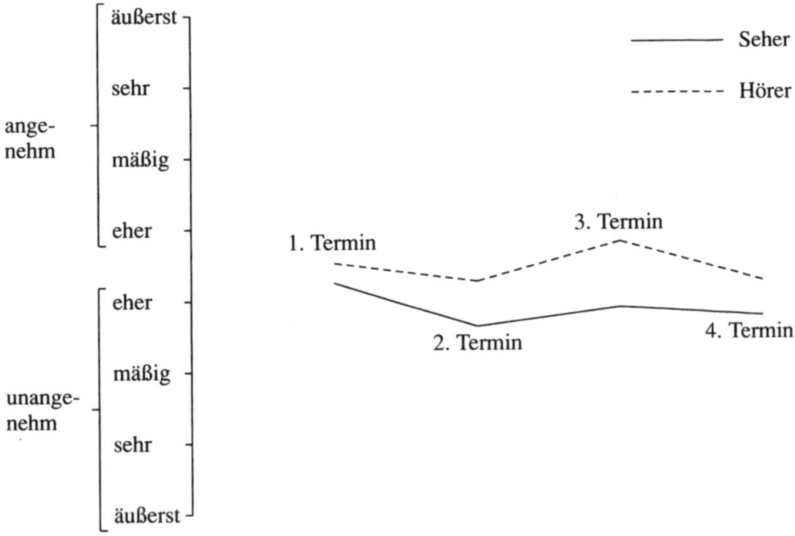

Abb. 4: *Dimension Valenz*

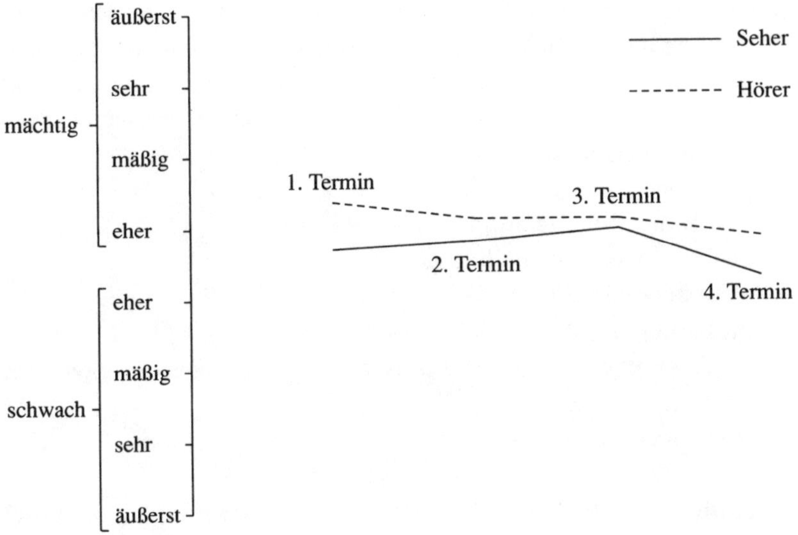

Abb. 5: *Dimension Potenz*

der emotionalen Ersteindrücke, es erfolgte keine Korrektur, keine Löschung der medienvermittelten emotionalen Eindrücke.

Für die vom EVP-Instrumentarium erfaßten Gefühlsbereiche Erregung, Valenz und Potenz ergaben sich also keine „Vergessenskurven", sondern drei fast waagerechte Linien.

Als Fazit dieser Erstuntersuchung formulierten wir:

„Faßt man die im Rahmen unserer Versuchsanordnung ermittelten Ergebnisse zu den Lerneffekten ‚Wissen und Kenntnisse' und ‚emotionale Eindrücke' zusammen, dann sind zwei deutliche Gegenläufigkeiten festzustellen:

Über die Medien Fernsehen und Hörfunk wird *Wissen* in gleichem Maße vermittelt. Das vermittelte Wissen – und der sich daraus ergebende Kenntnisstand – sind somit medienunabhängig. Für Seher wie für Hörer nimmt das vermittelte Wissen übereinstimmend und medienunspezifisch – erst schneller, dann langsamer – ab. Hingegen: Die mit der Sendung insgesamt und mit deren einzelnen Diskussionsteilnehmern verbundenen emotionalen Eindrücke sind medienabhängig. Seher und Hörer haben jeweils andere Gefühlseindrücke. Diese medienspezifischen emotionalen Eindrücke verändern sich nicht. Somit scheint der über die Zeit hinwegtradierte, medienspezifische Gefühlseindruck verselbständigt und weitgehend unabhängig von behaltenen oder vergessenen Wissensinhalten zu sein."

Aus Gründen der Genauigkeit setzten wir hinzu:
Diese Ergebnisse haben Gültigkeit für

- nach bestimmten Merkmalen ausgewählte Rezipienten (hier: Studenten)
- Lernleistungen, die reproduktiv dem Typ des Wiedererkennens zuzuordnen sind
- Sendungen, die verbal mitteilbares Wissen vermitteln.

Anzufügen bleibt, daß sich die 1972 mitgeteilten Ergebnisse immer wieder bestätigt haben. Spätere Untersuchungen haben weiterführende Differenzierungen erbracht und schließlich hingeführt zur Frage nach den Verlaufsprozessen emotionaler Medienwirkungen unter den Bedingungen der Erfassung darbietungsbegleitender innerer Rezipientenaktivitäten.

Doch das sind Vorgriffe.

Zunächst seien einige Grundfragen mitgeteilt, die sich einstellten nach dem Vorliegen der Befunde zu den Gegenläufigkeiten emotionaler und kognitiver Wirkungen von Fernsehen und Hörfunk. Es handelt sich um Fragen, die ihre Aktualität bis heute nicht verloren haben. Zum Beispiel:

- Welches Angebot über welche Medien für welche Rezipienten?

Da sich bei dieser Erstuntersuchung gezeigt hatte, daß sich Fernseh- und Hörfunkrezipienten nicht unterschieden hinsichtlich des durch eine Diskussionssendung vermittelten Kenntnisstandes und auch nicht hinsichtlich des Vergessens des hörfunk-/fernseh-vermittelten Wissens, erscheint es wichtig zu klären, für welche Arten von Informations-/Lernangeboten dem Hörfunk der Vorrang eingeräumt werden könnte gegenüber dem (weitaus kostenintensiveren) Fernsehen. Durch Begleituntersuchungen zu vergleichbaren Fernseh-/Hörfunksendungen könnte zudem ermittelt werden, ob zusätzliche Visualisierungen durch Lesetexte, Abbildungen, Grafiken, gedruckte Formeln etc. beim Radiohörer ähnliche Lerneffekte erbringen wie die Visualisierungen des Fernsehens.

Aus heutiger Sicht könnte eine Klärung dieser Frage schon bald wichtig werden – nämlich dann, wenn man sich in Hörfunk und Fernsehen (wieder) verstärkt Lern- und Weiterbildungsangeboten zuwendet. Deshalb sollte man sich rechtzeitig, also vor Beginn dann hektisch einsetzender Werbe- und Planungsphasen, um solcherart Grundfragen bekümmern.

- Gibt es Grenzwerte hinsichtlich der Länge von Mediendarbietungen?

Bei der Untersuchung von 1972 fand sich kein Aufmerksamkeits-/ Verständnisabfall bei einem Vergleich des ersten zum letzten Drittel der 45minütigen Diskussionsdarbietung, weder unter Hörfunkbedingungen noch unter Fernsehbedingungen, allerdings handelte es sich bei den Versuchspersonen um Studenten. Wir fanden jedoch auch keinen Aufmerksamkeits-/Verständnisabfall bei fünf- bis achtjährigen Rezipienten im Zusammenhang mit fernseh-/hörfunk-vermittelten Piaget-Aufgaben (1980).

Aus diesen Befunden kann zumindest der Schluß gezogen werden, daß man mit Schnellzuschreibungen zu (vermeintlichen) hörfunk-/fernseh-bezogenen Aufmerksamkeitsspannen sehr vorsichtig sein sollte.

Daß bei dieser Erhaltung von Aufmerksamkeit der „Dramaturgie der Inhalte" eine Schlüsselrolle zufällt, dürfte offensichtlich sein. Nach den bisher dargelegten Ergebnissen könnte eine dramaturgische Verbindung von (verständnisbezogener) Assimilation/Akkommodation mit (emotionsbezogener) Spannung/Entspannung eine Grundvoraussetzung dafür sein, daß Hörfunk-/Fernsehrezipienten bei einer ausgewählten Darbietung bleiben. Die Nutzung von Fernsehen und Radio als eine Art Erregungsstimulanz (z. B. durch ständiges Umschalten) gehört in einen anderen Zusammenhang, darauf wird noch ausführlich eingegangen.

- Was geschieht mit den Emotionen des Rezipienten bei abrupten Wechseln von Medienakteuren?

Diese – bislang ungelöste – Frage bezieht sich auf den zentralen Befund der Untersuchung von 1972, nämlich den Nachweis, daß Fernseh- und Hörfunkakteure vom Rezipienten sofort mit Gefühlen besetzt werden und daß diese medienvermittelten Emotionen eine bis dahin nicht vermutete Stabilität aufweisen. Es stellt sich also das Problem des dramaturgischen Umgangs mit Akteuren, die unvorhersehbar plötzlich auftauchen oder verschwinden, die nur einmalig erscheinen oder ausgetauscht werden. Schließlich geht es auch um das „Wie" der Beendigung von Sendereihen. Damit erscheint ein dramaturgisches Vorausbedenken der Handlungsanteile der Medienakteure dringlich, denn womit wir es zu tun haben, ist dies: Gefühlsbesetzungen verlangen nach Bestätigungen, zugleich sucht der Zuschauer/Zuhörer nach einem – auch – emotionalen Sinn, was meint, daß eine rezipientenorientierte Mediendramaturgie sich nicht nur auf die Gleichförmigkeit/Bekanntheit von Hauptakteuren ausrichten sollte.

Es geht ebenso um die Entwicklung und Differenzierung von Rollen und Inhalten – bis hin zu dramaturgisch-adäquaten Beendigungen.

• Gibt es eine Vergessenskurve von medienvermittelten Gefühlen? Hierzu existieren nicht einmal überprüfbare Annahmen – denn auch in lebensrealen Zusammenhängen ist bislang nicht zu beantworten, ob personale Emotionen jemals vergessen/gelöscht werden. Mit eindeutiger Sicherheit läßt sich aber aussagen, daß medienvermittelte Emotionen weitaus länger dauern als die überprüften Zeiträume von drei Wochen. Zugleich läßt sich aus manchen Beobachtungen schließen, daß sich – vermeintlich: plötzliche – emotionale Neubewertungen bis Umkehrungen zeigen, speziell im Hinblick auf „Allein-Akteure" wie Sprecher, Moderatoren, Kommentatoren, Showmaster etc. (Von eigenen Beobachtungen – nicht Untersuchungen! – lassen sich Hinweise ableiten, daß emotionale Neubewertungen sich nach etwa elf Jahren häufen. Hierüber müßten sich über die Erfassungen der „Verlaufsprozesse von Medienwirkungen" genauere Angaben erschließen lassen. Siehe dazu Kapitel VIII.)

Insgesamt haben wir uns einzugestehen, daß wir über medienvermittelte emotionale Langzeitwirkungen so gut wie nichts wissen.

Daher habe ich wiederholt den Vorschlag gemacht, in einer sich über Jahrzehnte erstreckenden Langzeituntersuchung den medienvermittelten Emotionen und ihren Veränderungen nachzugehen, bis hin zum Sichtbarwerden einer „Vergessenskurve von emotionalen Eindrücken", eine für rezipientenbeachtende Medien- und Programmplanungen und kommende Mediendramaturgien ebenso wichtige Voraussetzung wie für psychologische Weiterführungen und medienpädagogisches Handeln.

Freilich sind solche Langzeituntersuchungen mit besonderen Schwierigkeiten behaftet: Im dargelegten Fall setzen sie voraus, daß Hundertschaften von exakt parallelisierten Versuchspersonengruppen bestimmte Erstdarbietungen sehen, da sich wiederholte Befragungen/Testungen wegen der Erinnerungs- und Trainingseffekte verbieten; es dürfte also jede Gruppe nur einmal befragt/getestet werden, wobei der zeitliche Abstand zur Erstdarbietung wohl ein gutes Jahrzehnt umfassen müßte. Doch trotz dieser (und vieler weiterer) Schwierigkeiten erscheint mir eine solche Langzeituntersuchung unverzichtbar.

Rollenstabilität/Rolleninstabilität – das emotionale Antwortverhalten der Zuschauer

Nach den unerwarteten Ergebnissen der Untersuchung von 1972 war es unumgänglich, den zentralen Befund des Experiments zu überprüfen: die eindeutig nachgewiesene hohe Stabilität von emotionalen Fernseh- und Hörfunkeindrücken. Es wurde also eine Nachfolge-Untersuchung geplant, wobei zugleich entschieden wurde, daß diese Nachprüfung nicht mehr unter Laborbedingungen, sondern „im Feld" erfolgen sollte, also unter weitgehend natürlichen Gegebenheiten. Rückblickend gesehen, dürfte die damalige Vorentscheidung generell von Wichtigkeit sein, insbesondere für neugestellte Forschungsfragen im Bezugsfeld „Mensch und Medien": Zunächst sollte man neuen Fragen unter streng-kontrollierten Laborbedingungen nachgehen; zeigen sich hierbei harte Ergebnisse, dann freilich sollte eine Überprüfung unter Feldbedingungen erfolgen, denn bei einer gegenseitigen Bestätigung der Ergebnisse unter Labor- wie Feldbedingungen kann davon ausgegangen werden, daß man es mit hoher Wahrscheinlichkeit mit dominanten bis generalisierbaren Befunden zu tun hat.

Weiter stand für diese Kontrolluntersuchung fest, daß nicht mehr eine Diskussionssendung, sondern ein Fernsehfilm überprüft werden sollte, womit auch spezielle dramaturgische und medienspezifische Gestaltungsmittel in die Untersuchung eingingen. Zudem sollte auf studentische Testpersonen verzichtet werden. Versuchsteilnehmer sollten Jugendliche sein, Hauptschüler und Gymnasiasten.

Zu dieser Nachprüfung kam es ab Frühjahr 1975. Zunächst wurde ein für die Untersuchung geeigneter Fernseh-Spielfilm produziert zur Thematik „Freundschaften", der Filmtitel lautete „Versteckspiele" (Drehbuch und Regie: Gaby Kubach). In diesem Film handeln fünf Hauptakteure, er dauerte 20 Minuten (nach Beendigung der Untersuchung wurde der Film im Nachmittagsprogramm des Bayerischen Rundfunks gesendet). Versuchspersonen waren 468 Münchner Hauptschüler und Gymnasiasten. Bei der Auswahl der Schulen wurde darauf geachtet, daß eine für Münchner Schulen repräsentative Stichprobe bestimmt wurde. Die Schüler/-innen waren zwischen 14,0 und 15,9 Jahre alt. Die Testzeitpunkte lagen wiederum direkt nach der Sendung, dann eine Woche, zwei und drei Wochen später. Verwendet wurde erneut das EVP-Instrumentarium (Kurzform nach Ertel). Die Untersuchung fand im Klassenverband der Schüler statt. Die Fragestellungen der Untersuchung wurden um einige Kriterien erweitert (für nähere Hinweise siehe: Sturm, Holzheuer, Helmreich: „Emotionale Wirkungen des Fernsehens – Jugendliche als Rezipienten", 1978).

Fragestellung 1 lautete:
Zeigen sich differenzierte emotionale Eindrücke hinsichtlich einzelner Darsteller des Fernsehfilms und im Hinblick auf die Gesamtsendung? (Es wurden die „Rollen" der Bildschirmakteure mit einbezogen.)

Ergebnisse:
Bei der Untersuchung von 1972, die mit einer Diskussionssendung als Darbietungsmaterial arbeitete, zeigte sich, daß die Intensität der emotionalen Eindrücke nur wenig ausgeprägt war: Die diskutierenden Personen und die Gesamtsendung wurden überwiegend in den

Mittelbereichen der einzelnen Meß-Skalen eingestuft. Man kann annehmen, daß dieser Befund die Art der Darbietung, die eher langweilig-trockene Diskussionssendung, widerspiegelt. Für eine weiterführende Untersuchung stellt sich die Frage, ob eine andere Darbietung, wie ein Fernseh-Spielfilm, Einstufungswerte erbringen könnte, die zu extremeren Meßwerten führen würden. Weiter war zu fragen, ob die Akteure des Fernseh-Spielfilms deutlich unterscheidbar erlebt werden und sich somit verschiedene Typen von Akteuren anhand unterschiedlicher emotionaler Eindrücke erkennen lassen.

Nunmehr stellte sich heraus, daß die fünf Hauptakteure des Fernseh-Spielfilms „Versteckspiele" signifikant unterschiedliche emotionale Bewertungen erfuhren. Vergleicht man die EVP-Einstufungen über die fünf Hauptakteure des Fernsehfilms, so lassen sich zwei unterschiedliche Typen erkennen. Der eine Typ von Darstellern wird als „erregend" und „dominierend", aber „weniger angenehm" erlebt. Der andere Persönlichkeitstyp wird als „wenig erregend" und „schwach", aber als „sehr angenehm" empfunden.

Diese Einstufungen könnten eine hohe mediendramaturgische Bedeutung haben: Je dominierender, provokativer ein Fernsehakteur im Hinblick auf andere Akteure ist, desto unangenehmer, unsympathischer wird er erlebt (ein Befund, der sich in einer späteren Untersuchung bestätigte).

Fragestellung 2:
Bleiben die emotionalen Eindrücke der Fernsehzuschauer über einen Zeitraum von drei Wochen unverändert? (Bezogen insbesondere auf die Gegensätzlichkeiten der Rollenträger.)

Ergebnisse:
Auch diese zweite Untersuchung erbrachte, daß die einmalige Rezeption einer Fernsehdarbietung gegenüber den Bildschirmakteuren über drei Wochen hinweg verbunden war mit einer hohen Stabilität emotionaler Eindrücke: Bei vier der fünf Hauptakteure blieben die emotionalen fernsehvermittelten Eindrücke weitgehend durchgängig stabil, die Dominanz emotionaler Medienwirkungen hatte damit eine klare Bestätigung erfahren.

Es gab jedoch eine Ausnahme: Hinsichtlich der Akteurin Katrin waren die Einstufungen in keiner der drei EVP-Dimensionen über den Untersuchungszeitraum hinweg konstant. Dieser Befund steht in deutlichem Gegensatz zu der emotionalen Konstanz hinsichtlich der anderen Hauptakteure.

Diesem zunächst unerklärbaren Befund wurde weiter nachgegangen. Eine zusätzlich erstellte Interaktionsanalyse (Berghaus, 1978) erbrachte Aufschluß über die inkonsistenten emotionalen Eindrücke der Akteurin Katrin. Katrin weist die größte Variationsbreite in ihrem Interaktionsverhalten auf, Aggressivität und Durchsetzungsstreben stehen neben betont respektvollem Verhalten.

Die Analyse der verschiedenen Handlungsabschnitte des Fernsehfilms zeigte weiter, daß die Akteurin Katrin im Filmverlauf ihr Verhalten ändert: Zu Beginn ist sie besonders aktiv, provokativ und dominierend, später ist ihre Interaktionshäufigkeit geringer, die Art ihres Verhaltens ist zunehmend durch Hilflosigkeit, Passivität und Resignation gekennzeichnet. Im Gegensatz zu den anderen Hauptakteuren ist also die Rolle der Katrin nicht einheitlich, sondern Veränderungen unterworfen.

Darin liegt ein interessantes mediendramaturgisches Problem: Da sich zeigte, daß die Rezipienten jede Art von Rollenverhalten emotional mitvollziehen, dürften emotionale Veränderungen bestimmten Rollenträgern gegenüber vor allem dann gegeben sein, wenn die jeweilige Rolle nicht klischeehaft festgeschrieben ist, sondern in ihrem Ablauf gewisse nachvollziehbare Entwicklungen zeigt.

Fragestellung 3:
Besteht ein Zusammenhang zwischen emotionalem Erleben und soziobiographischen Merkmalen der Fernsehzuschauer? (Diese Frage bezieht sich auf die erhobenen sozialbiographischen Daten der Versuchspersonen wie Schichtzugehörigkeit, Fernsehhäufigkeit, Programmbevorzugungen und Fernsehnutzung.)

Ergebnisse:
Deutlich unterschiedliche emotionale Eindrücke zeigten sich zwischen Hauptschülern und Gymnasiasten, und zwar sowohl direkt nach der Sendung als auch drei Wochen später. Dabei handelte es

sich ausschließlich um Unterschiede im Bereich der Valenz: Hauptschüler erlebten Fernsehfilme als deutlich angenehmer und sympathischer als Gymnasiasten. Je höher die Fernsehnutzung war (diese liegt bei den Hauptschülern höher als bei den Gymnasiasten), desto angenehmer wurde die Sendung erlebt.

Fragestellung 4:
Stehen emotionale Eindrücke im Zusammenhang mit bestimmten Werthaltungen und spezifischen Fernseh-Interessen? (Vor der Filmvorführung wurden die Einschätzungen zu bestimmten lebensrealen Situationen und Themen ermittelt, auf die der nachherige Fernseh-Spielfilm Bezug nahm.)

Ergebnisse:
Es ließen sich keine Zusammenhänge nachweisen zwischen den emotionalen Voreinstellungen zur Thematik des Fernsehfilms und den von der Sendung vermittelten emotionalen Eindrücken. Die direkte Wirkung der Sendung erwies sich als nicht abhängig von Vorankündigungen oder eigenen Wertvorstellungen und damit verbundenen Erwartungen. Da ein vergleichbares Ergebnis sich bereits in der Untersuchung von 1972 hinsichtlich der Hörfunkrezipienten findet (die damaligen Fernsehrezipienten konnten aus versuchstechnischen Gründen für dieses Sonderproblem nicht herangezogen werden), dürfte die Annahme erhärtet sein, daß weder eine Vorauswerbung noch vielfältige Ankündigungen für Fernseh-/Hörfunkprogramme einen besonderen Einfluß nehmen auf die aktuelle emotionale Beurteilung der Seher und Hörer: Die emotionale Beurteilung bezieht sich vielmehr direkt auf das aktuelle Erleben der jeweiligen Darbietung. Zugleich verweisen diese Ergebnisse auf die hohe Bedeutung des „Wie der Präsentation", denn Vorausankündigungen und Vorausbeschreibungen von Fernseh- und Hörfunkangeboten beziehen sich fast durchweg auf Themen und Inhalte – die emotionalen Zuschreibungen und Entscheidungen der Rezipienten erscheinen demnach vor allem bestimmt zu sein von der jeweiligen Darbietungsart.

IV

Dominante Wirkungszusammenhänge zwischen Emotionen, Bild-/Wortbeziehungen und darbietungsbegleitender physiologischer Erregung

Bevor wir uns einlassen auf Art und Ergebnisse einer weitgespannten psychophysiologischen Untersuchung, ist eine Bilanz angebracht über den Stellenwert der bislang mitgeteilten Befunde: denn daraus wird ersichtlich, welcherart Fragen offen bleiben mußten, und warum nunmehr psychophysiologische Methoden eingesetzt wurden. Eine Kurzbilanz sieht so aus:

Die Dominanz des Emotionalen hatte sich erwiesen bei einer Hörfunk-/Fernsehdiskussion mit studentischen Versuchspersonen, zudem bei einem Fernseh-Spielfilm mit fünfzehnjährigen Schülern. Als Manko empfand ich das Fehlen einer Untersuchung mit Kindern sowie die zweimalige Nutzung des EVP-Instrumentariums mit seinen hohen kognitiven und sprachlichen Anteilen.

Die Dominanz des „Wie der Präsentation" hatte sich bei einer Untersuchung mit vier- bis achtjährigen Schweizer Kindern herausgestellt. Dieses Ergebnis erlaubt vorsichtige Generalisierungen, da es sich in Übereinstimmung befindet mit einer vielfach überprüften Entwicklungstheorie, die unter Medienbedingungen bestätigt wurde. Die verwendeten Notierungsinstrumente waren zwar frei von sprachlichen Fehlzuordnungen, die Kinder spielten die gesamte Fernseh-/Hörfunkgeschichte an eigens konstruierten Spielbrettern nach (samt den darin enthaltenen Piaget-Aufgaben). Doch blieb unbeantwortet, welche inneren Aktionen und Reaktionen während der Darbietung zu dem nachherigen Spielverhalten führten – eine Fragerichtung, die mir zunehmend wichtiger wurde. Eine Möglichkeit für eine non-verbale darbietungsbegleitende Erfassung der inneren Rezipientenaktivitäten boten die Methoden der Psychophysiologie.

Meine Zielvorstellung war: Es sollte eine Untersuchung geben zu emotionalen und kognitiven Fernseh-/Laufbildwirkungen bei Kindern unter zehn Jahren/verbunden mit einer Erfassung der Laufbild-/Laufwortbeziehungen als ein Zentralproblem des „Wie der Präsentation"/unter Verwendung darbietungsbegleitender sekundengenauer physiologischer Messungen bei gleichzeitigem Einsatz verbaler und nonverbaler Verfahren zum Aufweis der emotionalen Befindlichkeiten. Zudem sollte die Wirkung von Wiederholungen untersucht werden – eine Frage, die schon lange klärungsbedürftig war.

In enger Zusammenarbeit mit dem Institut für Neuropsychologie der Universität Wien konnte dieses vielschichtige Projekt 1980 realisiert werden. Der Gesamtbericht wurde zwei Jahre später veröffentlicht (Sturm, Vitouch, Bauer, Grewe-Partsch: „Emotion und Erregung – Kinder als Fernsehzuschauer. Eine psychophysiologische Untersuchung", 1982).

Medienspezifische Emotionen und die Theorie der Emotionalen Erregung

Als Grundlage dieser Beziehungen (und damit auch für unsere Untersuchung) ist die Theorie der Emotionalen Erregung anzusetzen, wie sie von amerikanischen Forschern schrittweise entwickelt wurde. Diese Theorie besagt, daß Emotionen stets verbunden sind mit einer physiologischen – also körperlich meßbaren – Erregung. Sie besagt weiter, daß eine hohe physiologische Erregung als unangenehm empfunden wird und Verständnis und Erinnerung beeinträchtigt, wohingegen eine mittlere physiologische Erregung verbunden ist mit emotionalem Wohlbefinden und person-adäquaten Lern- und Erinnerungsleistungen (für genauere Angaben und Literaturhinweise sollte der Untersuchungsbericht herangezogen werden).

Unter Bezugnahme auf diese physiologisch-emotionale Erregungstheorie wurde dem Problem der Laufbild-/Laufwortwirkungen nachgegangen bei variierten dramaturgischen Bedingungen. Dabei erlaubten die sekundengenauen physiologischen Messungen die Erfassung der Verlaufsprozesse medienspezifisch-dramaturgischer Wirkungen, bei der Erstdarbietung wie bei den Wiederholungen.

Die Ergebnisse der Untersuchung „Emotion und Erregung – Kinder als Fernsehzuschauer" erbrachten manche Überraschung. In einem Vorgriff gesagt: Insgesamt legten sie einen „Abschied von der Wortlogik" nahe bei Einschätzungen und Annahmen zu Fernseh- und Laufbildwirkungen.

Zum Darbietungsmaterial

Es handelte sich um den Film „Bibi Bitter und der Schneemann", produziert von der Fernseh-Abteilung Familienprogramm des Bayerischen Rundfunks, erstmals ausgestrahlt im Januar 1979 im Nachmittagsprogramm der ARD. Adressaten des Films waren Kinder im Alter zwischen acht und elf Jahren. Der Film erzählt die Geschichte von Bibi Bitter, der sich auf einer Terrasse einen Schneemann gebaut hat. Als es Frühling wird, beginnt der Schneemann zu schmelzen. Bibi Bitter will seinen Schneemann vor der Sonne bewahren, er holt ihn von der Terrasse herunter, legt ihn auf einen Leiterwagen und zieht mit ihm durch die Stadt. Schließlich kommt er auf den Gedanken, den Schneemann auf einen Alpengipfel zu bringen: Dort wird der Schneemann nicht schmelzen.

Der Film „Bibi Bitter und der Schneemann" ist nonverbal: Er enthält keine sprachliche Textierung, die Geschichte wird nur mit filmischen Mitteln, mit Geräuschen und unterlegter Musik erzählt. Damit war die Voraussetzung gegeben, zwei weitere Filmfassungen herstellen zu können, die sich lediglich in einer, jeweils genau definierten Variable vom Originalfilm unterschieden: Es wurden zwei zusätzliche Versionen mit äußerst sparsamen Off-Texten erstellt; die eine Version war betont sachlich gehalten, die zweite enthielt emotionale Formulierungen. Insgesamt handelte es sich um fünfzehn kurze Sätze, die an jeweils gleichen Stellen des Films eingeblendet wurden (die Bild-, Musik- und Geräuscheteile blieben vollidentisch erhalten). Darbietungsmaterial waren also drei Filmversionen:

- die nonverbale Originalversion
- eine Version mit einer zusätzlichen, kurzen sachlichen Textierung

- eine Version mit der sachlichen Zusatz-Textierung, verbunden mit verbalen emotionalen Kennzeichnungen.

Die sachliche Zusatztextierung betrug 50 Sekunden, die emotionale Zusatztextierung 90 Sekunden, es handelte sich also um minimale verbale Zutaten im Vergleich zur Gesamtlänge der Filme von 28 Minuten. Da diese minimalen Textzutaten erstaunliche und unerwartete Wirkungen erbrachten, sind die 15 zusätzlichen Off-Zutaten aufgeführt, sie wurden gemeinsam mit dem Autor des non-verbalen Originalfilms erstellt.

Sachliche Zusatztextierung	**Emotionale Zusatztextierung**
1) Bibi Bitter lebt mit seinem Schneemann auf einem Hausdach.	1) Bibi Bitter war sehr glücklich mit seinem Schneemann auf dem Hausdach.
2) Der Schneemann taut.	2) Bibi Bitter wird sehr traurig – sein Schneemann beginnt zu tauen.
3) Die Sonne wird für den Schneemann zu heiß.	3) Wie kann er seinem Schneemann helfen? – Die Sonne wird für ihn zu heiß.
4) Bibi Bitter bringt ihn vom Dach – er überlegt, was mit seinem Schneemann geschehen soll.	4) Bibi Bitter fürchtet, daß sein Schneemann sterben muß. Er bringt ihn weg vom Dach – aber wohin?
5) Bibi Bitter baut dem Schneemann eine Kiste.	5) Bibi Bitter baut dem Schneemann eine Kiste.
6) Dort oben wird der Schneemann nicht schmelzen.	6) Vielleicht kann er seinen Schneemann doch retten. Dort oben in den Bergen würde der Schneemann nicht schmelzen. Bibi Bitter schöpft Hoffnung.

7) Doch wie dahin kommen? Bibi Bitter überlegt sich einen Weg.	7) Doch wie dahin kommen? Bibi Bitter überlegt sich einen Weg.
8) Bibi Bitter steigt höher und höher.	8) Jetzt weiß er, was er will. Er steigt höher und höher.
9) Die Seilbahn wird ihn dem Ziel nahe bringen.	9) Sogar eine Seilbahn kann er benutzen. Sie hilft ihm, seinem Ziel näher zu kommen.
10) Hier taut es nicht mehr.	10) Bibi Bitter ist glücklich, hier taut es nicht mehr.
11) Der Aufstieg ist anstrengend.	11) Der Aufstieg ist anstrengend – wird er es schaffen?
12) Bald wird er einen Platz für den Schneemann finden.	12) Er nimmt all seine Kraft zusammen. Bald wird er einen Platz für den Schneemann finden.
13) Der Platz ist gefunden. Hier kann der Schneemann bleiben.	13) Der Platz ist gefunden. Hier drohen dem Schneemann keine Gefahren mehr. Hier wird er glücklich leben.
14) Jetzt beginnt der Abstieg.	14) Bibi Bitter kann nicht bei dem Schneemann bleiben, er muß zurück. Jetzt beginnt der Abstieg. Bibi Bitter ist traurig und glücklich zugleich.
15) Bibi Bitter geht zurück nach Hause.	15) Bibi Bitter geht zurück nach Hause.

Zu den Versuchspersonen
An den Hauptversuchen nahmen 60 Wiener Kinder teil im Alter von neun Jahren ± sechs Monate, 30 Mädchen und 30 Jungen, sie wurden drei genau parallelisierten Gruppen zugeteilt. Neben den physiologischen Daten waren 14 Persönlichkeitsmerkmale erhoben worden. Die Untersuchung fand in der Bezirksvolksschule der Pädagogischen Akademie in Wien statt, dem Schulort der Versuchspersonen.

Zu den Erfassungsinstrumenten
a) auf der physiologischen/emotionalen Ebene
- Registrierung der Herzfrequenz
- Registrierung der Atmungsfrequenz
- Registrierung der Hautwiderstandsänderungen

b) verbale Befragung zur Dimension „heiter – traurig"
- non-verbale Skalierung der Dimension „angenehm – unangenehm" durch Einstellung eines Zeigers auf einer kontinuierlichen Skala

Zum Versuchsablauf
Um die Kinder an die Versuchssituation zu gewöhnen, wurden mehrere Probe-Versuche durchgeführt, immer im Einzelversuch, auch zu dem Zweck, daß die Kinder im Hauptversuch die Situation schon kannten. Die Kinder sahen die jeweilige Filmversion zusammen mit einem vertrauten Versuchsleiter.

Die physiologischen Daten wurden sekundengenau während der Darbietung registriert.

Die non-verbale Erfassung der medienvermittelten Emotionen erfolgte kontinuierlich mittels eines Zeigers, den die Kinder zwischen einem lachenden und einem weinenden Gesicht bewegen konnten (nonverbale Skalierung). Dazu wurden die Kinder an zehn genau definierten Filmstellen gefragt „Ist das heiter oder traurig?" (verbale Befragung). Selbstverständlich sahen die Kinder nur jeweils eine Filmversion – bei den Wiederholungstestungen nach drei Wochen wurde die Erstdarbietung der jeweiligen Version ein zweites Mal gezeigt.

Um Fehlmeinungen zu begegnen, liegt mir daran mitzuteilen, daß die Belastung der Kinder äußerst gering war: Sie sahen die jeweilige Filmversion in einer vertrauten Umgebung zusammen mit einem vertrauten Psychologen; die physiologischen Daten wurden fast unbemerkt erfaßt: mittels eines Fingerclips (Herzfrequenzmessung), zwei winzigen Elektroden (für die Hautwiderstandsmessung) und einem Cowboygürtel (zur Messung der Atemfrequenz). Im Untersuchungsbericht sind alle Registrierungen mit Fotos belegt.

Das Gesamtdesign des faktoriellen Versuchsplans veranschaulicht nachstehende Abbildung.

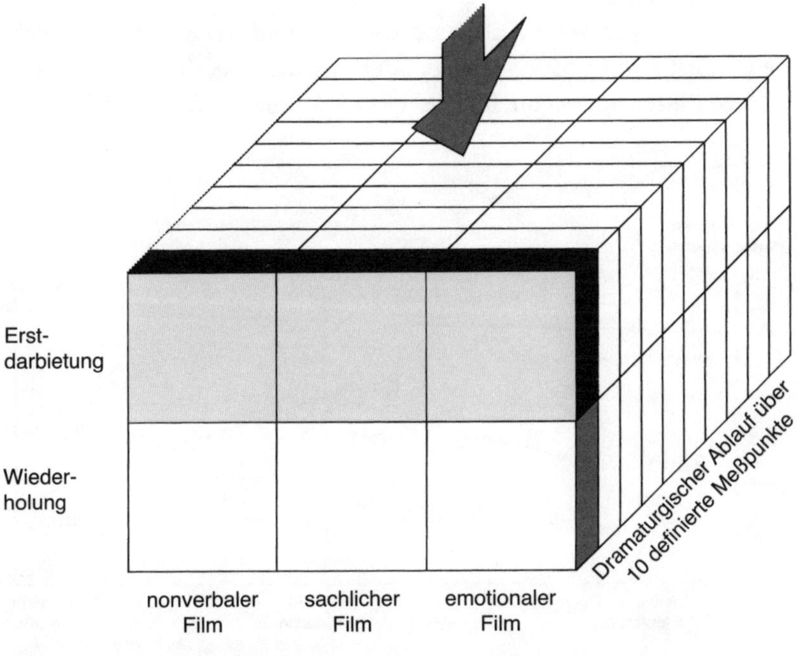

Abb. 6: *Gesamtdesign des faktoriellen Versuchsplans*

Zu den Ergebnissen:

Wort-/Bildbeziehungen und physiologische Erregung

Es zeigte sich, daß kleinste Veränderungen des „Wie der Präsentation" verbunden sind mit Veränderungen der physiologischen

Erregung, also des emotionalen Erlebens. Im hier überprüften Fall wurden drei bild-, geräusch- und musikidentische Filmversionen, jede 28 Minuten lang, von zehnjährigen Kindern physiologisch-emotional unterschiedlich erlebt, je nachdem, ob sie die (ursprünglich) non-verbale Filmversion rezipierten oder die Versionen mit geringfügigen sachlichen bzw. leicht emotional getönten Textzutaten in einer Länge von maximal 90 Sekunden.

In drei Abbildungen lassen sich die physiologischen Ergebnisse verdeutlichen (alle bezogen auf die Erstdarbietung der drei Versionen).

Zur Herzfrequenz
Hier zeigte sich eine Zunahme der Pulsschläge bei der sachlich-betexteten Filmversion – also bei der Fassung, bei der – eher – emotionale Bilder mit sachlichen Texten zusammentrafen.

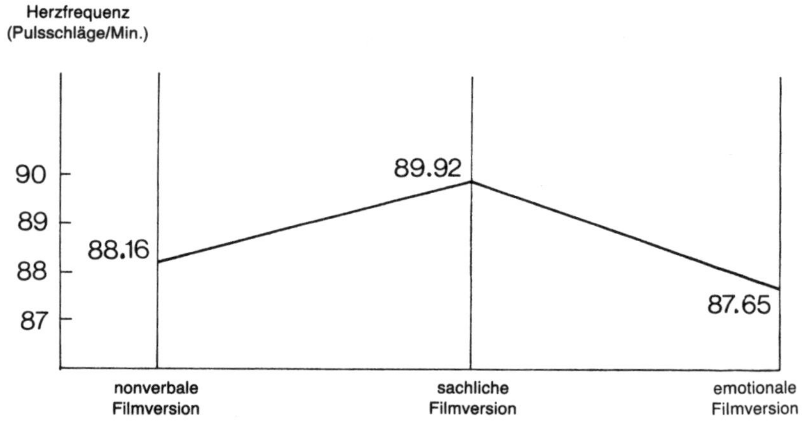

Abb. 7: *Herzfrequenzmediane*

Zur Atemfrequenz
Es zeigte sich eine leichte Steigerung der Atemzüge bei der sachlich betexteten Fassung.

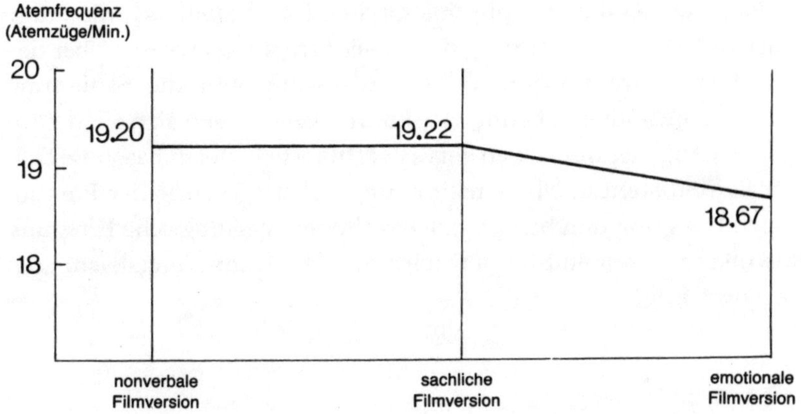

Abb. 8: *Atemfrequenz*

Zum Hautwiderstandsniveau
Hier zeigten sich mehr als zufällige Differenzen:

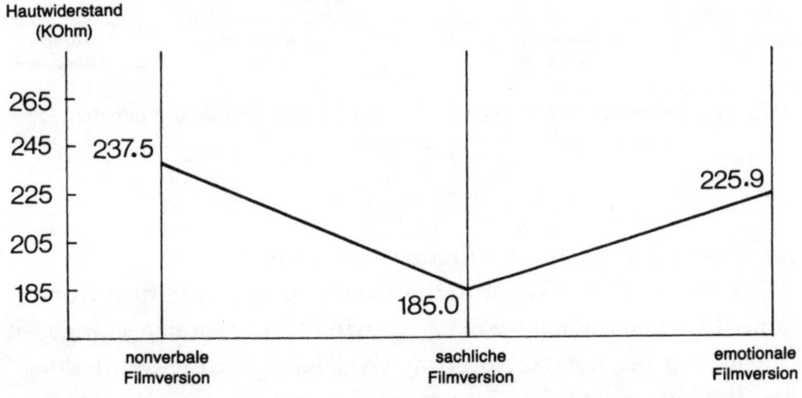

Abb. 9: *Hautwiderstandsniveau*

Jene Kindergruppe, welche die sachlich betextete Filmversion rezipiert hatte, zeigte im Durchschnitt ein geringeres Hautwiderstandsniveau als die beiden anderen Gruppen. Zur Erklärung: Ein geringerer Hautwiderstand verweist auf eine erhöhte physiologische Erregung (so wird die Haut feucht, man beginnt zu schwitzen).

Nach Darlegung der physiologischen Daten stellt sich die Frage nach den Wirkungen unterschiedlicher Erregungsniveaus. Über das *emotionale Erleben* während der Darbietung gibt die Skalierung „angenehm – unangenehm" Auskunft. Danach zeigt sich ein deutliches Unangenehm-Erleben bei der sachlich betexteten Fassung. Dieser Befund steht in Übereinstimmung mit der Theorie der Emotionalen Erregung und besagt, daß eine hohe physiologische Erregung als unangenehm empfunden wird und die Erinnerungsleistungen beeinträchtigt.

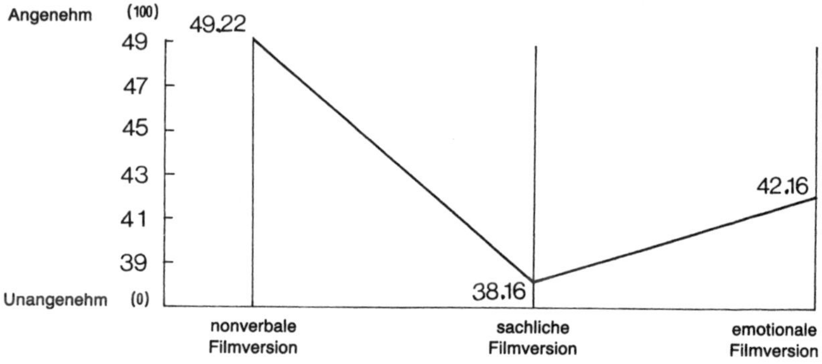

***Abb. 10:** „Angenehm – Unangenehm" – Nonverbale Skalierung der drei Filmversionen*

An dieser Stelle ist eine Einfügung zu machen:

Die non-verbale Skalierung verweist auf ein signifikant unterschiedliches emotionales Erleben der drei Filmversionen – hingegen zeigen sich bei der verbal erfragten „Heiter-Traurig-Beurteilung" der drei Versionen solche Unterschiede nicht.

Das ist ein bemerkenswerter Befund in zweifacher Hinsicht. Zum einen verweist er auf erstaunliche Gemeinsamkeiten bei einer erfragten emotionalen Einschätzung von Szeneninhalten und dramaturgischen Abläufen, zum anderen stellt sich das Problem signifikant unterschiedlicher Bewertungen bei non-verbalen versus verbalen Erfassungen. Dieses Problem – nunmehr empirisch belegt – ist (ab jetzt) mitzubedenken.

Zu den Erinnerungseffekten

Es gibt einen statistisch signifikanten Unterschied zwischen der emotional-betexteten Filmversion und den beiden anderen Fassungen. Die Erinnerungseffekte wurden über zwanzig definierte Szeneninhalte erfaßt und den Nacherzählungen der Kinder zugeordnet. Das Ergebnis war eindeutig: Die (eher) emotional betextete Version wurde am besten erinnert, die sachlich betextete und die nonverbale Fassung folgten mit beträchtlichem Abstand.

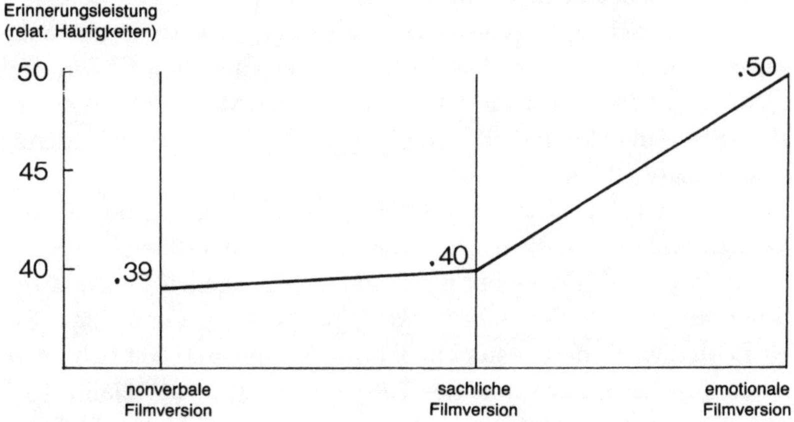

Abb. 11: Erinnerungseffekte

Aus den vier Abbildungen läßt sich ablesen:

Die Bild-/Wortbeziehung erweist sich als ein Zentralpunkt der Wirkungen des „Wie der Präsentation": Die Laufbild-/Laufwort-Rezipienten agieren und reagieren schon auf minimale Veränderungen dieser Beziehung mit unterschiedlicher physiologischer Erregung und – damit verbunden – mit einem unterschiedlichen „Angenehm-Unangenehm-Erleben" und unterschiedlichen Erinnerungsleistungen. Die Theorie der emotionalen Erregung hat sich – in den überprüften Teilbereichen – also bestätigt auch unter Medienbedingungen.

Bereits diese generelle Bestätigung verweist auf neue Fragefelder, zwei seien genannt. So könnte die medienvermittelte physiologische Erregung – vielleicht das wichtigste Wirkungspotential sein für das sogenannte „Vielseher-Syndrom“, da eine hohe physiologische Erregung ein Abschalten der Laufbild-/Laufwort-Apparaturen außerordentlich erschwert – denn wenn man abschaltet, fällt man zunächst in eine Erregungsleere, in ein Erregungsloch. Das immer noch gebrauchte Argument, man müsse eben lernen, die „Off-Taste“ zu drücken, steht daher auf recht schwachen Füßen.

Um dem Vielseher-Syndrom gegenzusteuern, sind viele Anstrengungen nötig. Im Grunde geht es dabei immer um Weckung, Stärkung und insbesondere um die Erhaltung personaler Interessen: damit man sich seine physiologische Erregung (man könnte auch sagen: eine angenehme Wahrheit) eigengesteuert holen kann und nicht vorab fremdgesteuert über wahllosen Medienkonsum. Für Pädagogik und Medienpädagogik liegen hier wohl entscheidende Zukunftsaufgaben.

Ein weiteres Feld für psychophysiologische Forschungen und pädagogisches Bedenken hat zu tun mit dem Dauerthema „Aggression und Gewalt“. In einer Situationsskizze ausgedrückt: Das Paradox vom „überreizten Katatoniker“ ist durchaus vorstellbar, also eines Medien-Dauerkonsumenten (vom Rezipienten läßt sich kaum noch sprechen), der – mit der Fernbedienung in der Hand – regungslos und stundenlang vor Bildschirmen sitzt, doch aufgeladen mit einer hohen physiologischen Erregung, von der man nicht weiß, ob, wann, wo und wie sie sich entlädt.

Für die Mediengewaltforschung ergeben sich etliche zukunftsbezogene Fragen. So geht es um das Problem, wann, wo und wie sich medienvermittelte Erregungs- und Aggressionspotentiale verbinden mit lebensrealen Hocherregungen – bis hin zu realen Gewalthandlungen. Zweifellos gibt es solche Verbindungslinien, sie werden immer mehr. Dazu lediglich ein Hinweis: zu denken ist an steigende Bevölkerungszahlen (wie immer sich diese zusammensetzen) und an die damit verbundenen zunehmend engeren bürokratischen Regelungen. Oft scheinen diese bürokratischen Regelungen gar nicht gravierend zu sein, doch in ihrer Summe werden sie zunehmend unerträglicher – und fast immer gehen sie zu Lasten des Endverbrauchers. Zusammengenommen heißt das: Wir haben es mit immer neuen Streßfaktoren zu tun.

Bleibt also ein Resümee: Die Erregungspotentiale der Medien, insbesondere die Doppelkodierung des Fernsehens, zusammengeschaltet mit lebensrealen Erregungs- und Aggressionspotentialen ergeben ein Bündel bislang so nicht dagewesener Stressoren. Und jeder Streßforscher weiß: Auf eine dauerhaft aggressive Erregung folgt – fast zwangsläufig – eine Depression. Diese Nahtstellen zwischen Aggressionen und Depressionen verdienen besondere Beachtung – auch unter gesamtgesellschaftlichen Aspekten (vgl. Sturm, 1993c).

Physiologische Erregung und personale Befindlichkeiten. Das Problem der Doppeldekodierungen

Betrachtet man die Ergebnisse der physiologischen Erregung, der emotionalen Befindlichkeiten und der Erinnerungs-/Behaltensleistungen im Zusammenhang, dann ergeben sich eindeutige Zuordnungen zu den drei Filmversionen:

- Die Filmversion mit den sachlichen Textzutaten führte zu der höchsten physiologischen Erregung, sie wurde am unangenehmsten erlebt und am schlechtesten erinnert. Es handelt sich um die Version, bei der (eher) emotionale Bilder und sachlicher Text zusammentrafen, also zwei Dekodierungsleistungen verlangt waren. Es läßt sich aussagen: gegenläufige Bild-/Wort-Beziehungen befördern eine hohe physiologische Erregung; diese wird als unangenehm erlebt und beeinträchtigt Verständnis-, Behaltens- und Erinnerungsleistungen.
- Bei der non-verbalen Filmversion war die physiologische Erregung am niedrigsten, diese Version wurde als besonders angenehm erlebt, doch nicht besser erinnert als die sachlich-betextete Fassung.

Dieser Befund enthält Bedenkenswertes; er gibt einen deutlichen Hinweis auf die psychologische Basiserkenntnis: Verständnis und Erinnern setzen Benennung und Kategorisierungen voraus. In dem hier überprüften Fall haben sich die Zuschauer offenbar dem nonverbalen Bilderfluß gleichsam überlassen. Eine innere Benennung und Kategorisierung des Nur-Gesehenen hat nur sparsam stattgefunden, man sah sozusagen „ohne Anstrengung“ und fand diese Situation besonders angenehm (für weiterführende Angaben siehe Sturm, Vitouch, Grewe-Partsch, 1986, und Sturm, 1995 und 1996).

- Die (eher) emotional-betextete Version lag im Bereich einer mittleren physiologischen Erregung, sie wurde als angenehm erlebt, jedoch nicht so angenehm wie die non-verbale Fassung. Die Verständnis- und Erinnerungsleistungen waren bei der emotionalbetexteten Fassung eindeutig am höchsten. Das meint: Offenbar hat der zum Film gesprochene emotional leicht getönte Off-Text die für Verstehen und Erinnern notwendigen Verbalisierungen und Kategorisierungen übernommen: er brachte zusätzlich und angenehm jene Benennungen, die für Verständnis und Behalten unerläßlich sind.

Als mediendramaturgische – auch pädagogische und didaktische – Folgerungen lassen sich ableiten:

Wenn gute Behaltens-/Erinnerungsleistungen angestrebt werden, wäre darauf zu achten, daß unnötige Bild-/Geräusch-/Wort- und Musikeffekte, die den Fluß der Darbietung unterbrechen, vermieden werden. Anzustreben ist ein mittleres Erregungsniveau, auch um die Rezeptionssituation angenehm zu machen. Ein solches mittleres physiologisches Erregungsniveau setzt zumeist voraus, daß Bild-/Wort-Gegenläufigkeiten, also vom Rezipienten verlangte gleichzeitige Doppeldekodierung, nicht im Übermaß erscheinen. Es geht also um eine vorausbedachte präzise Aufeinanderbeziehung der Bild-/Tonschiene. Bei emotionalen Bildern und Bildverläufen bedarf es zudem eines Textes, der den emotionalen Bildinhalten entspricht – oder eines sehr sparsamen Textes, damit die Rezipienten ihre eigenen emotionalen Verbalisierungen „dazutun“ können.

Zu denken wäre auch daran, daß längere non-verbale Passagen (wenn sie gut erinnert werden sollen) durch eine sparsame verbale Textierung Unterstützung finden. Diese präzise sparsame Off-Textierung hat zumindest zwei Funktionen: Sie gibt Hinweise, worauf geachtet werden soll (dies ist besonders bei einem prall gefüllten

Bildschirm wichtig), und sie ist eine Hilfe für Benennungen und Kategorisierungen (vgl. dazu die Ergebnisse der Untersuchung der Intelligenz-/Verständniskriterien Piagets unter Medienbedingungen).

Die Wirkung von Wiederholungen – Unerwartete Befunde

Drei Wochen nach der Erstdarbietung sahen dieselben Kinder dieselbe Filmversion noch einmal, sie rezipierten dasselbe in Wiederholung, auch in derselben Rezeptionssituation (jeweils Einzelversuch). Dabei handelt es sich versuchstechnisch um eine Teilstichprobe, d. h. aus Zeit- und Kostengründen wurden nach Zufall 34 Kinder ausgewählt, von denen vierzehn die non-verbale Filmversion, zehn Kinder die sachlich-betextete Fassung und je zehn Kinder die emotional betextete Fassung ein zweites Mal erlebten. Aus diesem Grunde unterscheiden sich die Daten der Erstdarbietung (je 20 Versuchspersonen bei den drei Filmversionen) von den Daten der Wiederholungen (insgesamt 34 Kinder). Da diese Teilstichprobe ein genaues Abbild aller 60 Kinder ist, die beim Erstversuch teilnahmen, erbringt die Teilstichprobe die gleichen Ergebnisse wie die Gesamtstichprobe.

Zunächst ist zu berichten, daß die *physiologische Erregung* bei allen drei Filmversionen nicht geringer war als bei der Erstdarbietung – ein Befund, der nicht unbedingt zu erwarten war. Bei der sachlichen Version war sogar eine geringfügige Erhöhung der Herz-/Pulsfrequenz gegeben im Vergleich zu den Darbietungen vor drei Wochen.

Bei der non-verbalen *„Angenehm-Unangenehm"*-Skalierung zeigte sich, daß alle drei Versionen angenehmer erlebt wurden als bei der Erstdarbietung – jedoch blieben die Unterschiede der „Angenehmheit-Unangenehmheit" der drei Versionen voll bestehen, sie zeigten sich eindeutig erneut bei der Wiederholung. Zudem zeigten sich wiederum keine signifikanten Unterschiede bei der verbal erfragten „Heiter-Traurig-Beurteilung", weder waren diese gegeben bei der Erstdarbietung noch bei der Wiederholung. Dazu schon jetzt ein Hinweis: Diese Unterschiede zwischen allgemein-sprachlichen Zuschreibungen und personalem emotionalen Erleben könnten ein

Signal sein für manche Umorientierung unter den Bedingungen zunehmender Laufbildangebote, betreffend Medienforschung/Medienplanung, wie gesamtgesellschaftliche Einschätzungen und Prognosen.

Doch das sind Vorgriffe.

Zunächst geht es um das unterschiedliche emotionale Erleben bei Erstdarbietungen und Wiederholung. Nachstehende Zeichnung gibt dazu Auskunft.

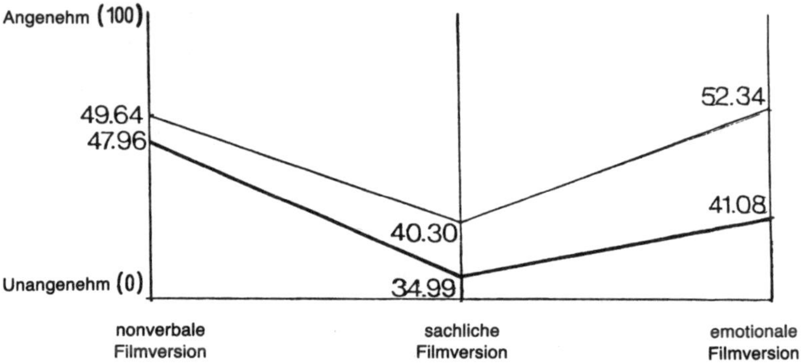

Abb. 12: *Angenehm-Unangenehm-Skalierung; Vergleich zwischen Erstdarbietung (dicke Linie) und Wiederholung (dünne Linie)*

Wir können also festhalten: Die sachlich-betextete Version wird auch in der Wiederholung deutlich am unangenehmsten erlebt, also die Fassung, bei der gleichzeitige Dekodierungen von (eher) emotionalen Bilden und kurzen sachlichen Off-Texten verlangt waren, wohingegen die non-verbale Fassung klar aufholt in Richtung „Angenehm". Signifikant und überdeutlich aber ist das Angenehm-Empfinden bei der Wiederholung der (eher) emotional-betexteten Fassung, bei der sparsame Worthinweise gegeben wurden, die in Übereinstimmung waren mit dem emotionalen Gehalt der rezipierten Laufbilder.

Es ist nunmehr die Frage zu stellen, ob und wie sich unveränderte Wiederholungen auswirken auf *Behalten und Erinnern* bei einem unterschiedlichen Angenehm-Unangenehm-Erleben.

Das Schaubild zeigt die unerwarteten Ergebnisse:

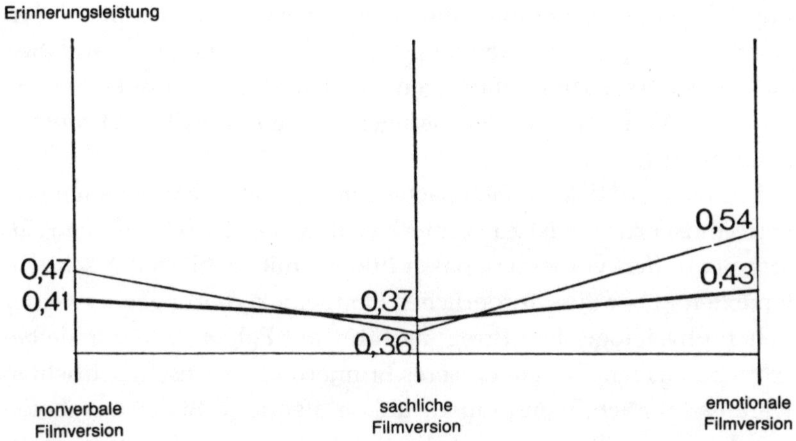

Abb. 13: *Behaltens-/Erinnerungseffekte; Vergleich zwischen Erstdarbietung (dicke Linie) und Wiederholung (dünne Linie)*

Auch die Befunde zu den Behaltens-/Erinnerungswirkungen der drei wiederholten Filmversionen stehen in einem direkten und unübersehbaren Bezug zu den Wirkungen der Erstdarbietung; diese Erstdarbietungen zeigen sich in ihren Wiederholungswirkungen lediglich in einer besonderen Verstärkung. Dies läßt sich deutlich ablesen bei den Behaltens- und Erinnerungsleistungen der sachlich-betexteten Fassung: Diese Fassung wird nach der Zweitdarbietung noch schlechter erinnert als bei der Erstdarbietung – ein Befund entgegen sozusagen allen logischen Annahmen. Zugleich gilt: Die mittlere physiologische Erregung der emotional betexteten Fassung bei der Erstdarbietung und das damit verbundene Angenehm-Erleben führen bei der Wiederholung zu einer signifikanten Verbesserung der Behaltens- und Erinnerungsleistungen.

Aus diesen Ergebnissen lassen sich zwei weiterführende Fragen extrahieren: zum einen nach den Verlaufsprozessen von Medienwirkungen, zum anderen nach einem dahinterstehenden emotionalen Gedächtnis, bezogen auf vorausgegangene Mediendarbietungen.

An mediendramaturgischen Hinweisen lassen sich aus dem Vergleich zwischen Erstdarbietung und Wiederholung u. a. entnehmen:

Physiologische Erregung und Angenehm-Unangenehm-Erleben einer Erstrezeption werden lange erinnert. Anzunehmen ist daher, daß besonders rasante Sendungen mit vielen Gegenläufigkeiten von Bild und Wort bei Wiederholungen mit emotionaler Akzeptanz kaum rechnen können.

Mit Blick auf das vielfach nachgewiesene schlechte Behalten von Fernsehnachrichten ist zu vermerken, daß das hier sehr häufige Zusammentreffen von emotionalen Bildern mit sachlichen Nachrichtentexten – über die erforderlichen Doppeldekodierungen – zu einer hohen physiologischen Erregung führt mit Folgen, wie wir sie beschrieben haben. Für ein besseres Erinnern von Fernsehnachrichten wäre es hilfreich, wenn (auch) unkommentierte Bilder angeboten würden. Das gilt ebenso für die Wiederholung von Fernsehnachrichten oder von Nachrichtenteilen.

Zugleich aber belegen die Ergebnisse, daß Programmplaner und Medienmitarbeiter Zweitausstrahlungen (oder Teile davon) meist nicht zu scheuen brauchen. Sehr anschaulich hat der amerikanische Psychologe und Medienforscher Tannenbaum bereits 1978 aus einer mehrfach überprüften Untersuchung berichtet, wie Fernsehrezipienten die Tatsache kommentierten, daß sie eine Sendung zum zweitenmal sahen: „Sie gaben an, daß es ganz selbstverständlich für sie sei, eine schon einmal gesehene Sendung ein zweites Mal anzusehen. Offensichtlich suchten sie nicht Neuheit, sondern Vertrautheit. Auch beim zweiten Mal fanden sie die dargestellten Situationen und Scherze erheiternd, verglichen etwa mit der unerwünschten Unsicherheit, die neue Programme mit unbekanntem Handlungsablauf und unbekannten Darstellern mit sich bringen." Die von uns ermittelten Ergebnisse zu Wiederholungswirkungen bestätigen diese Ergebnisbeschreibung: Eine Wiederholung bietet eine emotional beruhigte Situation, sie wird meist angenehmer erlebt als die Erstdarbietung – jedoch unter der Voraussetzung, daß die Erstdarbietung nicht mit unangenehmen emotionalen Hocherregungen verbunden war.

Bleibt noch zu vermerken, daß die Ergebnisse zu den Wiederholungswirkungen sich auf eine einmalige Wiederholung beziehen; zu den Wirkungen von Mehrfachwiederholungen lassen sich keine Aussagen machen. Offen ist daher auch weiterhin die Frage nach emotionalen Übersättigungen und Neubewertungen. Damit aber sind wir – erneut und wiederum – konfrontiert mit Problemen, die sich bündeln lassen zu Fragen nach den „Verlaufsprozessen von Medienwirkungen".

Ein erster Schritt in dieser Richtung wurde unternommen durch die Notierung der Verlaufsprozesse der physiologisch-emotionalen Erregung, der (nonverbalen) „Angenehm-Unangenehm-Skalierung" und der (verbalen) „Heiter-Traurig-Skalierung": über zehn genau definierte Szenen hinweg der drei Darbietungsversionen der Film-/Fernsehgeschichte über den Abschied von einem Schneemann.

Dramaturgischer Ablauf und emotionale Verlaufsprozesse: die Diskrepanzen zwischen verbalen und nonverbalen Erfassungen

Nach den Darlegungen der Wirkungen von drei bild- und geräuschidentischen Filmversionen – unterschiedlich lediglich durch minimale Wortzutaten – auf physiologische Erregung, emotionale Befindlichkeiten, Verständnis- und Erinnerungsleistungen (auch unter Wiederholungsbedingungen) geht es nunmehr um die Frage nach den *Verlaufsprozessen von Emotion und Erregung* während der Rezeption der drei Darbietungsversionen.

Zunächst zu den physiologischen Daten.

Hier zeigten sich durchgängige Veränderungen – je nachdem, wie welche Szenen emotional erlebt wurden. Dabei – und das ist ein entscheidender Befund – erwies sich die non-verbale Skalierung als direkt gebunden an die darbietungsbegleitende physiologische Erregung. Als nahezu gegenläufig erwies sich die verbal erfragte Heiter-Traurig-Beurteilung.

Erfaßt wurden physiologische Erregung, Angenehm-/Unangenehm-Skalierung, Heiter-/Traurig-Beurteilung an zehn genau festgelegten Meßpunkten der drei jeweils 28minütigen Darbietungen. An diesen zehn Meß-Zeitpunkten wurden die Kinder gefragt: „War der Teil des Films, den du gerade gesehen hast, eher traurig oder eher heiter?" Nach der kurzen Antwort wurde gesagt: „Stell bitte ein, wie angenehm oder wie unangenehm du diesen Abschnitt empfunden hast." Die Kinder hatten ein Kästchen zur Hand, sie bewegten einen Zeiger zwischen einem traurigen und einem lustigen Gesicht (an anderen Filmmaterialien war dieser Vorgang geübt und geprüft worden). Dieses Kästchen war sehr einfach konstruiert und leicht zu bedienen.

***Abb. 14:** Skalierungskästchen („angenehm – unangenehm")*

Diese Zuordnung physiologischer Daten zu nonverbaler versus verbaler Erfassung sei am Beispiel der Atmungsamplitude/der Atemtiefe dargelegt (es hatte sich gezeigt – und wurde mittlerweile bestätigt–, daß Atmungshäufigkeit und Atemtiefe zur Erfassung dramaturgischer Wirkungen besonders geeignet sind). Nachstehende Zeichnung weist auf, daß Atemtiefe und nonverbale Skalierung über die zehn Szenen hinweg nahezu parallel verlaufen. (Vgl. Abb. 15.)

Es läßt sich festhalten: Je tiefer die Atmung, desto deutlicher wurde das traurige Gesicht gewählt. (Bei einer Neufassung der Untersuchung würde ich von einer „Heiter-Traurig-Skalierung" ausgehen.)

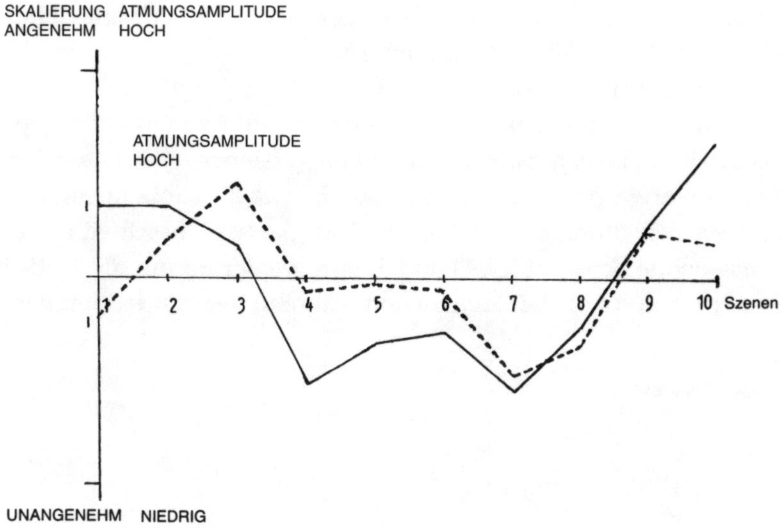

Abb. 15: *Atmungsamplitude – „Angenehm-Unangenehm"-Skalierung; nonverbale Filmversion bei der Erstdarbietung; durchgehende Linie: Atmungsamplitude; gestrichelte Linie: „angenehm – unangenehm"*

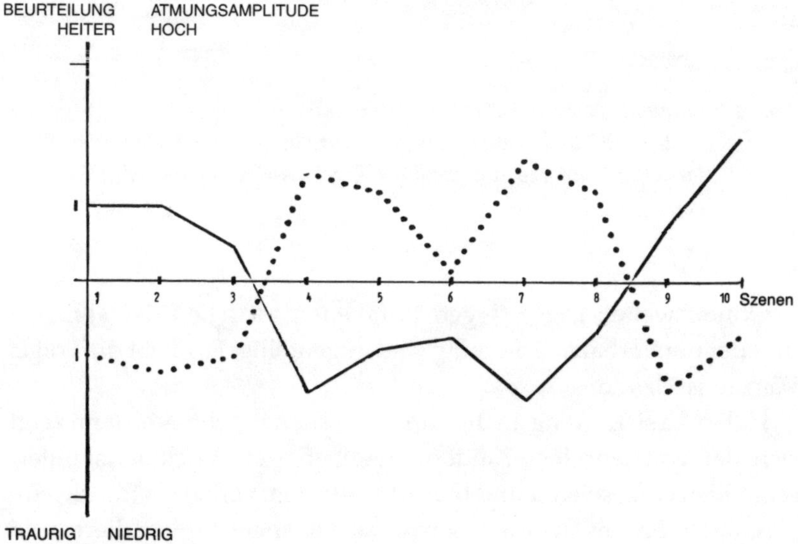

Abb. 16: *Atmungsamplitude – Verbale Beurteilung „heiter – traurig"; nonverbale Filmversion bei der Erstdarbietung; durchgehende Linie: Atmungsamplitude; gepunktete Linie: „heiter – traurig"*

Nahezu gegenläufige Ergebnisse zeigt die verbal erfragte „Heiter-Traurig-Beurteilung". (Vgl. Abb. 16.)

Solche Gegenläufigkeiten zwischen verbaler und non-verbaler Erfassung sind durchgängig: sie zeigen sich in bezug auf alle physiologischen Maße, hinsichtlich aller Filmversionen, ebenso bei den Wiederholungen (im Untersuchungsbericht ist dies dokumentiert).

Diese Beziehungen von „Gegenläufigkeiten" beschreibt das nachstehende Schaubild. Es handelt sich wiederum um die Notierungen zur nonverbalen Filmversion während der Erstdarbietung.

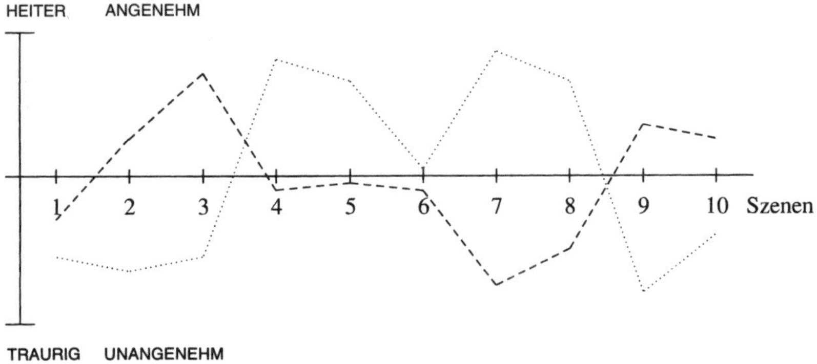

Abb. 17: *Zusammenhang zwischen „angenehm-unangenehm"-Skalierung (gestrichelte Linie) und „heiter-traurig"-Beurteilung (gepunktete Linie); Erstdarbietung, aufgezeigt anhand der Ergebnisse der nonverbalen Filmversion*

Ohne Zweifel: Diese Gegenläufigkeiten zwischen der verbalen und der nonverbalen Erfassung sind augenfällig. Es bleibt die Frage: Warum ist das so?

Hält man sich streng an die aufgewiesenen Ergebnisse, dann zeigt sich, daß von denselben Kindern dieselben Szenen emotional unterschiedlich eingeschätzt und bewertet wurden; verbal als traurig eingeschätzte Szenen wurden nonverbal als angenehm skaliert (und umgekehrt). Daraus läßt sich folgern, daß zu einem Angenehm-Erleben keineswegs nur heitere Szenen gehören. Man könnte auch sagen: Der Rezipient kann ein durchaus angenehmes Gefühl bei als traurig bewerteten Szenen empfinden. Im Untersuchungsbericht findet sich die Formulierung „angenehm erlebte Traurigkeit".

Einen Schritt weiter führt die Zuordnung dieser Gegenläufigkeiten zur bestimmten Szene. Beim dritten Meßzeitpunkt ist die Diskrepanz eindeutig: verbal ein Tiefpunkt der Traurig-Beurteilungen, nonverbal eine Spitze der Angenehm-Skalierungen. Die Szene, worauf sich beide Angaben beziehen, zeigt den Hauptakteur des Films auf einem Friedhof: Er sinnt darüber nach, wie er seinen Schneemann retten kann, von Ferne sind schneebedeckte Berge zu sehen. Da kommt ihm der rettende Einfall, er wird den Schneemann in eine Kiste legen und in die Berge bringen, in Eis und Schnee, da wird der Schneemann nicht schmelzen.

Nunmehr läßt sich nachtragen:

Bei der verbalen Befragung zu dieser Friedhofsszene haben die Kinder mit „das ist traurig" geantwortet – ein Friedhof hat per Konvention und verbale Zuschreibung eher traurig zu sein. Nonverbal hingegen wurde die Szene als „angenehm" skaliert, und diese Skalierung – das sei hinzugesetzt – folgte der Dramaturgie des Filmablaufs: denn auf dem Friedhof findet der Hauptakteur eine Lösung seines Problems. Für den Meßzeitpunkt vier gilt Ähnliches.

Diese Szene zeigt eine Spitze der „Heiter-Beurteilung".

Dargestellt im Film ist eine Fahrt im Mercedes: Ein Autofahrer nimmt den Hauptakteur und seinen Schneemann mit, hinauf zu einem hochgelegenen Ort. Zur verbalen Beurteilung ist zu vermerken: Mercedesfahren durch eine schöne Landschaft ist wohl per Sprachkonvention eine heitere Sache – nonverbal aber bleibt die Skalierung im Bereich „unangenehm".

Besondere Spitzenwerte solcher Gegenläufigkeiten finden sich um den Meßzeitpunkt sieben.

Der Hauptakteur hat seinen Schneemann auf einen Alpengipfel gebracht, er trägt ihn geschultert und hält Ausschau nach einem geeigneten Platz. In dieser Szene werden leuchtende Alpengipfel gezeigt, Ausblicke in weite Täler und eine strahlende Wintersonne. Verbal wird diese Szene als sehr heiter beurteilt; eine schöne Landschaft verlangt wohl diese sprachliche Zuschreibung. Nonverbal zeigt sich ein Tiefpunkt der Unangenehm-Skalierung: Der Abschied vom Schneemann wird unausweichlich.

Die Filmszenen neun und zehn zeigen, wie der Hauptakteur seinen Schneemann verläßt und absteigt ins Tal. Verbal werden diese Schlußszenen als besonders traurig beurteilt: In der sprachlichen Kommunikation sind Abschiede traurig. Nonverbal hingegen werden die Abschiedsszenen als angenehm skaliert: Der Schneemann hat seinen Platz gefunden, die Geschichte ist zu Ende.

Es liegt der Schluß nahe, daß die nonverbal erfaßten Emotionen die personalen Befindlichkeiten in der Beziehung „Filmdarbietung und Rezipient" sehr genau widerspiegeln, wohingegen die verbal erfaßten emotionalen Bewertungen eher der Wiedergabe genereller und sozialer Übereinkünfte zuzuordnen sind. Diese Einschätzung verweist auf Zentralprobleme der Erfassung medientypischer personaler Wirkungen.

Eine der rechtzeitig und dringlich zu stellenden Fragen vor Auftrag, Vergabe und Planung von empirischen Arbeiten zur Medienwirkungsforschung könnte sein: Wie sollen personale Medienwirkungen erfaßt werden – verbal oder nonverbal? (denn je nach Art der Notierungen werden sich andere Ergebnisse zeigen). Für nachdenkliche rezipientenorientierte Medienmacher ist die Frage naheliegend, ob und wie den Verlaufsformen von Wirkungen während der Rezeption der Darbietungen nachgegangen wurde (weil nur so den nachherigen Untersuchungsergebnissen – konkret und im Detail – entnommen werden kann, worauf bei neuen Programmüberlegungen geachtet werden sollte (z. B. bei der Fortsetzung von Serien, bei der Umarbeitung von Programmen oder bei der Programmplanung).

Jedoch – vielleicht wichtiger noch als das Aufzeigen der Gegenläufigkeiten zwischen verbalen und nonverbalen emotionalen Notierungen ist dieser Befund:

Betrachtet man die verbal bzw. nonverbal erfaßten emotionalen Zuschreibungen getrennt, dann zeigen sich für jede Notierungsart frappierende Konsistenzen und Kontinuitäten. Das heißt, daß sich unsere Versuchspersonen sowohl in ihren verbalen wie in ihren nonverbalen Zuschreibungen äußerst einig waren, und zwar bei allen Darbietungsversionen – einig also auch in ihren gegensätzlichen Notierungen bei der verbalen und der nonverbalen Erfassung.

Zwei Annahmen liegen nahe: zum einen, daß unsere zehnjährigen Wiener Kinder (bereits oder noch?) über zwei emotionale Bewertungssysteme verfügen: über ein allgemein-kommunikatives Verbalsystem wie über ein personales, genau beobachtendes, nonverbales Notierungssystem; zum andern, daß das dramaturgisch-emotionale Erlebnisrepertoire von Zuschauern, Hörern und Lesern ähnlicher und stabiler sein könnte als bislang angenommen.

Die nachstehenden Abbildungen beziehen sich auf die Verlaufsformen der verbalen Beurteilung der Dimension „heiter–traurig" wie der nonverbalen Skalierung der Dimension „angenehm–unangenehm", jeweils bei der Erstdarbietung der drei Filmversionen.

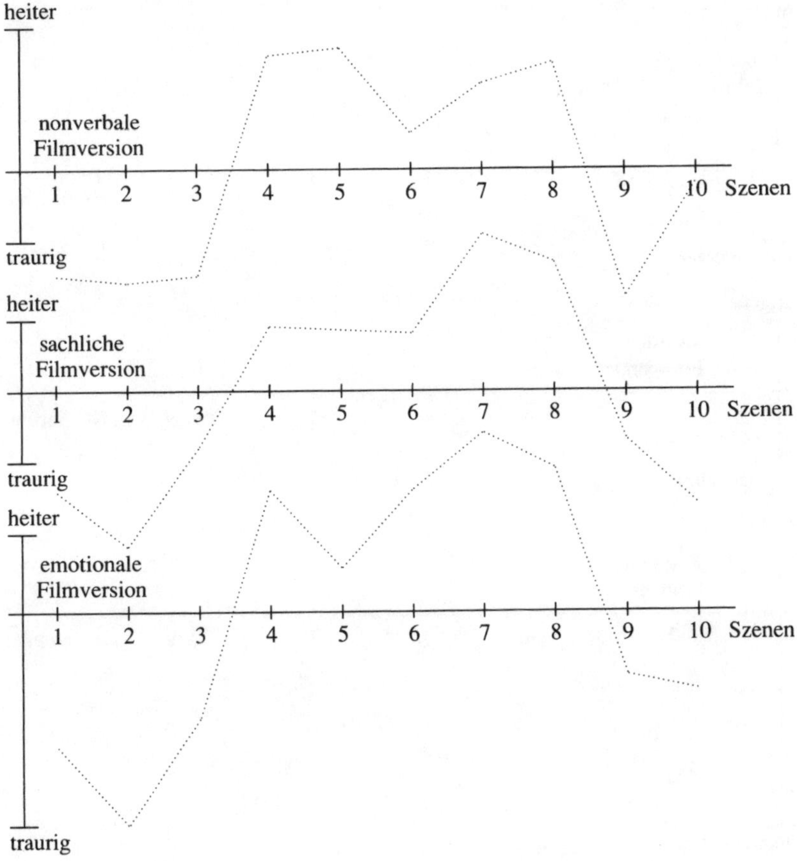

Abb. 18: *Verbale Beurteilung der Dimension „heiter – traurig" bei der Erstdarbietung*

Zunächst zur verbalen „Heiter–Traurig-Beurteilung" des dramaturgischen Ablaufs: Hier zeigen sich durchgängig ähnliche Beurteilungsmuster bei allen Filmversionen; die verbalen Kriterien für erlebte Emotionen erscheinen so als weithin allgemein verbindlich.

Von ähnlicher Konsistenz und Einheitlichkeit ist die nonverbale emotionale Skalierung/ Beurteilung des dramaturgischen Ablaufs – es ergeben sich daher auch keine Annäherungen zwischen den verbal erfaßten und den nonverbal skalierten darbietungsbegleitenden emotionalen Verlaufsformen.

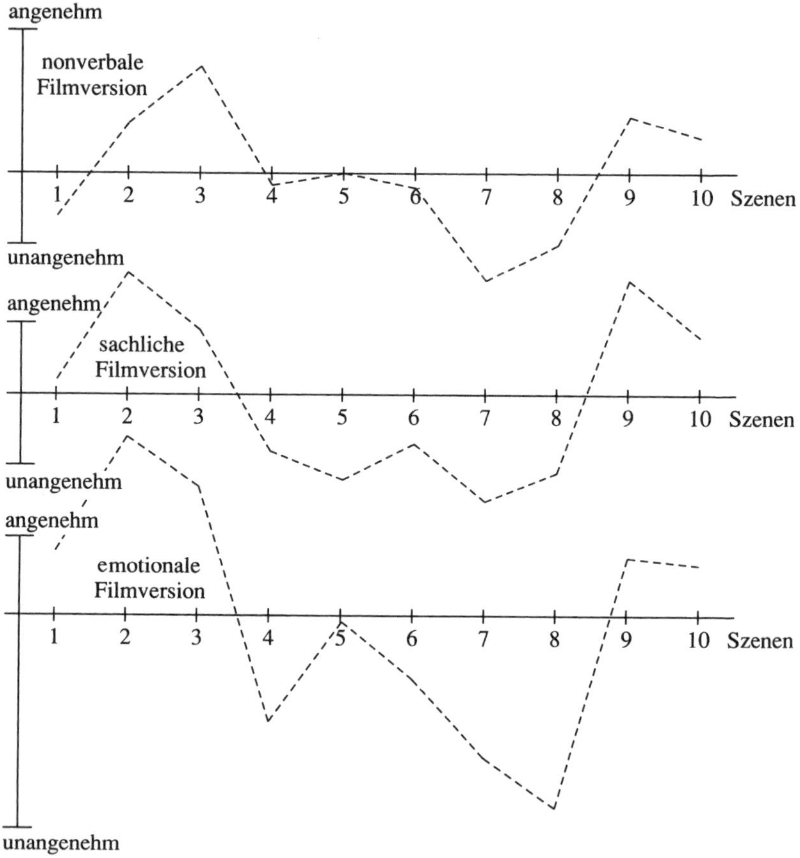

Abb. 19: *Die nonverbale Beurteilung der Dimension „angenehm – unangenehm" bei der Erstdarbietung*

Bleibt als Fazit:

Wir haben es – zumindest im emotionalen Bereich – mit zwei gleichzeitig gehandhabten Dekodierungsverläufen zu tun, die für sich genommen jeweils eine hohe Eigenstabilität aufweisen, jedoch – oder deshalb – zu höchst unterschiedlichen emotionalen Zuschreibungen und Bewertungen führen.

Für eine gleichzeitige Handhabung von zwei Dekodierungskriterien spricht der Versuchsablauf: Bei zehn genau definierten Meßzeitpunkten wurde immer die gleiche Frage gestellt, „War der Teil des Films, den du gerade gesehen hast, eher traurig oder heiter?" Nach der kurzen Antwort erhielten die Kinder die Aufforderung „Stell' bitte ein, wie angenehm oder unangenehm du diesen Abschnitt empfunden hast" (sie bewegten den Zeiger zwischen einem traurigen und einem lustigen Gesicht – oder ließen ihn unverändert, wenn sie kontinuierlich nonverbal skaliert hatten).

Die Ergebnisse zeigen es:

Für unsere Versuchsteilnehmer waren zwei szenen-synchrone unterschiedliche emotionale Zuschreibungen ebenso problemlos wie selbstverständlich. Es könnte also sein, daß die zehnjährigen Wiener Kinder ein Rezipientenverhalten praktizierten, das länger schon üblich ist, bislang aber nicht bemerkt wurde.

Ich meine ein Rezipientenverhalten, das sehr genau unterscheidet zwischen sprachlicher Allgemeinkommunikation und personalem Erleben und damit zwei Kommunikationsströmen zugehörig ist. Mit anderen Worten: Sozusagen „hinter" den Ergebnissen von verbalen Befragungen zu Laufbildwirkungen können konträr-unterschiedliche emotionale Bewertungen stehen – ein Befund von Brisanz, der mitbestimmend ist für manche weiterführenden Arbeiten, die noch darzulegen sind.

Unter Aspekten einer rezipientenorientierten Mediendramaturgie bringen diese Ergebnisse mehr Fragen als Antworten. Zum einen verweisen sie darauf, daß dramaturgische Abläufe auf ein breites Spektrum ähnlicher Gefühle treffen, wobei winzige Veränderungen dieser Abläufe (hier der Wort-/Bildbeziehungen) mit signifikanten Veränderungen der emotionalen Erregung, des Angenehm-Unangenehm-Erlebens, der Verständnis- und Erinnerungsleistungen verbunden sind. Zum anderen ist die Frage nicht länger zu vermeiden, auf welche Art des emotionalen Nachvollzugs sich mediendramaturgische Abläufe stützen: Sowohl verbale wie non-verbale emotionale Zuschreibungen sind – in sich – übereinstimmend und konsequent, es kommt daher auch nicht zu Annäherungen zwischen ihnen.

Ausgehend von meinen Kenntnissen und Erfahrungen verweisen diese – je nach Erfassungsart – emotionalen Gegenläufigkeiten vorab auf Grundprobleme, die sich bündeln lassen unter dem Stichwort „Globalisierung der Medienmärkte".

So melden sich Fragen nach kulturabhängigen, in anderen sozialen Kontexten erlernten Gefühlszuschreibungen, auch Fragen nach Dramaturgie-Erwartungen und Dramaturgie-Erfahrungen in anderen Sprach- und Lebenskreisen. Sollte sich herausstellen – was zu überprüfen wäre –, daß Laufbild-/Laufwortdarbietungen generell verbunden sind mit einem doppelten Antwortverhalten der Rezipienten (mit einem allgemein-sprachlichen und einem personal-emotionalen), dann würde die vielberedete „Globalisierung der Medienmärkte" mit Problemen behaftet sein, die bislang noch nicht einmal angedacht wurden.

Für mediendramaturgische Problemlagen läßt sich unter dem Aspekt der Globalisierung der Medienmärkte zumindest eine Vorausfrage stellen. Sie könnte lauten: Inwieweit stimmen Mikro- und Makro-Ebenen überein, genauer: Welcher Art Bild-/Tonkodierungen (im globalen Angebot) treffen auf welche emotionalen Dekodierungen und Zuschreibungen (in einer Sprach- oder Religionsgemeinschaft, einer Region)? Hier zeichnen sich Konfliktfelder ab mit weithin unbekannten medienspezifischen Zumischungen.

V

Das Problem der Erfassung dominanter Wirkungspotentiale

Zwischenbilanz und weiterführende Fragen

Bisher sind wir Aufweisen gefolgt, die es nahelegen, von einer „Dominanz des Emotionalen" und von einer „Dominanz des ‚Wie der Präsentation'" auszugehen im Bezugsfeld Medien und Rezipient. Dabei führten jeweils vorangegangene Untersuchungsergebnisse zu weiteren Fragen, die sich schließlich bündeln und einbringen ließen in eine Untersuchung mit psychophysiologischen Messungen *während* der Darbietungen. Diese psychophysiologischen Arbeiten erbrachten – über die bisherigen Befunde hinausgehend – präzise benennbare Zusammenhänge zwischen dem „Wie der Präsentation" und der darbietungsbegleitenden emotionalen Erregung, sie erbrachten weiter eine klare Gegenläufigkeit der darbietungsbegleitenden emotionalen Zuschreibungen, je nachdem, ob diese verbal oder nonverbal erfaßt wurden.

Die Untersuchung „Emotion und Erregung", vorgestellt im vorangegangenen Kapitel, konfrontierte so mit Fragestellungen, die hinführten zur Erkennung einer wahrscheinlichen, dritten Dominanz: der Dominanz darbietungsbegleitender innerer Aktivitäten als Indikatoren für medientypische Verlaufsprozesse von Wirkungen. Jedoch: Vor der Darlegung der dazugehörigen Kriterien – im Schlußkapitel – dürften andere Fragen dringlicher sein. Es geht um die Fragen: *Warum* diese Suche nach dominanten Wirkungspotentialen bei Medien und Rezipienten, und *wie* kommt man zur Erfassung dominanter Wirkfaktoren?

Beide Fragen haben zu tun mit dem „Warum-Problem" von Medienwirkungen unter Multimediabedingungen.

Warum die Suche nach dominanten Wirkungspotentialen?

Eine direkte Antwort ist: Weil unter Multimediabedingungen mit einer solchen Vielzahl von Wirkungsverflechtungen zu rechnen ist, daß Zuordnungen zu den dahinterstehenden Wirkungsingredienzen und Wirkungsauslösern kaum noch möglich sind. Zu denken ist an sich gegenseitig verstärkende wie sich blockierende oder neutralisierende Wirkungsverbindungen bei nebeneinander genutzten Laufbild-/Laufwort- und Lesemedien, an eigene Ablaufherstellungen bei Computermedien, an Eigenverstärkungen bei interaktiven Medien etc.

Da auch für Multimedia-Bedingungen gilt, daß sowohl die Medienseite wie die Rezipientenseite am Zustandekommen von Wirkungen beteiligt sind, wäre es für die Medienwirkungsforschung wohl ein hoffnungsarmes Unterfangen, auch nur einen Teil der möglichen Kombinationen dieser beidseitigen Wirkfaktoren zu erfassen und zu prüfen. Ebenso wäre es für die Hersteller von Medienbeiträgen nicht leistbar, mit den zu erwartenden Datenmengen umzugehen. Für Autoren, Dramaturgen, Regisseure, Bild- und Tontechniker dürften sich daraus kaum handhabbare Hinweise extrahieren lassen für medienpraktisches Tun, das „wechselseitige Dilemma von Medienforschung und Medienpraxis" (vgl. Sturm, 1987b) würde sich eher verstärken.

Für eine rezipientenorientierte Medienwirkungsforschung könnte eine Zielvorgabe sein: in einem Universum von möglichen Wirkfaktoren dominante Wirkungspotentiale zu erkennen und sie zu überprüfen mit mehreren Erfassungsinstrumenten – auch bis zum Sichtbarwerden von Veränderungen oder einem allmählichen Verschwinden. Dabei handelt es sich um Grundlagen für den Bereich „Medien und Sozialisation", der dringlich auf Ergebnisse angewiesen ist, die ein Stück weit in die Zukunft reichen.

Bleibt anzufügen, daß eine rezipientenbeachtende Medienforschung (so auch eine sich derzeit formierende Medienpsychologie) wohl auch daran zu messen ist, ob und wie es ihr gelingt, solche generalisierbaren Wirkungspotentiale zu erkennen. Gelingt das nicht, dann sind ihre Arbeiten weithin nutzlos für den Medienrealisator (der kaum jemals dasselbe Thema, in der gleichen Form, mit denselben Akteuren, für dieselben Zuschauer erneut produzieren wird), sie bleiben auch ungenügend für den (Medien-)Pädagogen und den (Medien-)Therapeuten (weil ihnen u. a. keine Hilfen geboten werden für Gegensteuerungen und zu vermittelnde Selbstregulierungen).

Aus meiner Sicht ist die Suche nach dominanten Wirkungspotentialen eine Weiterführung von Fragen zur Klärung der „Warum-Probleme" von Medienwirkungen bei fortlaufend neu verlangten Anpassungen an medienspezifische Außenreize, auch und gerade unter Multimediabedingungen.

Hinweise für Erkennung und Erfassung von dominanten Wirkfaktoren

Noch einmal sei es gesagt: Es geht nicht um einmalige Einzelbefunde, sondern um Erkennung und Erfassung der Steuerungspotentiale von Medienwirkungen, die sich unter ähnlichen Bedingungen immer wieder zeigen, deren Grundmuster also übertragbar sind auf neue Mediendarbietungen und andere Rezipientengruppen. Es handelt sich um Probleme einer schrittweisen Erkennung von darbietungsimmanenten Wirkungspotentialen wie um Erkennung und Erfassung damit dominant verbundener Aktionen und Reaktionen auf der Rezipientenseite.

Das meint konkret: Hör-, Seh- und Lesemedien müßten (wegen ihrer unterschiedlichen Wirkungsingredienzen) verbunden sein mit unterschiedlichen Aktionen und Reaktionen ihrer jeweiligen Nutzer. Zugleich zeichnet sich ab, daß bei einer Verbindung von Laufbildern und Laufworten (so beim Fernsehen) mit einem besonderen Aktions- und Reaktionsverhalten zu rechnen ist, für dessen Erfassung – das sei jetzt schon angedeutet – neue Instrumentarien verlangt sind (vgl. die Darlegungen zur Erfassung der physiologischen Erregung unter Laufbild- und Laufwortbedingungen).

Zu der Frage nach medienimmanenten Wirkungspotentialen gesellt sich also eine zweite, nämlich die Frage nach einem medientypischen Aktions- und Reaktionsverhalten während des Radiohörens, des Fernsehens oder des Lesens. Man könnte auch von einem medientypischen Antwortverhalten sprechen während der Tätigkeit von Hören und Sehen (oder deren Kombination) und des Lesens. Doch damit nähern wir uns dem Problem der darbietungsbegleitenden inneren Aktivitäten bei Hören, Sehen und Lesen – und das ist ein anderes Kapitel. Hier und jetzt geht es um Vorschläge zur Erkennung und Erfassung dominanter Wirkungspotentiale mit einem vorhandenen Frage-Repertoire und mit vorhandenen Instrumentarien.

Zunächst geht es um ein Stück Ehrlichkeit.

Diese Ehrlichkeit sollte sich in einer ersten Überlegung darauf beziehen, ob das erdachte oder geplante Vorhaben überhaupt zu dominanten/überdauernden Ergebnissen führen kann. So sind „Situationsvergleiche von Wirkungen" sinnvoll erst dann, wenn sie sich auf wiederholt bestätigende Ergebnisse beziehen, denen unter variierten Bedingungen nachgegangen wird. Besonders zu warnen ist vor künstlichen theoretischen Situationsvariablen. Bei der derzeitigen Medienhektik (auch in der Forschung) wäre es kaum verwunderlich, wenn sich z. B. Mittel beibringen ließen zur Finanzierung einer Befragung zur Einschätzung von Medienwirkungen unter Alkohol-, Kaffee- oder Tee-Einfluß, also zu Situationen, die laufenden Wechseln unterliegen, so gut wie nichts aussagen, aber durchaus bestimmte Interessenten finden dürften.

Ebenso lassen sich keine detailliert benennbaren Wirkungsdominanzen erfassen durch Globalfragen zu allgemeinen Programmkategorien wie „Hörspiel", „Serien", „Spielfilme", „Musiksendungen" etc.: Ein „Hörspiel" kann ein Dialog mit Musik sein oder ein klassisches Drama mit einem Dutzend Sprechern; der Begriff „Serie" kann sich auf „Dallas" beziehen wie auf die „Sesamstraße"; „Spielfilme" reichen von Altklamotten bis zu experimentierfreudigen Handlungsumsetzungen – es läßt sich also gar nicht ausmachen, was mit der jeweiligen Frage gemeint ist – von einer Erfassung der Wirkungsingredienzen kann keine Rede sein.

Gegen solche Schnellschußaktionen sollte man die schlichte Frage setzen: Wie valide und reliabel wurde die Medienseite erfaßt und wie valide und reliabel die Rezipientenseite, und auch: Wurden nicht (ungenaue) Nutzungs-Bevorzugungsangaben mit Wirkungen verwechselt? Ich meine also: Wenn schon empirische Arbeiten zu personalen Medienwirkungen durchgeführt werden, dann sollte man mit der Erfassung der Rohdaten sehr genau sein, da sie sich nicht im nachhinein verbessern lassen. Dazu kommt, daß solche Falschaufweise ernsthaft tätige Medienpraktiker auf falsche Wege locken, weg von ihren – vielleicht – sehr viel zutreffenderen und genaueren Erfahrungen und Überlegungen. Für das Feld der Pädagogik gilt Ähnliches.

Für eine rezipientenorientierte Medienwirkungsforschung stehen derzeit vorab zwei Wege offen zur Gewinnung vorsichtig generalisierbarer Ergebnisse. Zum einen könnten formal- und inhaltsanalytisch überprüfte Mediendarbietungen unter verschiedenen Problemstellungen exakt übereinstimmenden (also genau parallelisierten) Versuchspersonengruppen angeboten werden. Durch eine Fülle solcher Vergleiche müßten sich verallgemeinerbare Wirkfaktoren herausfiltern lassen – dies wäre insbesondere für internationale Wirkungsvergleiche wichtig.

Der zweite Weg könnte in einer Überprüfung von empirisch bestätigten psychologischen Konzepten und Theorieteilen unter Medienbedingungen bestehen. Freilich ist dieser Weg voller Fallstricke. So ist darauf zu achten, daß die für eine medienspezifische Überprüfung vorgesehenen Konzepte und Theorieteile in ihrer empirischen Fundierung jetzigen Gegebenheiten entsprechen, ältere empirische Befunde müßten durch Wiederholungsuntersuchungen ihre Stimmigkeit erneut erweisen, erst dann sind sie ernstzunehmende Vergleichsmaße für mögliche medienspezifische Generalisierungen.

Zudem ist darauf zu achten, daß die den psychologischen Konzepten und Theorien zugrundeliegenden empirischen Standards eine genaue Entsprechung unter Medienbedingungen erfahren: Es geht also um Übereinstimmungen hinsichtlich der Versuchspersonen, des Darbietungsmaterials in Form und Inhalt, der verwendeten Methoden – und damit ist fast durchgängig eine eigene Produktion des Darbietungsmaterials verlangt, und zwar unter medienspezifischen Realbedingungen (und dies setzt den Wissenschaftler als kenntnisreichen Autor voraus, zumindest als Mit-Autor).

Schließlich – und das ist der schwierigste Punkt – ist nur ein geringer Teil empirisch gestützter psychologischer, pädagogischer und sozialwissenschaftlicher Theorien und Konzepte geeignet für eine Überprüfung unter Medienbedingungen. Doch dürfte sich eine Umschau lohnen, denn wie schon dargelegt, dürfte bei einer Übereinstimmung zwischen medienunabhängigen und medienabhängigen Befunden die Annahme berechtigt sein, daß diese Befunde – über absehbare Zeitstrecken – immer wieder auftreten.

Sicherlich wäre es reizvoll und wichtig, einige überprüfungswürdige Konzepte zu nennen, die – nach Erweis ihrer Gültigkeit auch unter Medienbedingungen – Grundlage sein könnten für eine rezipientenorientierte Mediendramaturgie. Dies würde jedoch eine vielschichtige Diskussion voraussetzen; sie ist im gegebenen Rahmen nicht zu leisten. Daher möchte ich lediglich ein Forschungsfeld nennen, das sich nach schon vorhandenen Vorarbeiten anbieten könnte für Fundierungen einer rezipientenbeachtenden Mediendramaturgie: das Konzept von Extraversion und Introversion, verbunden mit der Erfassung darbietungsbegleitender physiologischer Erregungen.

Mediendramaturgie – und das Konzept von Extraversion und Introversion

Zu dem Konzept von Extraversion und Introversion gibt es Hinweise unter Laufbild-/Laufwortbedingungen, sie finden sich – als Nebenergebnis – in der psychophysiologischen Untersuchung „Emotion und Erregung – Kinder als Fernsehzuschauer" (vgl. Sturm, 1982).

Diese Ergebnisse zeigen einen signifikanten Zusammenhang zwischen der verbalen „Heiter-Traurig-Beurteilung" der jeweiligen Filmdarbietungen und den Persönlichkeitsmerkmalen Extraversion/Introversion: Je extravertierter ein Zehnjähriger, desto heiterer wurde die Darbietung beurteilt, je introvertierter, desto trauriger. Jedoch, bei der nonverbalen Skalierung „angenehm – unangenehm" zeigen sich solche Unterschiede nicht – und damit sind wir wieder bei dem zentralen Problem der Unterschiede zwischen Arten der verbalen und nonverbalen Erfassungen. Bezogen auf den dargelegten Fall könnte es sein, daß die extravertierten Zehnjährigen sich verbal einem allgemein-sprachlichen Kommunikationsverhalten angeschlossen haben, wohingegen introvertierte Versuchspersonen dies nicht taten. Hier müßte weiter nachgefragt werden.

Einige weiterführende Antworten gibt die Studie „Darbietungstempo und Persönlichkeitsmerkmale – eine Untersuchung zum Konzept von Extraversion und Introversion" (Sturm, Altstötter-Gleich, Groebel, Grewe-Partsch. In: Sturm, Fernsehdiktate – die Veränderung von Gedanken und Gefühlen, 1991, S. 149-200). Grundlage ist die Persönlichkeitstheorie von H. J. Eysenck: er extrahierte aus der Typologie von C. G. Jung drei Faktoren – Extraversion, Introversion und Neurotizismus. Dabei interessierte besonders der Befund, daß Extravertierte/Introvertierte unterschiedlich auf äußere Reize reagieren. Während Extravertierte ein relativ hohes Ausmaß an externer Stimulation benötigen, um ein für sie optimales Erregungsniveau zu erreichen, brauchen Introvertierte eine relativ niedrigere äußere Stimulierung. Gleichermaßen bedeutsam für Extraversion und Introversion ist die Persönlichkeitsdimension Neurotizismus (vgl. Eysenck 1967, 1981, 1985). Diese Dimension Neurotizismus ist ein allgemeiner Persönlichkeitsfaktor, d. h. jeder Mensch hat davon Anteile. Nach Eysenck haben Personen mit hohen Neurotizismus-Anteilen niedrige Erregungsschwellen (sie bringt so leicht nichts aus der Ruhe).

Unter Medienbedingungen wurde dem Konzept von Extraversion/Introversion nachgegangen unter den Hypothesen:

- Introvertierte Zuschauer/Zuhörer finden personale Entsprechungen eher durch reizarme – hier: pausenreiche – Darbietungen.
- Extravertierte Zuschauer/Zuhörer finden personale Entsprechungen eher durch an Außenreizen reichere – hier: pausenarme – Darbietungen.

283 Erwachsene – vorgetestet nach dem „Eysenck Personality Inventory" (EPI) sahen acht Szenen aus der Quiz-Serie „denk mal" des ZDF (Sendetermin der Gesamtsendung war 27.3.1987). Die Hälfte der Rezipienten sah die acht Szenen in der ungekürzten pausenreichen Originalfassung, die andere Hälfte sah eine Fassung mit – insbesondere – verkürzten Übergangspausen zwischen den Szenen (die Kürzungen wurden zusammen mit Helmut Greulich, dem Redakteur und Regisseur der Sendereihe, vorgenommen). Die Kurz-

fassung hatte eine Länge von 19 Minuten, die ungekürzte Szenenfassung dauerte 21 Minuten.

Die vorgesehenen darbietungsbegleitenden physiologischen Messungen konnten zu diesem Zeitpunkt nicht durchgeführt werden – ein schwerwiegender Verzicht (weil vorherzusehen war, daß sich etliche Fragestellungen der Untersuchung mit den herkömmlichen Vorher-/Nachher-Testungen kaum präzise klären ließen). Heute würde ich anders entscheiden.

Unter mediendramaturgischen Gesichtspunkten ist folgender Befund bemerkenswert: Bei den Vorher-/Nachher-Testungen (vor Beginn der Darbietung und nach ihrem Abschluß) zeigte sich, daß die Rezipienten mit hohen Neurotizismus-Anteilen die Unterschiede der Darbietungsarten signifikant eindeutiger bemerkten als die weniger sensiblen Versuchspersonen. So bewerteten Personen mit hohen Neurotizismuswerten die pausenverkürzte Darbietung als zu schnell und unangenehm, wohingegen bei Personen mit niedrigen Neurotizismuswerten sich keine Beurteilungsunterschiede hinsichtlich der beiden Fassungen zeigten.

Daraus läßt sich schließen, daß dem Faktor Neurotizismus ein besonderer Stellenwert zukommen könnte, so im Zusammenhang mit Laufbild-/Laufwort-Dramaturgien und ihren Pausensetzungen. Für Pädagogik und Medienpädagogik liegt eine Grundsatzfrage nahe: Wohin soll erzogen werden – zu einer gewissen Dickhäutigkeit gegenüber medienvermittelten Außenreizen oder zu einer Sensibilisierung der Wahrnehmung gegenüber Medieneinflüssen und mediendramaturgischen Manipulationen? (Vgl. Sturm: „Die Dominanz des Emotionalen als pädagogisches Problem", 1993).

Es bleibt zu hoffen, daß das Konzept von Extraversion und Introversion weitere Nachprüfungen unter Medienbedingungen erfährt unter Einbeziehung physiologischer Messungen und der Erregungstheorien. Wichtig könnte auch die Notierung der darbietungsbegleitenden inneren Verbalisierungen sein, insbesondere bei Laufbild- und Fernsehangeboten, denen vielleicht eine eigene Dominanz zuzusprechen ist (vgl. Sturm, 1995, 1996, 1997). Sollten sich meine bisherigen Arbeiten zu den fernseh-/laufbildspezifischen inneren Verbalisierungen zukünftig bestätigen, dann wäre anzuraten, den Persönlichkeitsmerkmalen Extraversion/Introversion und Neurotizismus auch unter den Bedingungen der darbietungsbegleitenden inneren Verbalisierung nachzugehen (für eine exakte Erfassung dieser darbietungsbegleitenden verbalen Zutaten ist ein Instrumentarium vorhanden: vgl. Lazarus-Mainka, Kimm et al., Kommunizierte Ängstlichkeit, 1988/89).

Doch auch ohne das Vorliegen solcher Überprüfungen scheint mir der Hinweis berechtigt, daß die derzeitigen Laufbild- und Laufwortangebote vorab den extravertierten Rezipienten im Blick haben, den introvertierten Rezipienten aber – vielleicht sträflich? – vernachlässigen. Um eine solche Voreinschätzung deutlich zu machen, verweise ich auf Angaben von Eysenck zu einer „Extremtypologie von Extraversion und Introversion" (gekürzt, zitiert nach Eggert, 1974):

„Der typische Extravertierte ist gesellig, mag Veranstaltungen, hat viele Freunde und ist nur ungern allein. Er sehnt sich nach Anregung, nützt günstige Gelegenheiten aus, agiert oft spontan und ist allgemein impulsiv. Er mag handfeste Späße, hat immer eine schnelle Antwort und liebt allgemein Veränderungen. Er neigt dazu neue Dinge zu tun, aggressiv zu sein und seine Geduld schnell zu verlieren, er hat seine Gefühle nicht immer unter Kontrolle, und er kann nicht immer als zuverlässige Person gekennzeichnet werden."

Dagegen:

„Der typisch Introvertierte ist ruhig, zurückhaltend, introspektiv, er ist reserviert und distanziert, außer bei engen Freunden. Er neigt dazu, Pläne im voraus zu machen, ist behutsam und mißtraut den Impulsen des Moments. Er liebt die Erregung nicht und schätzt einen geordneten Lebensstil. Er hält seine Gefühle unter Kontrolle, ist zuverlässig, eher pessimistisch und legt großen Wert auf ethische Normen."

Freilich erbrachten bisher alle Untersuchungen zum Konzept von Extraversion/Introversion, daß Extremtypen selten sind, meist handelt es sich – wie nicht anders anzunehmen – um Mischtypen (vgl. dazu die Literaturberichte von Altstötter-Gleich und Groebel in: Sturm, Darbietungstempo und Persönlichkeitsmerkmale, 1991).

Übrig bleibt dennoch die Überlegung, ob unter den derzeitigen Medienbedingungen – und über die Anpassungen an sie – eine Zunahme des Extraversionsverhaltens erfolgt (z. B. bei Kindern und Jugendlichen, eigene Arbeiten sprechen dafür), daß sich (eher) Introvertierte aber ausklinken bei Laufbild-/Laufwortangeboten oder verärgert und übererregt zurückgelassen werden (für demokratische Gesellschaften könnten solche Teilungen des Informationstransfers fatale Folgen haben).

Für die Programmplanungen des Hörfunks und Fernsehens bleibt das Bedenken, warum sie zunehmend einheitlicher werden in dem Bestreben, mit immer kurzfristigeren Außenreizen sich nur an Teilmengen potentieller Interessenten zu wenden. Überspitzt formuliert: warum versuchen sie, sich die (eher) extravertierten Zuschauer/Zuhörer gegenseitig abzujagen, verzichten aber weithin auf das große Potential der (eher) introvertierten Informationssucher?

Medienvermittelte Emotionen: Was geschieht bei Hundertschaften von Medienakteuren?

Man mag es als einen Glücksfall der Forschung ansehen, daß bereits die erste Untersuchung zu emotionalen Hörfunk- und Fernsehwirkungen deren Dominanz und Stabilität über einen Zeitraum von drei Wochen hinweg eindeutig belegen konnte (Sturm, v. Haebler, Helmreich, 1972). Seit diesen Erstergebnissen hat sich die Dominanz des Emotionalen immer wieder bestätigt, bei unterschiedlichen Darbietungen, unterschiedlichen Rezipientengruppen, unter Verwendung unterschiedlicher Erfassungsmethoden, wie im internationalen Vergleich. Dominanz und Stabilität medienvermittelter Emotionen können als erwiesen gelten (vgl. Bock, 1990). Es handelt sich um weithin verläßliche, auch generalisierbare Befunde, die als Grundlagen für eine Theorie der Medienwirkungen anzusetzen sind.

Jedoch: Gerade weil wir es mit einem solcherart dominanten Wirkungsprinzip zu tun haben, sollte ihm weiter konsequent nachgegangen werden – jetzt also unter Multimediabedingungen. Ich wiederhole daher die Dringlichkeit einer Langzeituntersuchung bis hin zu einem – vielleicht möglichen – Aufweis einer „Vergessenskurve von Gefühlen". Zunehmend drängender dürfte auch die Frage werden, innerhalb welcher Zeiträume und bei welchen Darstellungshäufigkeiten sich emotionale Umorientierungen und emotionale Neubewertungen abzeichnen.

Mit Blick auf die enorme Zunahme der Laufbild- und Laufwortangebote, des Videomarktes und der Computermedien stellt sich u. a. dieses Problem: Wie verhält sich der Rezipient in seinen emotionalen Anpassungen und seinem Abwehren gegenüber einer Unzahl von Medienakteuren, denen er nur einmal begegnet? Noch liegen keine Angaben darüber vor, ob der Viel-Mediennutzer mit kurzangepaßten, wechselnden emotionalen Aktionen und Reaktionen antwortet oder mit verstärkten Rückzügen in – vermeintliche – private emotionale Sicherheiten (z. B. durch wiederholte Rezeptionen ihm schon bekannter Programme und Programmsequenzen).

Bisher war davon auszugehen, daß der Zuschauer/Zuhörer die auftretenden Akteure sofort mit seinen Gefühlen besetzt, und daß diese Gefühle über längere Zeitstrecken stabil bleiben (vgl. die Untersuchungen von 1972, 1976 und 1982 mit ihren Messungen über jeweils drei Wochen). Diese Stabilität der emotionalen Ersteindrücke ist auch deswegen erstaunlich, weil alle unsere Versuchspersonen – im Verlauf von jeweils drei Wochen – es zweifellos zu tun hatten mit einer immensen Zahl von lebensrealen wie medienvermittelten anderen emotionalen Eindrücken. Die Frage ist aber, ob es Grenzen gibt oder Veränderungen im Zusammenhang mit einer immer leichteren Erreichbarkeit kaum mehr unterscheidbarer Laufbild-/Laufwortprogramme und ihren (oft) sehr ähnlichen Dramaturgien.

Auf dem Hintergrund der Befunde zu emotionalen Medienwirkungen habe ich daher drei Gruppen von Studierenden veranlaßt, drei einfache (doch sehr notierungsaufwendige) Auszählungen von Bildschirmakteuren vorzunehmen. Dafür ausgewählt wurden drei Vorabendprogramme der ARD (Südwestschiene), jeweils mittwochs von 18.00 bis 20.00 Uhr, im Mai, Juni und November 1988. Selbstverständlich müßten diese Auszählungen unter Jetztbedingungen wiederholt werden – doch konfrontierten uns die Ergebnisse schon vor zehn Jahren mit Befunden, die jenseits aller Erwartungen lagen. So wurden vor der Auszählung circa 100 Fernsehzuschauer und 20 Medienpraktiker befragt: Keine der Schätzungen erreichte auch nur annähernd die tatsächliche Zahl der Bildschirmakteure innerhalb der ausgewählten zwei Stunden.

Notiert wurde das Erscheinen aller als lebend dargestellten Fernsehakteure (Männer/ Frauen/ Kinder/ Tiere, auch Trickfiguren, die eindeutig zu identifizieren waren – Massenszenen wurden selbstverständlich nicht mitgezählt). Aus mediendramaturgischen Gründen wurde besonders beachtet, ob ein Fernsehakteur mehr als einmal erschien – ob also Andeutungen einer Rolle zu erkennen waren mit den dazugehörigen Bestätigungen vorangegangener emotionaler Eindrücke.

Hier die Ergebnisse:

Auszählungen der im Vorabendprogramm der ARD auftretenden klar identifizierbaren Bildschirmakteure am Mittwoch, den 19. Mai 1988, 18.00 bis 20.00 Uhr

(Hausarbeit von Sissi Artmann und Annette Rieser)

Akteure insgesamt 466,

davon	Männer	303
	Frauen	122
	Kinder	17
	Tiere	24

Von den 442 Personen erschienen lediglich 28 öfter als einmal (17 Männer, 9 Frauen, 2 Kinder), von den 24 Tieren traten 23 als Zeichentrickfiguren zwischen 54 Werbespots auf, davon ein Affe 37mal, ein Pferd 34mal, Kuh und Hund 6mal.

Auszählungen der im Vorabendprogramm der ARD auftretenden klar identifizierbaren Bildschirmakteure am Mittwoch, den 14. Juni 1989, 18.00 bis 20.00 Uhr

(Hausarbeit von Barbara Sold und Gunter Kesselring)

Akteure insgesamt 1058,

davon	Männer	551
	Frauen	390
	Kinder	44
	Tiere	73

Von den insgesamt 985 klar identifizierbaren Personen traten lediglich 20 öfter als einmal auf – ein kaum glaubbarer Befund.

Auszählung der im Vorabendprogramm der ARD auftretenden klar identifizierbaren Bildschirmakteure am Mittwoch, den 8. November 1989

(Hausarbeit von Stefanie Schönborn und Georg Königshausen)

Akteure insgesamt 722,

davon	Männer	389
	Frauen	204
	Kinder	70
	Tiere	26
	Trickfiguren	33

Von den gezählten 663 Personen traten lediglich 23 mehr als einmal auf.

Den Auszählungen des Vorabendprogramms der ARD (Südwestschiene, 1988) ist hinzuzufügen, daß es sich um ein sogenanntes „Fernseh-Mischprogramm" handelte (mit Serienbeiträgen, Werbeblocks und Informationsbeiträgen). Solcherart Mischprogramme sind inzwischen Fernsehalltag, erstellt vom Rezipienten durch Fernbedienung und beliebigen Kanalwechsel. Die Anzahl der plötzlich unerklärt auftauchenden und verschwindenden Bildschirmakteure dürfte damit wesentliche Steigerungen erfahren.

Zusätzlich zu den Personenauszählungen im Vorabendprogramm der ARD (Südwestschiene, 1988), wurde eine einmalige Auszählung für das Programmangebot des Zweiten Deutschen Fernsehens vorgenommen. Die Notierungsbedingungen waren übereinstimmend: Es handelte sich um das Programmangebot von 18.00 bis 20.00 Uhr an einem Mittwoch; berücksichtigt wurden nur klar identifizierbare Bildschirmakteure (Massenszenen wurden nicht notiert).

Auszählung der im Programm des ZDF auftretenden klar identifizierbaren Bildschirmakteure am Mittwoch, den 29. November 1989, 18.00 bis 20.00 Uhr

(Auszählung von Sissi Artmann) Akteure insgesamt 624,

davon	Männer	321
	Frauen	204
	Kinder	34
	Tiere	14
	Trickfiguren	51

Von den 559 Personen treten 65 mehr als einmal auf.

Bei diesen rein rechnerischen Auszählungen der über den Bildschirm wahrgenommenen Einzelpersonen handelt es sich um recht hohe Angaben – es wurden weder inhaltliche noch dramaturgische Gegebenheiten berücksichtigt. Im Hinblick auf die Stabilität fernsehvermittelter Emotionen – und den damit angezeigten emotionalen Bindungen – sind sie jedoch alarmierend: Sie verweisen auf vom Zuschauer kaum zu bewältigende emotionale Streßsituationen, auf ständig neu verlangte emotionale Anpassungen und Bewertungen, auf laufende emotionale Fehlinvestitionen, weil emotionale Bestätigungen weithin ausbleiben. Daß von solchen emotionalen Unsicherheiten insbesondere Kinder betroffen sind, ist naheliegend.

Ich denke, man sollte solche Auszählungen gelegentlich wiederholen, zum Beispiel mit Blick auf Kindersendungen. Entscheidend ist dabei nicht nur die Anzahl der Bildschirmakteure, sondern der Befund, ob/ wie/ wie oft die Bildschirmakteure wiedererscheinen. Es geht also um emotionale Verläßlichkeiten innerhalb von Sendungen und Sendereihen, sie sollten mit einbezogen werden bei Beurteilungen, Empfehlungen oder Nichtempfehlungen von Fernsehangeboten für Kinder.

Bezogen auf das Umfeld „Emotion und Präsentation" enthalten die mitgeteilten Ergebnisse – zumindest – zwei Fragen:

Einmal, ob sich – länger gesehen – neue emotionale Anpassungs- und Abwehrstrategien entwickeln (die Vielseher müßten hiervon besonders betroffen sein);

zum anderen, ob ein Rückgang der Sehzeiten bei Programmblöcken zu vermerken ist, die der Personen-Dramaturgie allzuwenig Aufmerksamkeit widmen. Sollte sich das herausstellen, dann wären wohl medieninterne Anstöße gegeben für eine Beachtung rezipientenorientierter Dramaturgien.

Das Problem der unvollendeten Detailhandlungen. Gibt es einen medienspezifischen Zeigarnik-Effekt?

Was „macht" der Rezipient mit den vielfältig-gleichzeitigen medienspezifischen Kurzfristigkeiten, wie verhält er sich zu ihnen, was bewirken sie in ihrer Unausgepieltheit, ihren nicht zu Ende geführten Andeutungen?

Vorab festzuhalten ist dabei, daß die meisten Fernsehdetails – verglichen zu lebensrealen Situationen – zu kurzfristig dargestellt werden. Man erlebt kaum ein lebensnormales Person-zu-Person-Gespräch mit seinen üblichen Pausen und Redundanzen, sieht die Laufbilder kaum von einem feststehenden Blickpunkt eines Individuums aus, sondern ist veranlaßt, vielfältige „Umsprünge" und Bildverkürzungen mitzuvollziehen (so durch die Techniken des Kamerawechsels, der Schnitte, Schwenks und Zooms, der Montagen usw.). Wir haben es also durchgängig mit „unterbrochenen Handlungen" zu tun, zumindest im Bereich der Wahrnehmung. Man kommt wahrnehmungsmäßig „nicht zu Ende", stets schieben sich neuverlangte Anpassungen an neue Laufbilder dazwischen. Das aber meint: Wir haben uns klarzumachen, daß jede Fernsehdarbietung sich aus einer Vielzahl von medienspezifischen Detailhandlungen zusammensetzt, von denen nur sehr wenige zu Ende gezeigt werden.

Es stellt sich daher die Frage, ob es Hinweise dafür gibt, wie Individuen reagieren auf so verlangte „Detailanpassungen", wie sie sich verhalten gegenüber Unterbrechungen von begonnenen – aber nicht zu Ende geführten – Bildschirmhandlungen. Zunächst – und zur Verdeutlichung dieser Überlegung – kann man sich wohl ein Stück weit an persönliche Erfahrungen halten: Es sind die unerledigten Dinge, die uns quälen, bis wir sie beendet haben. Man mag dabei an unerledigte Steuererklärungen denken, an verschobene Aussprachen, an nicht geschriebene Briefe. Als lebensrealer Zeigarnik-Effekt ist diese Erscheinung durchaus bekannt – im Hinblick auf eine möglicherweise dominante Medienwirkung sei auf diese Situation erneut hingewiesen (vgl. Sturm, 1977).

In diesem Zusammenhang ist daran zu erinnern, daß die Lewin-Schülerin Bluma Zeigarnik bereits 1927 eine großangelegte Untersuchung veröffentlicht hat über „Das Behalten erledigter und unerledigter Handlungen". Es ging dabei um die Frage: Wie verhält sich die Erinnerung an Handlungen, die vor ihrer Beendigung unterbrochen worden sind, zum Erinnern/Behalten von vollendeten Handlungen? Die Beschreibung des Versuchsaufbaus und dessen Ergebnisse (nach Hilgard & Bower, 1970) erscheint für unseren Zusammenhang wichtig: Den insgesamt 256 Versuchspersonen (Studenten, Lehrer, Kinder) gab man jeweils 18 bis 22 einfache Aufgaben: Modellieren einer Figur aus Knetmasse, Auslegen von Bauklötzen nach bestimmten Mustern, Lösen einfacher Rätsel etc.

Bei der Hälfte der Aufgaben unterbrach der Versuchsleiter die Versuchsperson, jedoch erst dann, wenn sich die Versuchsperson so sehr in die Aufgabe vertieft hatte, daß es zu einer psychologisch realen Unterbrechung kam. Nachdem die Versuchsperson „aufgeräumt" hatte und damit alles außer Sichtweite gebracht worden war, was an bestimmte Aufgaben erinnern konnte, wurde sie vom Versuchsleiter gebeten, „die Aufgaben zu nennen, mit denen sie im Verlauf des Versuchs beschäftigt gewesen war". Die Prüfung des relativen Erfolgs beim Behalten von erledigten und unterbrochenen Aufgaben ergab, daß von den ersten 32 Versuchspersonen 26 mehr unerledigte Aufgaben, 3 mehr erledigte Aufgaben und 3 von beiden Aufgabenarten gleich viel erinnert hatten.

Die Autorin überprüfte nunmehr verschiedene Hypothesen, mit denen man das bessere Behalten unerledigter Aufgaben erklären konnte. Es blieb die Hypothese übrig, die dann auch akzeptiert wurde: Demnach hinterläßt eine unerledigte Aufgabe in den Versuchspersonen einen emotionalen Spannungszustand, ein Quasi-Bedürfnis. Die Erledigung der Aufgabe bewirkt einen Abbau der Spannung, eine Entladung des Quasi-Bedürfnisses. Das bessere Behalten der unerledigten Aufgabe wäre demnach auf die Fortdauer eines Spannungszustandes zurückzuführen.

In Anbetracht dieses „Zeigarnik-Effektes" meldet sich eine bedenkenswerte Frage – besonders im Zusammenhang mit dem (gleichzeitigen) Laufbild-/Laufwortmedium Fernsehen.

Diese Frage betrifft das Problem des Einbringens eigener Vorstellungen (bildlich oder verbalisiert) während der Rezeption von Fernsehdarbietungen, und zwar im Hinblick auf eine subjektive gedankliche Erledigung oder Weiterführung von Szenen-, Bild- oder Wortfolgen. Erlauben – so eine Ausgangsfrage – die schnell wechselnden kurzzeitigen Angebotsmuster des Fernsehens überhaupt das Einbringen eigener Vorstellungen? Ist der Rezipient nicht vielmehr vorwiegend damit beschäftigt, schnell wechselnden Details zu folgen, also eine Fülle von Umsprüngen mitzumachen, wenn er die Darbietung verstehen will?

Eine Bejahung der Frage würde ergeben, daß der Zuschauer/Zuhörer im Fernsehen gezeigte Handlungen nicht durch eigene Vorstellungen weiterführen, korrigieren oder beenden kann, zumindest nicht während der Darbietung. Es wäre ihm also verwehrt, eine Handlung – und sei es auch nur in gedanklicher Weiterführung – „zu Ende zu bringen". Im Hinblick auf den von Lewin/Zeigarnik vermuteten Spannungszustand hieße das, daß im Rezipienten ganze Folgen von Quasi-Bedürfnissen erzeugt würden, für deren „Lösung" das Fernsehen jedoch kaum Möglichkeiten bereithält. So gesehen wäre es durchaus angebracht, über mögliche Pausen während der Fernsehdarbietungen nachzudenken, in dem Sinne, daß das Einbringen eigener Vorstellungen des Rezipienten nicht allein schon durch eine vordergründige Überbeanspruchung seiner Aufmerksamkeit (so hinsichtlich Bild-, Wort- und Schriftdekodierungen) unmöglich gemacht wird.

Anders gesagt: Es ist sicherlich nicht abwegig zu vermuten, daß eine gewisse *Balance zwischen Spannungs- und Lösungseffekten* (dramaturgisch wie psychologisch betrachtet) rezipientenfreundliche Wirkungen hat. Bisher hat man sich im Fernsehbereich wohl mehr um Spannungserzeugung denn um Spannungsabbau bekümmert, wobei zahlreiche medienimmanente Spannungserzeuger (und hier ist wiederum an die formalen Angebotsweisen des Fernsehens zu denken, an die verkürzenden „Umsprünge") bislang kaum in Betracht gezogen wurden. Man sieht eben nicht, wie ein Mann ein Glas Bier austrinkt (was wohl einige Minuten in Anspruch nehmen dürfte), man sieht eher eine sekundenschnelle Andeutung von „Trinken"; man wird von bestimmten Moderatoren eben nicht moderat entlassen, etwa mit dem Eingeständnis, daß für dieses oder jenes Problem noch keine Lösung in Sicht sei, eher wird man entlassen mit einem abrupten, oft bedeutungsschwangeren „Guten Abend".

Zu diesem fernsehtypischen Zeigarnik-Effekt gibt es klare empirische Hinweise. Sie stehen im Zusammenhang mit der Untersuchung „Informationsverarbeitung durch Kinder – Piagets Entwicklungstheorie auf Hörfunk und Fernsehen angewandt" (Sturm & Jörg, 1980). Nicht enthalten in diesen Mitteilungen sind Ausführungen über ein ebenso unerwartetes wie merkwürdiges Verhalten unserer Versuchspersonen (450 Kinder in Zürich-Dübendorf, 100 Kinder in München).

Wie bereits beschrieben spielten die Vier- bis Achtjährigen eine inhaltlich identische in Hörfunk und Fernsehen erzählte 15-Minutengeschichte (es ging um die Befreiung eines Häschens) samt den darin enthaltenen (Piaget-)Aufgaben an eigens konstruierten Spielbrettern nach. Unsere Einschätzung war, daß ein Kind eine Nachspielzeit von 20–30 Minuten brauchen würde. Doch schon bei den Vorversuchen in München zeigte sich eine Auffälligkeit, mit der wir nicht gerechnet hatten: Die Kinder spielten die Hasengeschichte zwar filmgerecht zu Ende – doch am Schluß der Spielbretter angelangt, also nach der Befreiung des geraubten Häschens, spielten sie die ganze Geschichte wieder *zurück*. Sie durchquerten – jetzt rückwärts gespielt – wieder den dunklen Gang, überkletterten die Mauer, bis sie am Startpunkt des Films und der Spielbretter angelangt waren, obwohl dies weder im Film gezeigt noch irgendwie verlangt worden war. Dieses Verhalten brachte alle Zeitplanungen durcheinander, zugleich schien es mir ein unübersehbarer Hinweis zu sein auf ein Verhalten, wie es von der Psychologin Bluma Zeigarnik beobachtet und beschrieben wurde im Zusammenhang mit unterbrochenen Aufgaben und Handlungen.

Für den Hauptversuch in Zürich-Dübendorf wurde daher die Anweisung gegeben, genau zu protokollieren, ob die Schweizer Kinder ein ähnliches Rückspielverhalten zeigen würden wie die Münchner Testpersonen. Die Ergebnisse waren beeindruckend:

90 von 100 der Zürcher Kinder, die die Fernsehfassung erlebt hatten, spielten die Fernsehgeschichte noch einmal rückwärts, jedoch nur 50 von 100 der Hörfunkkinder.

Diese Befunde verwiesen auf die unterschiedlichen Wirkungen medientypischer Präsentationsweisen (die Inhalte waren ja bei den Fernseh- und Hörfunkdarbietungen voll identisch) wie auf unterschiedliche affektive Spannungen/emotionale Erregungen bei Sehern und Hörern. Ich formulierte die Hypothese: Die vom Fernsehen verlangten Anpassungsleistungen erschweren es dem Rezipienten, während der Darbietung eigene Vorstellungen einzubringen (hier: die Vorstellung einer erwünschten Schlußszene). Dazu kam eine zweite Hypothese: Bei dem „einsinnigen" Medium Hörfunk ist das Einbringen gedanklicher oder bildhafter Vorstellungen während der Darbietung eher möglich (hier: eine Veränderung oder Weiterführung der Schlußszenen).

Diese Hinweise auf einen medienspezifischen – oder genauer: medientypischen – Zeigarnik-Effekt beschäftigen mich immer wieder. Geplant war eine Untersuchung mit mehreren, aufeinander bezogenen Forschungsschritten, u. a. ging es um die Prüfung des Rezipientenverhaltens unter Laufbild-/Laufwortbedingungen bei ausgespielten versus nicht-ausgespielten Szenen, wie bei zu Ende gebrachten versus abrupten Sendungsabschlüssen. Leider kam diese Untersuchung nicht zustande, sie scheiterte an zu vielen Schwierigkeiten bei der Erstellung von exakt vergleichbaren Fernseh- und Hörfunkproduktionen.

Dazu noch eine persönliche Anmerkung.

Vielleicht führte gerade das Nicht-Zustandekommen dieser Untersuchung zu einer Art persönlichem Zeigarnik-Effekt: Die „hinter" unseren Beobachtungen stehenden Problembezüge ließen mich nicht los. So schien mir die von Bluma Zeigarnik und Kurt Lewin angebotene Erklärung eines affektiven Spannungszustandes zwar akzeptabel, doch verbanden sich damit Fragen wie: Welcherart unterschiedliche Spannungszustände haben Hörer und Seher? Einige Antworten erbrachten die nachherigen psychophysiologischen Messungen (vgl. Seite 85, vierter Absatz). Doch weiter hieß das, es galt herauszufinden, mit welchen inneren Aktionen und Reaktionen Radio-Hörer und Laufbild-Seher die jeweiligen Darbietungen begleiten. Mit diesen Fragen befand ich mich auf dem Weg zur Erkundung der darbietungsbegleitenden inneren Aktivitäten während des Hörens, Sehens und Lesens und der Verlaufsprozesse von Medienwirkungen. Es ging um Schritte in eine neue Richtung.

Laufbilder haben ihre eigene Wirkungsqualität
Abschied von der Wort-Logik

Es ist manchmal ein Glücksfall, wenn am Beginn neuer Arbeitsschritte Negativ-Erfahrungen stehen. Die ersten Zweifel, ob sich mit verbalen Fragen und Wortabrufungen die Wirkung von Laufbildern erfassen ließe, fallen noch in die Zeit meiner Medienpraxis.

Es ging um einen Fernsehfilm zum Thema „Banken und Sparen". Dieser Fernsehfilm wurde etwa 100 Jugendlichen und Erwachsenen vorgeführt. Dabei zeigte sich u. a., daß die verbale Antwort „man habe verstanden" (bezogen auf den Gesamtfilm wie auf Einzelszenen) so gut wie nichts aussagte über Verständnis und Zusammenhänge der über Laufbilder und Laufworte vermittelten Informationen. Vielmehr zeigte sich (das wurde anschließend überprüft), daß unsere Versuchsteilnehmer sich vorab an bildkonkreten Laufbildern gewissermaßen entlanggehangelt hatten, sie dekodierten ihnen schon vertraute Einzelbilder und Einzelszenen (hier: Hochhäuser, Münzen und Geldscheine, Gespräche an Bankschaltern etc.), die dazugehörigen Off-Texte hatten sie fast durchgängig „überschlagen", Verständnis- und Lernwiderstände wurden nicht oder kaum bemerkt.

Zu diesen Ersterfahrungen kamen empirie-gestützte Präzisierungen zum Problem der Doppel- und Mehrfachdekodierungen/der unterschiedlichen Verlaufsprozesse emotionaler Laufbildwirkungen, je nach verbaler oder nonverbaler Erfassung (vgl. S. 118, 128)/ Hinweise auf einen medientypischen Zeigarnik-Effekt und – immer wieder benannt, doch noch nicht im einzelnen dargelegt – die Frage nach den unterschiedlichen inneren Aktivitäten während des Sehens, Hörens und Lesens in ihren vielfältigen Verbindungen. Zusammengenommen zeigen alle diese Arbeiten:

Laufbildwirkungen lassen sich mit den gängigen Befragungsmethoden nur unzureichend erfassen. Diese Erschwerung ist schon deswegen gegeben, weil Laufbilddarbietungen – oder Laufbildanteile – um verbal erfaßbar zu sein, vom Befragten eine Umsetzung in Wortkategorien/bzw. in Worturteile verlangen.

Diese Argumentation wird gestützt durch eine Reihe neuerer wissenschaftlicher Ergebnisse, die darauf verweisen, daß Laufbilder von anderen Gehirnregionen aufgenommen, gespeichert und verarbeitet werden als wortbedingte Abrufungen. Die dazu zu nennenden Forschungsfelder der Psychophysiologie und Hirnphysiologie sind jedoch nur wenigen Fachleuten zugänglich (für allgemein zugängliche Veröffentlichungen unter Medienbezugnahme sei auf Fröhlich, 1988; Pribram, 1988; Zillmann, 1989 hingewiesen).

Der wohl eindeutigste Aufweis der Diskrepanzen zwischen verbalen und nonverbalen Erfassungen findet sich auch in der früher erbrachten psychophysiologischen Untersuchung (für genaue Angaben siehe die Seiten 116, Abb. 17; 119, Abb. 18). Da die physiologische emotionale Erregung dabei sekundengenau während der Laufbild/Laufwortdarbietungen erfaßt wurde, lag es nahe, die personalen emotionalen Eindrücke und Bewertungen ebenfalls kontinuierlich zu erfassen. Dies geschah – man mag sich erinnern – sowohl verbal wie nonverbal. Verbal wurden die Versuchspersonen während der 30minütigen Vorführung bei jeweils zehn Meß-Zeitpunkten gefragt „Ist das heiter oder traurig?", nonverbal vermerkten/skalierten sie ihre emotionalen Befindlichkeiten durch Bewegung eines Zeigers zwischen einem lächelnden und einem traurigen Gesicht.

Als Grundlage für nunmehr weiterzuführende Überlegungen – und mit Blick auf die Frage: Abschied von der Wort-Logik? – beziehe ich mich noch einmal auf eine Abbildung, die die Diskrepanzen zwischen verbalen und nonverbalen Erfassungen auf einen Blick deutlich macht. Zugleich konfrontiert sie uns mit einem Zentralproblem künftiger Wirkungsforschung unter Multimediabedingungen, nämlich: ob es Erfassungsmöglichkeiten gibt, die verbale und nonverbale Wirkungsbeziehungen gleichermaßen notieren.

Betrachtet man die Verlaufsformen zwischen den verbalen und nonverbalen Erfassungen in obenstehender Abbildung, dann zeigt sich rasch: Es handelt sich nicht nur um Diskrepanzen, sondern – über zehn Szenen hinweg – zumeist um eindrückliche Gegenläufigkeiten. Dieser Befund ist alarmierend – vorausgesetzt, daß es sich um stabile Befunde handelt, die einer Nachprüfung standhalten. Zu einer solchen Nachprüfung möchte ich nachdrücklich auffordern: mit anderen Versuchspersonen und mit anderen Darbietungsmaterialien – freilich unter ähnlich exakten und vergleichbaren Versuchsbedingungen. Denn: Im Rahmen der Untersuchung „Emotion und Erregung – Kinder als Fernsehzuschauer" liegt eine Bestätigung der Stabilitäten der verbalen und nonverbalen Ergebnisse vor, sie beziehen sich auf die Ergebnisse von Wiederholungsmessungen nach drei Wochen.

Auf einige unerwartete Ergebnisse dieser Wiederholungsmessungen wurde bereits eingegangen, jetzt stellt sich eine andere Frage. Es geht darum, ob sich nach drei Wochen bei denselben Kindern und derselben Filmversion die (unterschiedlichen) Stabilitäten zwischen verbalen und nonverbalen Erfassungen erneut zeigen oder nicht.

Nachstehende Abbildung zeigt die Verlaufsformen der nonverbalen Erfassungen bei der Erstdarbietung und der Wiederholung nach drei Wochen (jeweils zehn Meßzeitpunkte).

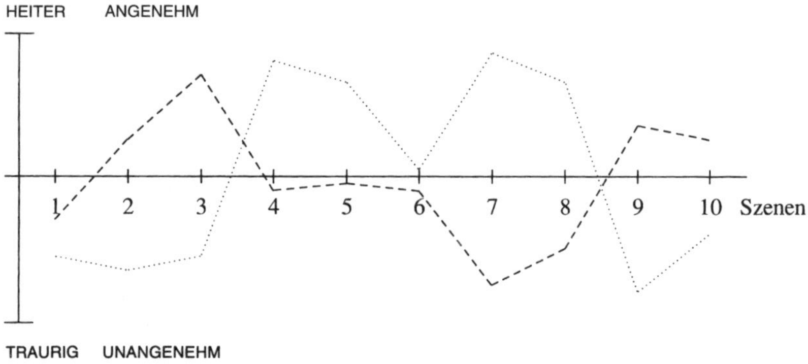

Abb. 20: Zusammenhang zwischen „angenehm-unangenehm"-Skalierung (gestrichelte Linie) und „heiter-traurig"-Beurteilung (gepunktete Linie); Erstdarbietung, aufgezeigt anhand der Ergebnisse der nonverbalen Filmversion

Es zeigen sich deutliche Parallelverläufe und einige Einebnungen.

Zu den nonverbal ausgedrückten Emotionen läßt sich festhalten: Die emotionalen Ersteindrücke erscheinen in sehr ähnlicher Weise wieder bei einer zweiten Rezeption desselben Films nach drei Wochen.

Die verbale Beurteilung „heiter – traurig" erwies sich bei der Wiederholungsdarbietung weniger stabil, doch sind auch hier die Parallelen unübersehbar:

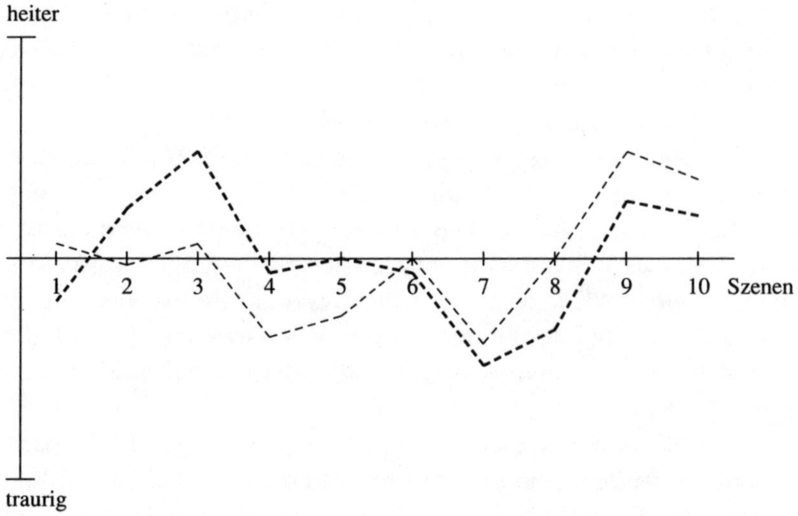

***Abb. 21:** „Angenehm-unangenehm"-Skalierung; Vergleich zwischen Erstdarbietung (dick gestrichelte Linie) und Wiederholung (dünn gestrichelte Linie); aufgezeigt anhand der Ergebnisse der nonverbalen Filmversion*

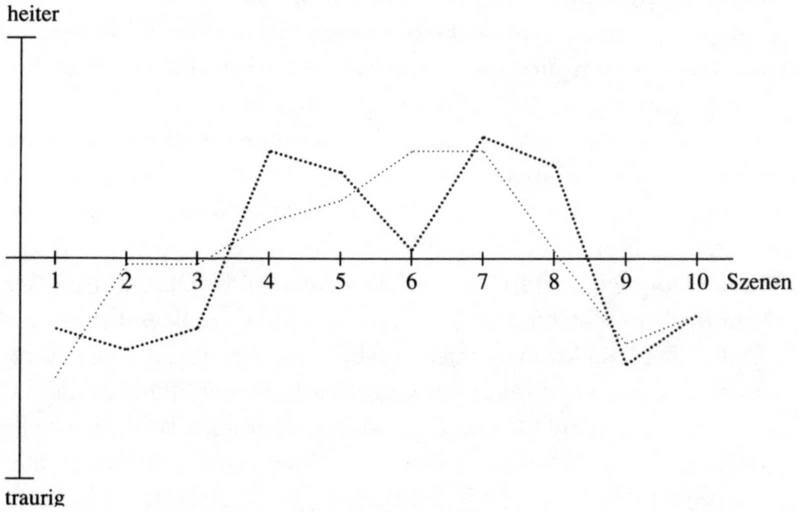

***Abb. 22:** Verbale Beurteilung „heiter – traurig"; Vergleich zwischen Erstdarbietung (dick gepunktete Linie) und Wiederholung (dünn gepunktete Linie); aufgezeigt anhand der Ergebnisse der nonverbalen Filmversion*

Solche Stabilitäten gegenläufiger Verlaufsformen könnten Anlaß sein für ein Neubedenken der Erfassung von Laufbildwirkungen. Dies gilt insbesondere für den Ablauf von Film- und Fernsehbildern, also für Wirkungen der dahinterstehenden Dramaturgien.

Die Abbildungen zeigen es: Sie bestätigen die Befunde der Erstdarbietung, daß der dramaturgische Ablauf sich in den nonverbalen Zuschreibungen exakter niederschlägt als in den verbalen Abrufungen. Die nonverbalen emotionalen Skalierungen spiegeln – auch bei einer Wiederholungsdarbietung nach drei Wochen – recht genau den Verlauf der Filmdarbietung wider, wohingegen sich die verbalen Beurteilungen – je nach Abruf – auf die direkt angebotenen Bilder beziehen.

Unter Wiederholungsbedingungen zeigt sich diese Diskrepanz besonders bei den Meßzeitpunkten 8, 9 und 10, also bei den Schlußszenen des Fernsehfilms „Bibi Bitter und der Schneemann“ (im Filmverlauf geht es um die Rettung eines Schneemanns vor der Frühlingssonne, der Inhalt der 30minuten-Darbietung ist auf S. 98 und 99 beschrieben). Die Laufbilder dieser Schlußszenen zeigen einen schneesicheren Platz hoch in den bayerischen Alpen, dorthin hat der Hauptakteur seinen Schneemann gebracht, um ihn vor dem Schmelzen zu bewahren. Mit einem Lied auf der Mundharmonika verabschiedet sich Bibi Bitter von seinem Schneemann, dann beginnt der Abstieg ins Tal.

Die verbale Beurteilung dieser Schlußszenen liegt eindeutig im Bereich „traurig“ – auch nach einer zweiten Rezeption derselben Filmversion. Abschiede – so wohl die verbale Konvention – sind eben traurig. Nonverbal hingegen werden die Szenen 8, 9 und 10 zunehmend als „angenehm“ skaliert: Der Ablauf/die Dramaturgie der Schneemanngeschichte führt zu einer freundlichen Beendigung.

Unter dem Blickpunkt einer verläßlichen Rezipientenforschung verweisen die „Stabilitäten der Gegenläufigkeiten“ darauf, daß zu den vielen verbalen Wirkungsaufweisen nunmehr dringlich nonverbale Erfassungen dazukommen müßten. Für zukünftige medienpsychologische und medienpädagogische Arbeiten sei daher die Entwicklung nonverbaler Wirkungstests angeregt in Verbindung mit der impliziten Frage, ob und inwieweit sie sich für Laufbildnotierungen eignen (vgl. dazu die Vorarbeiten von Sturm et al.,

1976). Für Medienpraktiker und Forschungsinitiatoren könnte es wichtig sein zu überlegen, auf welche Beurteilungen der Zuschauer/Zuhörer man sich stützt oder stützen will: auf (eher) verbal-konventionelle Aussagen oder auf (eher) personale nonverbale Einschätzungen und Zuschreibungen.

So gesehen könnten sich neue Beziehungsgeflechte ergeben zwischen den Fragen nachdenklicher Medienpraktiker und kenntnisreicher Medienforscher. Diese Fragefelder könnten sich beziehen auf Probleme generell-verbalisierter Urteile auf der einen Seite und nonverbaler emotionaler Bewertungen auf der anderen Seite. Um ein Beispiel zu geben: Es ist vorstellbar, daß Szenen einer Fernseh-Slapstick-Komödie verbal als heiter benannt werden im Sinne einer verbal-üblichen Zuschreibung, wogegen die emotionale personale Befindlichkeit sich in den Bereichen unangenehm/ärgerlich/traurig bewegt. Unter Langzeitgesichtspunkten heißt das: Es wird darauf ankommen, welche der intrapersonalen und interpersonalen Kommunikationsströme sich durchsetzen oder in Rückstand geraten – doch das ist ein Problem, das über Einzeldarstellungen weit hinausreicht.

Schließlich – auf eine Mitteilung dieser Erfahrung und Meinung möchte ich nicht verzichten – geht es auch darum, daß Medienplaner, Medienpraktiker und Medienforscher ein Stück weit Abschied nehmen von einer lang tradierten Wort-Logik. Laufbildwirkungen, das hat sich immer wieder gezeigt, stimmen zumeist nicht überein mit sogenannten „logischen" Annahmen und Voraussetzungen (vgl. dazu Sturm, 1986a).

Für diese Nichtübereinstimmung zwischen logischen Annahmen und Laufbildwirkungen sprechen (neben vielen anderen) etliche der bereits dargelegten Ergebnisse der Untersuchung „Emotion und Erregung – Kinder als Fernsehzuschauer". Unter diesem Blickpunkt zeigt sich:

„Logisch anzunehmen" wäre gewesen, daß die physiologische Erregung sich verringert bei einem zweiten Anschauen derselben Filmversion (weil man die Sendung schon kannte/um den Ausgang der Geschichte wußte/lieber einen anderen Beitrag gesehen hätte etc.). Das Gegenteil war der Fall: Bei keiner der Wiederholungen war die physiologische Erregung geringer als bei der Erstrezeption. „Logischerweise zu erwarten" war auch, daß die Behaltens- und Erinnerungsleistungen gesteigert sein würden nach der zweiten Darbietung. Es zeigte sich eher Gegenteiliges: Bei der sachlich-betexteten Fassung (90 Sekunden Text bei einer Filmlänge von 28 Minuten) waren die Behaltens- und Erinnerungsleistungen noch geringer als bei der Erstdarbietung. „Ähnlich logisch" wäre die Vorhersage gewesen, daß die minimalen Off-Text-Veränderungen zwischen der sachlich-betexteten und der (eher) emotional-betexteten Fassung kaum zu greifbaren Wirkungen führen würden. Das Gegenteil erwies sich: Es zeigten sich signifikante Unterschiede bei den physiologischen Daten, den verbalen und nonverbalen Erfassungen, bei den Behaltens- und Erinnerungsleistungen (genauere Angaben S. 144, Abb. 20; 145, Abb. 21 und 22).

Nach meiner Einschätzung haben solche Fehlannahmen damit zu tun, daß wir von einer Laufbild-Logik noch weit entfernt sind. Es läßt sich zum Beispiel nicht „logisch folgern", welche Laufbilder den vorangegangenen folgen werden (die derzeitigen Videoclips zeigen das eindeutig), dagegen steht eine ausgefeilte beweisstarke Wortlogik. Und umgekehrt: Alle Wortsprachen sind verbunden mit differenzierten kulturspezifischen Grammatiken, doch gibt es keine verbindliche Laufbildgrammatik, auch nicht für begrenzte Bereiche (daher gibt es auch keine durchsetzbaren Regeln für den Ablauf selbst kürzester Bildsequenzen). Es gibt – zumindest für die Hochsprachen – genaue Wortstatistiken und Wörterbücher, doch noch keine „Statistik des Optischen". In Summa meint das: Die Kommunikationen über Laufbilder stehen – ähnlich vielen verbalen Wirkungsannahmen – in sehr personalen Zusammenhängen, die Verallgemeinerungen kaum zulassen.

VI

Die Zusammenschaltung dominanter Wirkfaktoren bei Medien und Rezipienten – Schritte in eine neue Richtung (I)

Dieses Kapitel handelt von einer neuen Fragerichtung. Es geht um

- Erkennung und Stellenwert der inneren Aktivitäten *während* der Rezeption von Hörfunk-, Fernseh- und Laufbilddarbietungen
- Erkennung und Stellenwert der Verlaufsprozesse der inneren Rezipientenaktivitäten unter medientypischen Bedingungen.

Damit stellt sich die Frage nach dominanten *medienimpliziten Wirkfaktoren* im Zusammenhang mit einem personalen *medientypischen inneren Antwortverhalten*. Weitergeführt meint das: Sollten sich medientypische innere Aktivitäten zeigen, dann müßten sich über deren Notierungen personale *Verlaufsprozesse* medienspezifischer Wirkungen aufweisen lassen.

Zu diesen Fragestellungen kam die Überlegung, daß sich über die Erfassung dominanter medientypischer innerer Rezipientenaktivitäten Möglichkeiten abzeichnen könnten für Annäherungen zwischen verbalen und nonverbalen Erfassungen.

Soviel zur Ausgangslage der Schritte in eine neue Richtung. Die dahinterstehenden Konkretionen und Erstbefunde werden in einer Nacheinander-Abfolge mitgeteilt, in zunächst nur groben Umrissen (genauere Angaben und Differenzierungen finden sich in Kapitel VIII „Verlaufsprozesse von Medienwirkungen. Die verborgene Kraft der inneren Rezipienaktivitäten – Schritte in eine neue Richtung (II)", S. 189–206). Hierfür ein Beispiel:

Als ein dominanter medienübergreifender Bezug sind die darbietungsbegleitenden „inneren Rezipientenaktivitäten" anzusetzen, denn: Bei jeder Art von Mediendarbietung kommt es zu einer Fülle von „inneren Antworten", bei gleichzeitigen medientypischen Unterschieden. So agiert und reagiert der Fernsehrezipient vorzugsweise mit „inneren Verbalisierungen", der Hörfunkteilnehmer mit „inneren Bildern", der Leser mit Vorstellungsketten von Bildern, Tönen und Rückerinnerungen zumeist sehr individuellen Zuschnitts. Für den Fernsehrezipienten konnte die zentrale Bedeutung der „inneren Verbalisierung" empirisch bestätigt werden: Sie ermöglicht es dem Zuschauer/Zuhörer, das Gesehene/Gehörte zu kategorisieren und einzubringen in eigene Bezugssysteme – und je nach Zustandekommen/Nichtzustandekommen zeigen sich Unterschiede im Hinblick auf kognitive Nachvollzüge und emotionale Differenzierungen (vgl. Sturm, 1986, 1995, 1996, 1997). Auf diese darbietungsbegleitenden inneren Rezipientenaktivitäten soll ausführlich eingegangen werden.

Die inneren Aktivitäten bei Hören, Sehen und Lesen

Die Formierung der Fragerichtung nach den inneren Rezipientenaktivitäten hat eine Vorgeschichte, ihre Anfänge reichen zurück in die Zeit meiner Medienpraxis in Hörfunk und Fernsehen (vgl. S. 42 und 47, jeweils dritter Absatz). So ließen sich in den (damals üblichen) zahlreichen Redaktions- und Produktionssitzungen mit den dazugehörigen Tonband- und Filmvorführungen immer wieder Auffälligkeiten notieren zu einem unterschiedlichen Wahrnehmungs-, Dekodier- und Erzählverhalten der Hörfunk- bzw. Fernsehpraktiker. Wichtiger aber waren kontinuierliche Beobachtungen im Zusammenhang mit Darbietungen von Hörfunk- und Fernsehprogrammen bei sehr verschiedenen Interessenten- und Rezipientengruppen, hier zeigten sich auffällige Unterschiede insbesondere bei Mitteilungen über Ablauf im Inhalt der jeweiligen Darbietung: Fernsehrezipienten brauchten weit mehr Zeit und Worte für ihre Darlegungen und Beurteilungen als Hörfunkrezipienten.

Es folgten erste Versuche einer Verhaltensbeobachtung während der Rezeption von Hörfunk- und Fernsehangeboten, u. a. unter Kriterien der darbietungsbegleitenden inneren Bewertung einzelner Szenen. Bei solchen (vorwissenschaftlichen) Unternehmungen zeigten sich äußerst vielfältige und unterschiedliche Maßstäbe z. B. für das Kriterium „Verständnis", zugleich deuteten etliche Notierungen darauf hin, daß Radio-Hörer sich eher durch innere Bilder leiten ließen, hingegen Fernseh-/Laufbildrezipienten sich eher auf darbietungsbegleitende Wort-Urteile bezogen. Ich suchte nach empirischen Belegen für diese Hinweise.

Eine Durchsicht des weiten Forschungsspektrums der Wahrnehmungspsychologie ergab eine Fülle von interessanten und präzisen wie sich widersprechenden Ergebnissen. Ähnliches galt für Wahrnehmungstheorien und die Theorien zur Informationsverarbeitung. Die Forschungsliteratur dazu ist immens und in ihren Differenzierungen oft nur dem Fachmann zugänglich – je nach Forschungsdisziplin und Forschungsrichtung.

Das Problem dieser Suche war zudem, daß es galt, Ausschau zu halten nach empirisch gestützten Konzepten, die sich mit den Interaktionen zwischen Hören und Sehen beschäftigten, die sich einbringen ließen in den Bezug „Mediendarbietung" (mit oft gleichzeitigen Bild-/Wort-Angeboten) und „Rezipient" (im Hinblick auf verlangte Doppel- und Mehrfachdekodierungen).

Der Ansatz der „Dualen Codierung" bot solche Möglichkeiten. Dieser Ansatz besagt, daß Wahrnehmung und Informationsaufnahme verbunden sind mit zwei Codes der Verarbeitung und Speicherung: mit einem sprachlich-abstrakten Code und einem visuell-bildlichen Code (vgl. Paivio, 1979). Arbeiten der Kognitiven Psychologie belegen ähnliche Zusammenhänge (vgl. Neisser, 1974).

Unter diesen Aspekten beschäftigte ich mich zunächst mit den inneren Aktivitäten während des *Hörens.* Den empirischen Arbeiten zur dualen Codierung ließ sich entnehmen, daß verbale Mitteilungen vom Zuhörenden zumeist mit inneren Bildern begleitet werden. In Fortführung meiner Vorstudien lag die Frage nahe, ob Medien-Hörer, insbesondere Radio-Hörer, ein vergleichbares Verhalten zeigen würden. (Die Bezeichnung „Medien-Hörer" wurde gewählt, weil es zunehmend Medienkombinationen mit Hör-Anteilen geben wird. Auf das Fernsehen mit seiner Gleichzeitigkeit von Bild und Ton wurde schon wiederholt hingewiesen). Dazu gesellte sich die dramaturgische Überlegung, ob und inwieweit Abläufe und Tempi von Hörmedien-/Radiodarbietungen zu einem ähnlichen oder anderen „Bilder-Mitsehen" veranlaßten als lebensreale Wort-Mitteilungen mit ihren üblichen Pausen und Redundanzen.

Begonnen wurde mit einer Überprüfung von Befunden zum Bilder-Mitsehen während lebensreal gegebener und gehörter Wort-Darbietungen, auch unter variierten Bedingungen. In zahlreichen Einzel- und Gruppenversuchen zeigte sich, daß die Hörer/Zuhörer lebensreale Sprechmitteilungen fast durchgängig mit inneren Bildern begleiten. Gesprochene Sätze wie „Der Clown streichelt das Kind" oder „Das Mädchen sitzt im Café" waren zumeist verbunden mit vielfältigen inneren Bildern (jeder Hörer sah „seinen" Clown, „sein Mädchen", in jeweils unterschiedlicher Kostümierung, in unterschiedlicher Umgebung etc.). Als Voraussetzung für dieses Bilder-Mitsehen erwiesen sich akustisch-verständliche und sinnbetonte Wort-Aussagen, bei überhastet und unbetont gesprochenen Wortpassagen entfielen die personalen Bildzutaten. Bei längeren Hör-Texten (z. B. Vorlesungen) zeigten sich verschiedene innere Aktivitäten zusätzlich zum Bilder-Mitsehen, so Fremdstimmen- und Musikmithören, vor allem aber kurze innere Wort-Zutaten in Verbindung mit dann einsetzenden Bildketten mit nur gelegentlichem Bezug zum aktuell Gehörten.

Nach diesen Vorarbeiten wurde den inneren Aktivitäten während der Darbietungen von *Hör-Medien* nachgegangen. Hier zeigte sich Ähnliches: Als überwiegende innere Rezipientenaktivität wurde ein Bilder-Mitsehen notiert, doch mit großen Unterschieden hinsichtlich Prägnanz und Verlaufsformen. Dazu ließ sich festhalten: Bei pausenlosen Wortpassagen, auch bei extensiven Wort-/Musikmischungen reduzierten sich die Bildbegleitungen auf ein Minimum, oft kam es zu einer Bild-Erstarrung, man bleibt hängen an einer singulären Bildvorstellung und ohne weiteren Bezug zum Darbietungsablauf. Diese Blockierung innerer Bildabläufe äußert sich zumeist in kurzen, oft ärgerlichen inneren Wortzutaten.

Mit diesen Notierungen war ein Anfang gemacht für die angezeigten „Schritte in eine neue Richtung". Denn: Geht man aus von der dominanten inneren Aktivität eines Bilder-Mitsehens während des Hörens, dann ist die Folgefrage, ob die Rezeption von Laufbild- und Fernsehdarbietungen mit ähnlich durchgängigen inneren Aktivitäten verbunden ist und mit welchen.

Zu diesen Fragestellungen nach den medientypischen inneren Aktivitäten während der gleichzeitigen Rezeption von Laufbildern und Laufworten gab es keine direkten Vorarbeiten. Ich sah mich zurückverwiesen auf frühe Anfänge von Wissenschaft, auf Eigenbeobachtung und Femdbeobachtung, auf Notierungen von Versuchspersonen unter freien und vorgegebenen Bedingungen. Dazu kamen Beobachtungen zu den inneren Aktivitäten während der Tätigkeit des Lesens. Sie erbrachten eine enorme Vielzahl der inneren Zutaten: Bilder-Mitsehen, Eigen- und Fremdstimmen-Hören, Textergänzungen, Musik-Einfälle, Geräusch-, Geruchs- und Farbenergänzungen, lange Erinnerungsketten etc. unter der Voraussetzung, daß das Lesetempo selbst bestimmt werden konnte. Bei vorgegebenen Lesetempi reduzierten sich die inneren Zutaten auf ein Minimum. Bei Texteinblendungen während des Fernsehens zeigten sich vorwiegend kurze innere verbale Kommentare und Korrekturen.

Die Dominanz der inneren Verbalisierung bei Fernseh- und Laufbilddarbietungen

Schon die ersten Eigenbeobachtungen während unterschiedlicher Fernsehdarbietungen konfrontierten mit einem bis dahin nicht vermerkten Verhalten: Ich stellte fest, daß ich die Bildschirmakteure, Inhalte, Bild-Wort-Bezüge, Schnitte, Um- und Überblendungen mit kontinuierlichen inneren Wortzutaten bedachte. Diese Gegebenheit bezeichnete ich als darbietungsbegleitende innere Verbalisierung.

Der nächste Schritt führte zu Vergleichen dieser Eigenerfahrungen mit Fremderfahrungen. Freunde, Nachbarn, Kollegen – ab 1980 auch zahlreiche Studentengruppen – wurden auf das „Zu-sich-selber-Sprechen" hingewiesen und gebeten, auf ihre Wortzutaten zu achten während der Rezeption freigewählter Fernsehdarbietungen. Die Rückmeldungen waren beeindruckend: Durchgängig alle Versuchsteilnehmer berichteten von fernseh-laufbildbegleitenden inneren Verbalisierungen, zumeist mit sehr genauen Angaben zum Gesehenen oder Gehörten.

Diesen Ergebnissen wurde nachgegangen durch schriftliche Protokollierungen der Versuchspersonen zu ihren fernsehtypischen inneren Verbalisierungen (bei freien und vorgegebenen Programmwahlen), durch Notierungen nach der Methode des „lauten Denkens" (über Ton-Rekorder) und durch die Erfassung von Rezipientendialogen bei vergleichbaren Darbietungen.

In Summa verwiesen die Protokolle auf die *„innere Verbalisierung"* als *dominante innere Rezipientenaktivität* unter Fernseh- und Laufbildbedingungen. Daneben zeigten sich weitere innere Aktivitäten wie Musik-, Geräusch- und Geruchsempfindungen, Stimmen-Mithören und (oft weit zurückreichende) kurze Erinnerungsbilder, doch ließen sich hierzu keine durchgängigen Verlaufsformen erkennen.

Eine Analyse der Protokolle ergab Hinweise auf Art und Häufigkeit der fernseh-/laufbildtypischen inneren Verbalisierungen.

Insbesondere wurde notiert

- Verbale Beschreibungen zu einzelnen Bild-/Wort-Eindrücken, oft im Zusammenhang mit Bildschirmakteuren („Die Krawatte paßt nicht zum Anzug"/ „Der nuschelt"/ „Das ist München"/ „Versteh nicht, was das soll")
- Verbalisierte Kommentierungen und Bewertungen („Immer diese Sprüche"/„Das sind ganz alte Aufnahmen"/„Wie haben die das nur hingekriegt?"/„Ist heute gut drauf"/„Das ist gelogen")
- Verbalisierte Erinnerungen und Vergleiche („Das habe ich ganz anders erlebt"/„Dort ist immer viel Schnee"/„Das weiß ich schon längst"/„War früher besser").

Darauf aufbauend wurde die Frage gestellt nach Zusammenhängen zwischen dem *„Wie der Präsentation"* und der Häufigkeit und Intensität laufbild-/fernsehbegleitender innerer Verbalisierungen. Dabei zeigten sich zwei deutliche Vorabunterschiede zwischen Laufbilddarbietungen (nur Bildabläufe/keine Tonschiene) und Fernsehdarbietungen (Gleichzeitigkeit von Bild und Ton).

Bei puren Laufbilddarbietungen (auch bei Abschaltung der Tonschiene während des Fernsehens – eine freilich nicht übliche Situation) war ein eher ruhiges, unaufgeregtes „Zu-sich-selber-Sprechen" festzustellen, eine gewisse schleppende Langsamkeit der inneren Verbalisierungen, vermischt mit bildbezogenen Geräusch-, Musik- und Geruchsempfindungen.

Bei *Fernsehdarbietungen* (also bei der Gleichzeitigkeit von Laufbildern und Laufworten, auch bei Bild-/Wort-/Musik-/Geräusch- und Lesekombinationen) waren die inneren Verbalisierungen von anderer Art, Häufigkeit und Intensität. Notiert wurden überwiegend emotionale Wortzutaten, oft stoßweise geäußert und fast durchgängig bezogen auf Bild-/Wort-Verbindungen, auf Situations- und Szenenumsprünge, auf nicht gesetzte Pausen.

An dieser Stelle könnte ein Rückverweis nützlich sein: Da schon die frühen Notierungen der darbietungsbegleitenden inneren Verbalisierungen deutliche Zusammenhänge zeigten, Wort-/Bild-Beziehungen und emotionale Äußerungen, wurde diese Frage eingebracht in die psychophysiologische Untersuchung „Emotion und Erregung – Kinder als Fernsehzuschauer". Die darbietungsbegleitende physiologische Erregung war dabei Maß für die Intensität der emotionalen Beteiligung. Seit 1982 war also auszugehen von diesem Ergebnis: Bei als störend empfundenen Wort-/Bild-Beziehungen (hier bei einem Zusammentreffen von emotionalen Bildern und sachlichen Off-Textierungen) kam es zu einer hohen physiologischen Erregung, verbunden mit einem emotionalen Unangenehm-Erleben und verringerten Verständnis- und Erinnerungsleistungen (vgl. S. 104, erster Absatz).

In einer ersten Zusammenfassung ist so zu lesen:

„… Schon durch Eigenbeobachtung kann man feststellen: Während Fernsehdarbietungen versucht man innerlich, für sich selbst Eindrücke zu benennen. Beispiele: Da notiert man für sich selbst (das hört niemand sonst): Achtung, da kommt der Mörder (bei einem Krimi). Oder: Dieser Mensch ist unsympathisch (bei einem Interview). Oder: Donnerwetter, die können tanzen (bei einer Unterhaltungsshow). Dabei werte ich solche inneren Benennungen/Verbalisierungen als den Versuch, eigene Erwartungen/Erfahrungen während einer Fernsehdarbietung einzubringen. Dieser Vorgang der inneren Benennung bedeutet zugleich eine Kategorisierung der uns treffenden Außenreize, ein Einordnen in kognitive und emotionale Bezugssysteme. Auf Fernsehdarbietungen bezogen liegt somit die Annahme nahe, daß ohne erfolgte Verbalisierung (und damit Kategorisierung) Erinnerung und Verständnis des Wahrgenommenen geschmälert sein müßten" (Sturm, 1984b).

Bis heute hat sich immer wieder bestätigt: *Die dominante innere Aktivität der Laufbild-/Fernsehrezipienten ist die darbietungsbegleitende innere Verbalisierung,* jedoch unter der Voraussetzung, daß Laufbilder und Laufworte in ihren Abfolgen und Aufeinanderbezügen winzige Zeitspannen lassen zum Einbringen eigener Wortzutaten. Bei einer Häufung von unvorhersehbaren Personen-/Standort-/Szenen/und Bild-/Wort-Umsprüngen wird der Rezipient gleichsam von Bild zu Bild getrieben, er hat laufend wahrnehmungsabhängige und erfahrungsbezogene „Neu-Anpassungen" vorzunehmen, er „kommt nicht mehr mit" und verstummt in seinen inneren Benennungen. In solchen Fällen agiert und reagiert der Zuschauer/Zuhörer mit hoher physiologischer Erregung (und damit verbunden mit Verständnishemmungen, Erinnerungsblockaden und emotionalem Unbefriedigtsein), das jeweilige Programm wird eher gleichgültig und uninteressant, man sucht – per Fernbedienung – nach weiteren Erregungsmomenten und wird laufend ärgerlicher und unzufriedener.

Dieses *Verstummen der inneren Verbalisierung ab einer bestimmten Bild-/Wort-Rasanz* hat zweifellos auch zu tun mit personalen Ausstattungen des jeweiligen Rezipienten (so die Annahme, daß Introvertierte gegenüber erhöhten Reizzuströmen weitaus sensibler sind als Extravertierte), mit seinen Wahrnehmungs- und Lernerfahrungen – und insofern gibt es zweifellos Verhaltensunterschiede zwischen Wenig-Sehern und Vielsehern innerhalb vorgegebener genetischer Begrenzungen. Doch dürfte eine große Zahl der derzeit erreichbaren Fernseh-Beiträge bereits die Grenzen erreicht haben für ein verbales Folgenkönnen: So zeigte sich durchgängig bei allen von den Rezipienten angefertigten Protokollen, daß bei einem Unmöglichwerden der „Inneren Verbalisierung" der Zuschauer/Zuhörer vorwiegend mit emotionalen globalen Beschimpfungen agiert und reagiert. Bei „Trainierten Fernsehrezipienten" geschieht dieser Umschlag zur inneren Beschimpfung lediglich mit einer gewissen Verzögerung gegenüber Normal- oder Wenigsehern.

Dieses Umschlagen der abrupt-bösartigen „inneren Beschimpfungen“ in ein starres Verstummen verweist auf Zusammenhänge zwischen Verlaufsformen von Aggression und Depression. Bei als ungenügend oder störend empfundenen Laufbild-/Laufwortdekodierungen sind solche Verhaltenswechsel deutlich registrierbar, oft innerhalb kurzer Zeiteinheiten. Ebenso verweist ein „Dauersehen bis zum inneren Verstummen“ darauf – letztmalig sei es gesagt–, daß eine hohe physiologische Erregung das Abschaltenkönnen erschwert bis verhindert (es sei denn, man kann sich seine personale physiologische Erregung „eigengesteuert“ holen – so über eigene Interessen oder sinnvolle Aufgaben – und nicht vorab fremdgesteuert über die gerade vorhandenen Außenreize zufälliger Fernsehprogramme). Es könnte also sein, daß sich über den Bezug „aggressive innere Verbalisierungen“ – „depressives Verstummen“ Grundbefindlichkeiten eines Rezipientenverhaltens abzeichnen, die bisher so gut wie keine Beachtung gefunden haben.

Um hier weiterzukommen müßte den Verlaufsprozessen von inneren Aktivitäten/inneren Verbalisierungen nachgegangen werden – einige Anfänge dazu wurden gemacht, darüber ist noch zu berichten. An dieser Stelle sei lediglich vermerkt, daß ein Vergleich der Protokolle der verbal mitteilbaren inneren Aktivitäten ein klares Fazit erbringt: Die Fernsehrezipienten äußern eindeutig mehr ärgerliche bis bösartige Verbalisierungen als Radio-Hörer oder Leser (bei freigewählter Lesetätigkeit gibt es zumeist überhaupt kein Verstummen, sehr selten nur bei großer Ermüdung).

Freilich: Diese Art unangenehm erlebter Fernsehwirkungen findet kaum ihren Niederschlag in erfragten allgemeinen Beurteilungskriterien, in Programmwünschen, Bevorzugungsangaben, Zeit-Budget-Studien etc. Auch von daher wäre es wichtig, wenn zu der – vom Befragten aus gesehen – erfragten „interpersonellen Kommunikation“ seine „intrapersonale Kommunikation“ dazutreten würde; der personalen Wirkungsrealität des Fernsehens käme man so entscheidend näher (vgl. „Laufbilder haben ihre eigene Wirkungsqualität – Abschied von der Wort-Logik“, S. 147, fünfter Absatz).

Generell bleibt anzumerken, daß es noch vieler Methodenarbeiten bedarf im Hinblick auf eine valide und reliable Erfassung der inneren Aktivitäten während des Sehens, Hörens und Lesens (und ihrer Kombinationen). Eine besondere Schwierigkeit hat mit der Langsamkeit der bisherigen Notierungsinstrumente zu tun: Die Rezipienten zeigten eine solche Fülle und Vielfalt von Benennungen, Bewertungen, Bild-/Wort-/Einfällen und Bild-/Wort-Ergänzungen, daß sich zumeist nur ein Bruchteil erfassen ließ. Dabei zeigten sich aber eindeutige Dominanzen: so die kontinuierliche Dominanz der inneren Verbalisierung während des Fernsehens (also bei der Gleichzeitigkeit von Laufbild-/Laufwort-Angeboten). Da in Verbindung mit neuen Medienangeboten und Medientechniken die Bild-Wort-Anteile sich wohl eher steigern denn verringern werden, wäre es naheliegend, der fernsehtypischen inneren Verbalisierung bevorzugt nachzugehen (einige Voraussetzungen für exakte empirische Untersuchungen der inneren Verbalisierung werden im Schlußkapitel genannt).

Jedoch: Schon die bisherigen Notierungen und Erfahrungen erbrachten in Übereinstimmung, daß bei Fernsehdarbietungen (minimale) *medienspezifische Pausen* verlangt sind für eine Bild-/Wort-/Ton-begleitende innere Benennung. Unter dramaturgischen Gesichtspunkten käme es demnach auf (winzige) Dekodierungspausen an, insbesondere bei den Übergängen von Standort-/Situations- und Szenenwechseln, etwa durch längere Bild-/Wortpassagen, durch medienspezifische Hinweisreize auf Kommendes, durch Tempowechsel, Moderatorengesten etc. Denn als dominant hat sich erwiesen, daß die fernsehtypische innere Verbalisierung sich direkt bezieht auf die jeweiligen Wahrnehmungsreize der Bild- wie Tonschiene – vorausgesetzt, diese fernsehspezifischen Wahrnehmungsreize lassen (winzige) Freiräume für solche personalen Wortzutaten.

In der Verfolgung des Weges nach Aufweis und Zusammenschaltung von dominanten Wirkfaktoren auf der *Rezipientenseite* geht es daher um die Frage: Gibt es zur dominanten inneren Verbalisierung des Fernsehrezipienten eine durchgängige Entsprechung auf der *Darbietungsseite?*

Wahrnehmung und Fernsehen: Die fehlende Halbsekunde und die inneren Rezipientenaktivitäten

Der Rezipient begleitet Laufbilddarbietungen stets mit inneren Aktivitäten – insbesondere „inneren Verbalisierungen", vorausgesetzt, die Darbietungsseite des Fernsehens überbordet nicht seine Wahrnehmungs- und Dekodierungsmöglichkeiten. Eine solche Überfrachtung kommt der Behinderung eines personal-aktiven Nachvollzugs gleich mit weitreichenden Folgen für Verstehen, Erinnern und emotionale Befindlichkeit. Wahrnehmungsleistungen aber sind – wie bekannt – mit Lernprozessen, Lernerfahrungen verbunden. Bei diesem Zusammenhang liegt es nahe, den Unterschieden zwischen (lebenslang erlernter) „lebensrealer Wahrnehmung" und der medienspezifisch zusätzlich erlernten „Fernsehwahrnehmung" besondere Beachtung zu schenken.

Ohne hier auf Einzeldifferenzierungen einzugehen, möchte ich den dominanten Unterschied zwischen lebensrealer Wahrnehmung und Fernsehwahrnehmung so benennen:

In lebensrealen Zusammenhängen steht dem Wahrnehmenden fast durchgängig eine gewisse (wenn auch oft sehr kurze) Zeitspanne zur Verfügung zwischen der Wahrnehmung eines Ereignisses und dessen Eintreffen, wohingegen bei Fernsehdarbietungen selbst winzigste Zeitspannen zwischen der Ankündigung eines Ereignisses und seinem Eintreffen nicht gegeben zu sein brauchen. Diesen Unterschied habe ich als „die fehlende Halbsekunde" bei Fernsehwahrnehmungen beschrieben (Sturm, 1984).

Um auch hier einen Bezug zwischen konkreten Gegebenheiten und einer abstrakten Benennung nachvollziehbar zu machen, gebe ich einige wenige Beispiele – zunächst nur lebensrealer Wahrnehmung:

- Man mag an lebensreale Telefongespräche denken, da wird zumindest „Hallo" gesagt, ein Name genannt oder bemerkt „Ich habe mit Ihnen zu reden!". Der Angerufene hat also ein paar Halbsekunden Zeit, sich auf den Anrufer und seine möglichen Anliegen einzustellen, wie auch in Sekundenschnelle sich zu überlegen „Wie verhalte ich mich, wenn …".

Ähnliches gilt selbst in prekär-rasanten Situationen des Straßenverkehrs: Auch hier bleiben zumeist winzige Zeitspannen zwischen der Wahrnehmung eines möglichen Ereignisses und dessen Eintreffen.

Da notiert man – z. B. als Autofahrer – „Da rast einer auf mich zu" (Wahrnehmungsabruf), bemerkt zu sich selbst „Gleich knallt es" (Erfahrungsabruf) und befiehlt sich zugleich „Gas weg, rechts ran, bremsen".

Anders die Fernsehwahrnehmung:

- Da läßt sich in der überwiegenden Zahl der Fälle nicht vorhersagen, „was kommen wird", welches das nächste Bild sein wird, auf das man sich wahrnehmungsabhängig einzulassen hat.

So braucht bei einem laufbildgezeigten Telefonanruf keineswegs die Aufmerksamkeit in eine erwartbare Richtung gelenkt zu sein; er kann völlig unvermittelt zwischen zwei Standort-, Situations- und Szenenwechseln stehen, so zwischen einer Bett-Szene und dem Flug über eine Polarstation. Bei Auto-Verfolgungsjagden brauchen irgendwelche „Schrecksekunden" nicht eingehalten zu werden, vielmehr bringen solche Auto-Szenarien zumeist eine Fülle von Wahrnehmungsreizen, die in ihrer Vielfalt kaum erkennen lassen, worauf sich Erfahrung und Erwartung des Rezipienten richten können.

Zweifellos: Ich habe einige Extrembeispiele herausgegriffen – doch lassen sich solche rasanten „Bild-Umsprünge" in zunehmender Zahl finden. All diesen dramaturgisch-unvorbereiteten Standort-, Situations- und Szenenwechseln ist gemeinsam, daß die „inneren Aktivitäten" des Rezipienten behindert werden, oder anders gesagt: Es wird dem Zuschauer/Zuhörer verwehrt, das Gesehene/Gehörte einzubringen in eigene personale Bezugssysteme. Seine Erfahrungen und Erwartungen sind nicht gefragt, er wird geradezu gedrängt zu einem „inneren Verstummen", zumindest während der Darbietung.

Unter mediendramaturgischen Gesichtspunkten käme es also darauf an, winzige *Halbsekunden-Pausen* zu ersinnen, um es möglich zu machen, *personale innere Verbalisierungen* und vorgegebene Laufbilder aufeinander zu beziehen. Dabei stellen die fernsehspezifischen formalen Angebotsweisen das eigentliche Problem dar: Es geht hier um eine dramaturgisch-nachvollziehbare Verwendung von Schnitten, Schwenks und Zooms, von Bild-/Wort-Beziehungen und Umsprüngen von Bild auf Wort und von Wort auf Bild.

Oder direkter gesagt: Es geht um wahrnehmungsstützende medien-adäquate Halbsekundenpausen, insbesondere bei den Übergängen – von einer Nachricht zur anderen, von einem Standort zum nächsten etc. –, damit der Zuschauer erkennen und benennen kann: „Jetzt ist eine Nachricht zu Ende – nun kommt etwas Neues" (bei Informationssendungen) oder „Was war das Gemeinte/worauf soll geachtet werden?" (bei Gesprächen und Diskussionen) oder „Was wird der Mann/die Frau jetzt tun?" (bei Fernsehhandlungen der verschiedensten Art). Denn: Wohl bei allen ernstzunehmenden Untersuchungen zur Wort-/Bild-Beziehung zeigen sich übereinstimmende Hinweise, daß Bilder vorab über Sprache und Sprechen dekodiert und kategorisiert werden. Oder unter Lernbedingungen betrachtet: Es ist anzunehmen, daß das immer wieder geübte, tradierte und weithin verläßliche „Kommunikationssystem Sprache" wohl noch lange Zeit gebraucht wird für Einordnungen und Bewertungen von Laufbildern.

Schon nach diesen wenigen Bemerkungen mag einsichtig geworden sein, daß manche Forschungsfrage zu Enkodierung und Dekodierung von Laufbildern und Laufworten noch zu stellen ist. Nur über solche präzisen Zusammenschaltungen dürften sich Vorantworten auf Fragen finden lassen, ob sich Annäherungen zeigen zwischen Bild- und Wort-Dekodierungen, ob sich – vielleicht und allmählich – Entwicklungen abzeichnen zu einer eigenständigen generalisierbaren Laufbildgrammatik hin. Doch das sind Zukunftsüberlegungen, die freilich ohne Einbeziehung der Zuschaueraktivität „innere Verbalisierung" wohl Stückwerk bleiben müssen.

Von dieser „inneren Verbalisierung" (auf der Rezipientenseite) soll nun noch einmal die Rede sein – und zwar in der Verbindung mit „fehlenden/nicht-fehlenden Halbsekunden" (auf der Medienseite).

Es handelt sich um die empirische Untersuchung „Medienspezfische Pausen und Lerneffekte", bei der auch überprüft werden sollte, ob eine *Off-Text-Verbalisierung die eigene innere Verbalisierung* ersetzen kann oder nicht. Geprüft wurde das Nachstecken von 16 Modulbausteinen, angeordnet in Viererreihen, unter verschiedenen Darbietungsbedingungen.

Zum Versuchsablauf:

Über Monitore in Normalgröße (also den Wahrnehmungsbedingungen von Fernsehen und Video vergleichbar) wurden 75 Versuchspersonen (im Alter von 18 bis 40 Jahren, parallelisiert nach Alter, Geschlecht, Ausbildungsstand, Lernfähigkeit) 16 Nachspielaufgaben angeboten.

Modulbausteine zum Nachstecken, angeordnet in Viererreihen

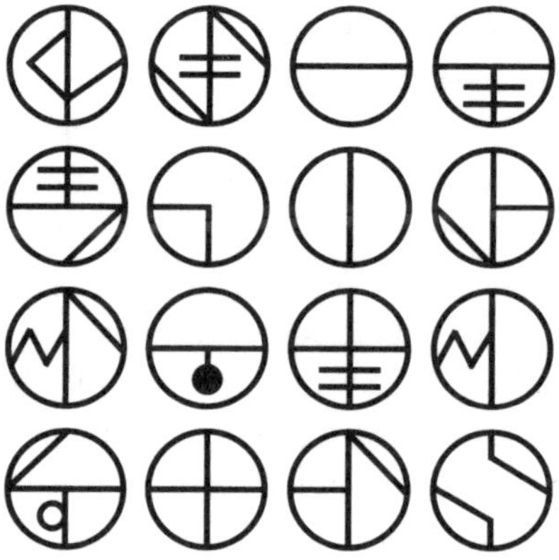

Abb. 23: *Modulbausteine*

Drei verschiedene Darbietungsformen wurden verglichen (jede Darbietung dauert 32 Sekunden, die Module erschienen jeweils nacheinander auf dem Bildschirm):

1) Eine durchgängige Darbietung ohne Pause
2) Eine Darbietung mit jeweils einer Pause von 1,5 bis 2 Sekunden nach je einer Darbietungsreihe von vier Bausteinen (Schwarzblende)

3) Eine durchgängige Darbietung (wie 1), jedoch mit einer verbalen Information (Off-Textierung) bei jedem Baustein (für die ersten vier Bausteine der ersten Zeile lauteten die Off-Textierungen: Vertikale mit Haken/Z mit Ist-Zeichen/Horizontaler Strich/Horizontale, Ist-Zeichen unten).

Jeder Versuchsgruppe wurde eine der drei Darbietungsformen so lange vorgeführt, bis jede Versuchsperson in der Lage war, die Anordnung der Module fehlerfrei nachzustecken, danach wurden die Lernleistungen der drei Versuchsgruppen verglichen. Meßzahl war die Anzahl der benötigten Durchgänge/Wiederholungen bis zur richtigen Einordnung der Module in einen Steckbaukasten. Dabei ergab sich als durchschnittlicher Lernscore für die drei Gruppen:

1) Gruppe eins („pausenlose Darbietung“) benötigte 6,84 Durchgänge
2) Gruppe zwei („vier Pausen von weniger als zwei Sekunden“) benötigte 5,70 Durchgänge
3) Gruppe drei (pausenlose Darbietung plus zusätzlicher „Off-Textierung“) benötigte 6,78 Durchgänge,

wobei, darauf sei nochmals verwiesen, die Gesamtzeit der Darbietung konstant gehalten wurde.

Als Ergebnis kann demnach festgehalten werden: Die Lernleistung der Gruppe zwei ist den Lernleistungen der anderen Gruppen klar überlegen (signifikant auf dem 5%-Niveau). Dieser Befund ist zurückzuführen auf die „Art der Präsentation“, also auf die Einfügung von „Kurzpausen“ sowie die dadurch ermöglichte „innere Verbalisierung“. Direkt auf dieses Experiment bezogen besagen die Ergebnisse: Durch die Zwei-Sekunden-Pausen konnte ein Lerndurchgang gespart werden.

Unter lerntheoretischen Gesichtspunkten führt die Untersuchung „Medienspezifische Pausen und Lerneffekte“ zu diesem Fazit: Kurze Pausen bei medialen Darbietungen erleichtern das *Chunking* des Lernstoffes, d. h. die Strukturierung und Kategorisierung wird beschleunigt. Dabei müssen offenbar *subjektive Chunks* gebildet, also persönliche Kategorien entwickelt werden. Dies wird durch die pausenlose Darbietungsweise gestört (erste und dritte Gruppe), sie ist damit Hauptfaktor der geringeren Lernleistung (Sturm, Vitouch und Grewe-Partsch, 1986, S. 124).

Allerdings – und das bleibt anzufügen: Den Grundfragen dieses recht einfachen Lern-Experimentes sollte mit weiteren Untersuchungen nachgegangen werden, mit längeren Darbietungen, anderen Lernmaterialien und mit anderen Versuchspersonen. Zeigen sich erneut dominante Zusammenhänge zwischen „medienspezifischen Pausen/fehlenden Halbsekunden" und den Wirkungsgewichten der personalen „inneren Verbalisierung", dann wären wohl für alle Medien mit Bild-Anteilen neue Überlegungen zum „Wie der Präsentation" zu fordern – auch mit Blick auf Planungen und Entwicklungen unter Multimedia-Bedingungen.

Innere Verbalisierung und das Erlernen von Emotionen

Konnte ich mich bei meinen bisherigen Überlegungen bislang ein Stück weit auf empirische Befunde stützen, so erreichen wir jetzt ein Terrain, dessen exakte empirische Bearbeitung noch aussteht, doch gibt es etliche Vor-Ergebnisse, die Grundlagen sein könnten für neu zu sehende Zusammenhänge. Es geht um das Problem des Einflusses von Laufbild-/Laufwortmedien auf emotionale Entwicklungen und Rückentwicklungen.

Solche Vor-Ergebnisse sind:

Es konnte belegt werden, daß als dominante innere Aktivität des Fernsehrezipienten die darbietungsbegleitende *innere Verbalisierung* anzusetzen ist, zumeist verbunden mit einem deutlichen Überwiegen der *emotionalen* inneren Wortzutaten.

Weiter erbrachte ein Lernexperiment, daß es vorab auf die *eigenen* inneren Verbalisierungen ankommt für eine Strukturierung und Kategorisierung des Gesehenen und Gehörten.

Schließlich (und das gilt für alle bisherigen Notierungen zur inneren Verbalisierung) wurde aufgewiesen, daß bei einem inhaltlich-dramaturgischen Unangenehm-Erleben wie auch bei Überforderungen der personalen Wahrnehmungs- und Dekodierungsleistungen der Rezipient zunehmend mit abrupt-undifferenzierten Wortzutaten agiert und reagiert, bis hin zu globalen und primitiven *emotionalen Beschimpfungen,* oft gefolgt von einem plötzlichen, bösartigen Verstummen.

Verbindet man diese Vorergebnisse mit der psychologischen Grundaussage, daß Gefühle erlernt werden, dann stellt sich die Frage nach den Wirkkräften der inneren darbietungsbegleitenden Verbalisierung insbesondere im Hinblick auf Lernprozesse im Bereich *medienvermittelter Emotionen* und auf Möglichkeiten für allmählich zu erlernende *emotionale Differenzierungen.*

Genauere Angaben dazu, gewonnen unter lebensrealen Bedingungen, finden sich in zahlreichen Arbeiten aus dem Bereich der Psychoanalyse und der Kognitiven Psychologie, sie besagen, daß der sich entwickelnde Mensch zunächst lediglich über undifferenzierte Grundgefühle in den Bereichen „Lust/Unlust“ verfügt. Erst durch Benennung und Kategorisierung differenzieren sich diese Grundgefühle, kann die globale Empfindung „Lust“ erkannt, benannt und differenziert werden als z. B. „Wärme“, „Heiterkeit“, „Freude“, „Glück“, „Unlust“ als „Kälte“, „Ärger“, „Verhinderung“, „Wut“ etc.

Zu diesen psychologischen Aussagen läßt sich der Befund anfügen, daß bei einer durchgängigen Laufbild-/Laufwort-/Laufton-Rasanz die inneren emotionalen Verbalisierungen (also auch emotionale Strukturierungen und Kategorisierungen) weithin unmöglich werden. Da aber Fernsehen und Hörfunk vorab emotionale Medien sind, liegt die Frage nahe, ob und wie „fehlende Halbsekunden“ auf der Darbietungsseite sich verbinden mit Veränderungen des „emotionalen Antwortverhaltens“ auf der Rezipientenseite.

Es könnte daher durchaus im Bereich des Vorhersagbar-Erwartbaren liegen, daß sich Vielseher und Wahllos-Seher (also Rezipienten, für die Fernsehen das Leitmedium ist) in ihren emotionalen Differenzierungen unterscheiden von Wenig-Sehern (z. B. von Viel-Lesern, Viel-Hörern und Outdoor-Aktiven verschiedenster Interessen, vgl. Sturm, 1981). Zu denken ist an ein laufbild-/laufwortangepaßtes emotionales Wechselverhalten, an ein kurzzeitiges emotionales Agieren und Reagieren, auch an eine erlernte emotionale Dickhäutigkeit, verbunden mit der Suche nach stabilen emotionalen Bezugspersonen.

Zu prüfen wäre weiter die Frage, ob eine Häufung physiologisch-emotionaler Streßsituationen (in zu vielen Programmangeboten) zu einer Art Zweiteilung der Gesamtmenge der potentiellen Rezipienten führt: ob man es also mit einer steigenden Zahl von Viel- und Wahllos-Sehern zu tun hat, die – so wegen der fernsehinduzierten physiologischen Erregung – sich nur schwer vom Bildschirm lösen können, zugleich aber auch mit einer zunehmenden Abstinenz (schon) bisheriger Wenig-Seher. Dabei ist anzunehmen, daß die Wenigseher sich verstärkt um neue Informationszugänge unter Multi-Media-Bedingungen kümmern werden, ein Suchverhalten, das eine Zwei- oder Mehrfachteilung der vielberufenen „Informationsgesellschaft" beschleunigen dürfte – mit Folgen, die noch nicht abzusehen sind.

Im Sinne einer rezipientenorientierten Mediendramaturgie wären also Halbsekunden-Pausen verlangt für innere emotionale Benennungen, wie: „Der Kandidat ist traurig/enttäuscht/erfreut/gelöst" (bei einem Quiz); „Dieser Mensch scheint ehrlich/ordentlich/macht uns was vor/lügt" (bei Diskussionen und Gesprächsrunden); „Das ist unfair/gemein/mutig/anständig" (bei Reportagen und Dokumentationen). Um solchen emotionalen inneren Verbalisierungen winzige Möglichkeiten für Differenzierungen zu geben, könnte es schon genügen, daß der jeweilige Quizkandidat eine Sekunde lang ohne Aktion gezeigt wird, ein Diskussionsredner (falls er sich an die Spielregeln hält) „ausreden" darf ohne Bildunterbrechungen, die Akteure einer Reportage oder Dokumentation nach ihren Parts noch eine Sekunde „dableiben".

Gemeint sind damit keineswegs generelle nicht inhaltsbezogene Verlangsamungen oder gar inhalts- oder handlungsferne „Füll-Bilder". So ist mitzubedenken: Exakt gesetzte Übergangspausen erlauben es dem Rezipienten zu benennen und zu strukturieren, auch emotionale Grobkategorien zu differenzieren. Das aber heißt zugleich, daß der Zuschauer/Zuhörer Füllbilder, Füllhandlungen, Bild-/Wort-Ungenauigkeiten etc. eher und schneller erkennen kann als unter einheitlich „pausenlosen" Seh- und Hörbedingungen.

Versteht man unter „Mediendramaturgie" (wie hier dargelegt) den angemessenen Transport von Inhalten unter medienspezifischen Bedingungen und unter „rezipientenorientierter Mediendramaturgie" die Dazunahme von Wahrnehmungs- und Dekodierungspotentialen auf der Rezipientenseite, dann zeichnet sich ab, daß zuerst ein Thema und seine Inhalte voll durchgedacht und durchrecherchiert sein sollten, *bevor* mit Überlegungen begonnen wird für medienspezifische dramaturgische Umsetzungen. Bei der Ausbildung von Medienjournalisten sollte dies bedacht werden (vgl. Sturm, 1974 und später). Doch das ist eine andere Fragestellung.

Innere Aktivitäten und fehlende Halbsekunden Zusammenhänge von Kognitionen und Emotionen

Freilich – und das ist der nächste Schritt, auf den wir uns einzulassen haben: Die meisten Laufbild-/Fernsehbeiträge verlangen emotionale *und* kognitive Nachvollzüge und Benennungen. Und hier erhalten nun wiederum die Halbsekundenpausen bei Standort-, Situations- und Szenenwechseln (also bei den Übergängen) ihre besondere Wertigkeit. So sei noch einmal erinnert an (gelegentlich!) langsam aufgeblendete Anfangsbilder, kurz stehengelassene Schlußbilder, auf den Verzicht von unnötigen Perspektivenwechseln bei den „Umsprüngen", an „Hinweisreize auf Kommendes", sei es durch Bilder und Worte, an die Verwendung von Musik oder „anzeigende Töne", gelegentlich verbunden mit einer Bild-Wort-Rhythmik – im ganzen wohl zu wenig genutzte Möglichkeiten für Möglichkeiten zu rezipientenfreundlichen Übergängen. Auch die Qualitäten von Farben – so die Sättigung von Farben – könnte für eine inhaltsbezogene, nicht handlungsstörende Pausensetzung genutzt werden.

Selbstverständlich ist mir klar, daß es sich bei den gegebenen Hinweisen um längst bekannte und verwendete fernsehspezifische Ingredienzen handelt, und insofern ist es nicht sinnvoll, solcherart handwerkliche Voraussetzungen weiter aufzulisten.

Worum es geht, das ist die Nutzung dramaturgischer Möglichkeiten, um den Zuschauer/Zuhörer ein winziges *Stück Luftholenkönnen zu geben zwischen den verlangten Doppel-Dekodierungen von Laufbildern und Laufworten und seinen kognitiven und emotionalen*

Nachvollzügen – also für seine darbietungsbegleitenden inneren Aktivitäten, insbesondere seine inneren Verbalisierungen.

Vielleicht ist hier ein Hinweis auf die Hörfunk-Praxis nützlich: Der erfahrene Hörfunkregisseur und Hörfunktechniker ist – immer noch – an der Pausensetzung erkennbar, wobei hinzuzufügen ist, daß sich der Hörfunk mit der Pausensetzung viel leichter tut als das Bild und Ton vermittelnde Fernsehen.

Doch dürfte die Medienpraxis insgesamt von einer zunehmenden Pausenlosigkeit betroffen sein, daher sollten Gegenüberlegungen bald schon wichtig werden, und zwar keineswegs nur unter dem allzu simplen Gesichtspunkt von Verlangsamungen und Bildverlängerungen.

Speziell mit Blick auf neue Medientechniken und Multimedia-Bedingungen könnte eine neubedenkende Kreativität gefordert sein: eine Aufeinanderbeziehung zwischen reflektierten kenntnisstarken medienpraktischen Erfahrungen und den inneren Aktivitäten von Laufbild-Laufwortrezipienten, hier festgemacht an einem Gelenkpunkt von Medienwirkungen, den Pausensetzungen einer rezipientenorientierten Mediendramaturgie.

Solche Bemühungen um fernseh-adäquate Pausensetzungen betreffen Verständnisleistungen und emotionale Befindlichkeiten der Zuschauer/Zuhörer gleichermaßen. Denn hier kommt die emotionale physiologische Erregung wieder ins Spiel mit ihren dominanten Folgen für Verstehen und Verständnis, Behalten und Erinnern – Emotionen und Kognitionen greifen ineinander. Dieses Zusammenwirken kann in der Weise beschrieben werden, daß die darbietungsbegleitende physiologische Erregung ihre Richtung und Qualität durch den jeweiligen kognitiv-personalen Vorspann erhält, oder anders ausgedrückt: Die intellektuellen Bewertungen bestimmen, worauf sich unsere physiologische Erregung richtet und wie wir mit ihr umgehen.

Dieses Ineinandergreifen von darbietungsbegleitenden Emotionen und Kognitionen kann bei Wahllos-Sehern und Langzeitsehern recht gravierende Folgen haben. Zu denken ist hier an die Gegebenheit, daß Fernsehen vorab ein „emotionales Medium" ist, es veranlaßt langdauernde emotionale Eindrücke. Durch seine Kurzzeitigkeiten und Pausenlosigkeiten verhindern die Laufbild-/Laufwortmedien aber zugleich, daß der Rezipient diese „Dominanz des Emotionalen" innerlich-differenzierender benennen kann. Auf Dauer gesehen ergibt das ein Überwiegen von undifferenzierten emotionalen Eindrücken und Erinnerungen, die sich verbinden können mit neuen unabsehbaren Grob-Emotionen oder mit Kognitionen, zu denen keine personalen Erfahrungen oder Differenzierungen vorliegen.

Nach diesen Hinweisen zum Ineinandergreifen von Emotionen und Kognitionen lassen sich Kenntnisse erfahrener, ihre Arbeit reflektierender Medienpraktiker verbinden mit den empirischen Befunden zur darbietungsbegleitenden physiologischen Erregung. Diese besagen, daß ein inneres Mitgehen des Rezipienten besonders dann gegeben ist, wenn *Spannungserzeugung* und *Spannungslösung* in einem gewissen Gleichgewicht sind, wenn also eine *mittlere physiologische Erregung* sozusagen „übrigbleibt". Dies bedeutet einen Verzicht auf durchgängig überhöhte Bild-/Ton-Reize, doch ähnlich ist eine durchgängige Bild-Ton-Einförmigkeit zu vermeiden. Neue Fragestellungen zu bisher weithin gleichförmig abgehandelten Themen (zum Beispiel bei politischen Sendungen), neue Gesichter, Tempowechsel können sehr aufmerksamkeitssteigernd sein, auch Musikeinsätze und die Verwendung einer Bild-/Ton-/Wort-Rhythmik.

Erfahrene, nachdenkliche Medienpraktiker bestätigen diese wissenschaftlichen Erfahrungen oft durch ihr Tun: Sie wissen, daß Dauergeschrei und Dauerhektik die Aufmerksamkeit nicht befördern. Sie sind bemüht, auf Passagen der Hektik Passagen der Ruhe folgen zu lassen – und umgekehrt; sie wissen aus ihrer Erfahrung um die Wichtigkeit des Zusammenhangs von Spannungsaufbau und Spannungslösung. Doch vergessen sie gelegentlich, daß sie selber einen Laufbild-Laufwortbeitrag meist mehrmals gesehen und bearbeitet haben, bevor er zur Ausstrahlung kommt. Der Zuschauer/Zuhörer hingegen erlebt den Beitrag zum ersten Mal. Er braucht ein paar Halbsekunden mehr, um sich einzusehen und einzuhören.

Ebenso wissen erfahrene Medienpraktiker und Wissenschaftler, daß ein gebanntes Hinstarren auf den Bildschirm nichts aussagt über Interesse, Verständnis und emotionale Zufriedenheit. Sie wissen weiter, daß – im jeweiligen Augenblick – der stärkere Reiz den schwächeren verdrängt: Wir sehen hin, bei schnellen Bewegungen (auch Laufbild-Bewegungen) und hören hin, wenn es kracht oder wenn überlaut gesprochen wird (es handelt sich um instinktgesteuerte Orientierungsreflexe) – aber Dauerhektik und überhöhte Dauer-Töne verlieren bald an Wirkung und Attraktivität. Ein Teil der Rezipienten bleibt zwar starr vor dem Bildschirm sitzen (die strapazierte physiologische Erregung erschwert den Ausstieg), ein weiterer Teil sucht per Fernbedienung nach den stärkeren Medienreizen oder nach weniger aufmerksamkeitsheischenden Angeboten. Insbesondere jüngere Zuschauer und Zuhörer aber suchen zunehmend nach Medienangeboten, die ein personales Dazutun erlauben, die eine eigene Informationssuche gestatten; sie nutzen ihre Computer und die erreichbaren Computer-Medien und erschließen sich eigene Informations- und Kommunikationswege.

Auch von seiten der neuen Medien läßt sich also die Frage stellen, warum das Laufbild-Laufwortmedium Fernsehen sich nur in recht engen Grenzen um neue Zuschauerschichten bemüht. Sicherlich verführt das (oft genannte) „Diktat der Einschaltquoten" dazu, daß man versucht, die Zuschauer und Zuhörer durch Hetzigkeit und Fetzigkeit, durch verstärkte Auffälligkeiten und lautstarke Globalankündigungen sich gegenseitig abzujagen, und zwar innerhalb desselben, des eigenen Systems. So kommt es vermehrt zu immer mehr inhaltlichen und formalen Ähnlichkeiten, zu austauschbaren undifferenzierten Allgemein-Fragen und zu ebenso austauschbaren Allgemein-Antworten, zumeist gestellt und gegeben von Fragern/Antwortenden, die sich einlassen auf eine „Kurzatmigkeit des Allgemeinen", die nicht stören im pausenlosen Diktat der eingeplanten Minuten und Sekunden (wobei sich die Frage stellt: Eingeplant von wem, von welchen Sachkennern, mit welcher Kompetenz?).

Ein solches Vorgehen nach dem Diktat der Einschaltquoten verweist auf einen sehr kurzfristigen Denkansatz, denn im Grunde führt man einen Kampf nur um einen Teil der potentiellen Zuschauer und Zuhörer, nämlich um jene Rezipienten, die „dranbleiben" sollen, auch um jene, die auf einen besonderen Reizzustrom aus sind, die sich gerne einlassen auf eine außengesteuerte Erregung (die channel-switcher gehören zweifellos dazu) – es vernachlässigt aber die durch übermäßige Reizzufuhren eher verärgerten, verstörten und gereizten Seher und Hörer. Bei dem derzeitigen Kampf um Zuschauer-Anteile wäre es demnach sinnvoll, sich verstärkt um die mehr auf sich selbst gerichteten Rezipienten zu bemühen, die fetzige Außenreize eher abblocken, die kognitive und emotionale Erwartungen und Erfahrungen dazutun und einbringen wollen in die vorgeführten Fernsehdarbietungen.

In Fortführung früherer Anmerkungen ergibt sich eine gewisse Dringlichkeit, sich ebenso wie um den extravertierten Rezipienten um den eher introvertierten Fernsehteilnehmer zu bemühen – bislang hat man sehr direkt auf den eher extravertierten Rezipienten gesetzt. Um Mißverständnisse zu vermeiden, ist hierzu noch anzufügen, daß Extraversion/Introversion mit Intelligenz und Verständnisfähigkeit nichts zu tun haben – es handelt sich vielmehr um einen jeweils anderen Umgang mit Außenreizen und ihrer besonderen Rasanz. Zudem ist zu vermerken, daß auch der eher introvertierte Rezipient sich vom Medium Fernsehen stimulieren läßt – nur erreicht er schneller das Erregungsniveau „unangenehm". Insofern – und das ist deutlich zu machen – dürfte der eher introvertierte Rezipient keineswegs zufriedenzustellen sein mit langweiligen, ungenauen, pointenlosen Beiträgen. Im Gegenteil: Er ist – weil „nach-denklicher" – sehr direkt angewiesen auf präzise Fragen und genaue Nachfragen, auf eine stimmig-nachvollziehbare Handlungs- und Darbietungsdramaturgie, auf richtig gesetzte Halbsekunden- und Übergangspausen.

Doch von welcher Seite man das Problem der Laufbild-Laufwortangebote und ihrer Wirkungen auch angeht: Es bleibt die Grundfrage, ob und zu welchen personalen Veränderungen die Dauer-Anpassungen an medienspezifische Außenreize führen können. Daß hiervon besonders Kinder betroffen sind, ist naheliegend. Weiter ist vorhersehbar, daß es sich um lange Zeiten des Übergangs handeln wird, bis Annäherungen an eine kommunizierbare Laufbildsprache sich abzeichnen werden.

Personale Veränderungen und die lange Zeit des Übergangs: Wortsprache und Bildgrammatik

Schon die Fragestellung führt in neu zu bedenkende Dimensionen eines späterhin möglichen veränderten menschlichen Aktions- und Reaktionsverhaltens, denn zu negieren ist es nicht, daß sich – über Generationen gedacht – Veränderungen in der Grundausstattung des Menschen vollziehen: so dadurch, daß wir es – soweit bekannt – erstmals mit Daueranpassungen an (weithin fremdgesteuerte) Laufbildreize zu tun haben. So ist vorstellbar, daß über solche Laufbildreize bestimmte Regionen des Gehirns Stimulierungen erfahren, zu denen es bislang keine Vergleichsmöglichkeiten gibt.

Zu solchen Vorausüberlegungen, ob und wann und unter welchen Bedingungen es zu Veränderungen der menschlichen Grundmuster von Aktionen und Reaktionen kommen könnte, tritt zugleich die Frage, ob mögliche Veränderungen eher zu Regredierungen/Einengungen/Primitivierungen führen oder zu Reifeprozessen/Erweiterungen und Differenzierungen. Immerhin dürfte die Voraussage kaum abzuweisen sein, daß bei abrupt-verlangten Anpassungen an durchgängig neue Außenreize etliche Verzichte auf bisherige Differenzierungen und Verhaltensstandards kaum zu vermeiden sind, verbunden dann – vielleicht – mit neuen Standards des Fühlens, Fühlens und Handelns.

Denn – und darauf zu verweisen, erscheint mir wichtig: Von einer auch nur vorläufig-verläßlichen „Bildgrammatik“ waren wir bis vor kurzem noch weit entfernt; und das bedeutet, daß über Laufbildaussagen nur sehr begrenzt kommuniziert werden konnte, und weiter, daß der Rezipient im Hinblick auf Laufbilddekodierungen noch über lange Zeitstrecken hinweg auf personale „innere verbale Benennungen“ angewiesen ist (und von daher verwundert es nicht, daß die Viel-Leser zumeist die besseren Laufbildversteher sind). So haben wir bislang nicht einmal Anfänge für eine handhabbare „Laufbildstatistik“ (wohl aber gründliche und immer wieder fortgeschriebene „Wort-Statistiken“), wir haben selbst für kleinste Bild-Zeitreihen noch keine generalisierbaren Ablaufcodes (wohingegen bei verbal-sprachlichen Abläufen die grammatikalische Struktur weithin festgelegt und daher voraus-denkend erwartbar ist).

Es könnte demnach sein, daß kenntnisreiche Bemühungen um eine den Laufbilddarstellungen und Laufbildaussagen angemessene Wortsprache die zunächst wichtigsten Schritte sind für verläßliche Kommunikation über Laufbildmedien und ihre Wort-/Ton-Anteile. Einen beachtenswerten Versuch dazu hat Christian Doelker vorgelegt. Er schreibt: „Ausgehend von den Spannungen, Problemen und Widersprüchen, die das kulturelle Element Bild in der Mediengesellschaft birgt, weden visuelle Sprache und verbale Sprache einander in ihren grundsätzlichen Leistungsmöglichkeiten gegenübergestellt und anhand eines erweiterten Textbegriffs Möglichkeiten einer Symbiose geprüft und angeregt" (Doelker: „Ein Bild ist mehr als ein Bild. Visuelle Kompetenz in der Multimedia-Gesellschaft", 1999). Sollte diese richtungsweisende Arbeit die ihr gebührende Resonanz erfahren, dann wären Ausgangspunkte gesetzt für Annäherungen zwischen Bild-/Laufbild-Codes und den Codes der Verbalsprachen, auch der Fachsprachen. Man sollte diesem Weg folgen.

Geht man davon aus, daß Wort- und Bildsprache wohl über lebenslange Zeitstrecken aufeinander angewiesen sind, und erlaubt man sich die Hoffnung auf mögliche neue Dimensionen menschlicher Kommunikation, dann verbinden sich manche Überlegungen für eine rezipientenorientierte, kommunikationsfreundliche Mediendramaturgie mit neuen Aspekten. Unter diesem Blickpunkt möchte ich noch einmal darauf hinweisen, daß das Fernsehen ein Bild- *und* Wortmedium ist: Wird die eine Seite vernachlässigt, so leidet auch die andere, und je unbedachter dies geschieht, desto schwieriger sind die Bedingungen für das Werden und das allmähliche Erlernen von Bild-Wort-Kommunikationen, bis hin – vielleicht – zu späteren Möglichkeiten einer kommunikationsfähigen „Laufbildsprache".

Den Laufbild-Laufwortmedien könnte also eine entscheidende Rolle zukommen für eine allmählich sich entwickelnde kreative Ausweitung und Präzision menschlichen Kommunikationsverhaltens. Vorstellbar sind neue Verstehens- und Beurteilungsmöglichkeiten besonders hinsichtlich der Wort-Bild-Bezüge „konkret-abstrakt", dies auch in Verbindung mit emotionalen Einschätzungen und Bewertungen bis hin zu Veränderungen des sozialen Umgangs und sozialer Standards (denn jede soziale Bewertung/Handlung hat eine vorgeschaltete kognitive und emotionale Komponente).

Von der Medienseite wären – insbesondere bei sachlich-informierenden Beiträgen – exakte, aufeinander beziehbare Bild-/Wort-Anteile zu verlangen, verbunden mit einer Dramaturgie, die personale innere Benennungen des Bild-Wort-Bezugs gestattet. Hier dargelegt wurde das Problem der Halbsekundenpausen im Zusammenhang mit der dominanten inneren Rezipientenaktivität der „inneren Verbalisierung" bei allen Medienbeiträgen mit Laufbild-Anteilen.

Doch bleibt hinzuzusetzen: Von welchen Standorten aus wir den Fragekomplex der Annäherungen zwischen Bild- und Wortsprachen auch angehen, wir haben es mit langlaufenden Sozialisationsprozessen zu tun, deren Verlaufsform und Endpunkte kaum abzuschätzen sind.

VII

Mediendramaturgie und Sozialisation
Die Dominanz der Verlaufsprozesse

Spätestens ab Kapitel V – „Das Problem der Erfassung dominanter Wirkungspotentiale" – ist die Frage aufgeworfen nach den Zusammenhängen von Mediendramaturgie und Sozialisation.

Der Begriff Sozialisation verweist auf Entwicklungsprozesse im sozialen Feld (und auch hier gilt: Rückentwicklungen mit eingeschlossen), also auf längere Zeiträume und wiederholte Einflußnahmen. Es ist daher bedauerlich, daß Sozialisation oder Mediensozialisation häufig als Schlagworte oder Füllbegriffe gebraucht werden und ohne Bezug bleiben zu medienvermittelten Langzeiteinflüssen im Hinblick auf Anpassungen/Nichtanpassungen der Rezipienten/Nutzer in sozialen Umfeldern und Gesellschaften. Nach meinen Recherchen war der Begriff Sozialisation bis gegen 1960 hierzulande nahezu unbekannt (er findet sich nur in wenigen Fachveröffentlichungen), wurde dann aber um so eifriger benutzt.

Um einen Ausgangspunkt zu setzen, möchte ich zunächst ausgehen von der Definition des Oxford Dictionary von 1828: „to socialise" ist hier ausgewiesen als „to render social, to make someone fit for living in society". Damit, so meine ich, deutet sich an, daß unter Sozialisation ein lebenslanger Vorgang zu verstehen ist, abhängig von einem Universum von Einflüssen, zudem verbunden mit wechselnden gesellschaftlichen Ansprüchen und Abwehren; die Rolle der Medien dürfte sich daher kaum durch Schnell-Etikettierungen benennen lassen.

Zur Klärung von Fragen zur Mediensozialisation ist ein Ansatz verlangt, der über die „Ist-Aufweise" von Wirkungen hinausreicht: Es geht um die Erfassung von *Verlaufsprozessen* medienspezifischer wie personaler Wirkungspotentiale.

Im Hinblick auf das reichlich diffuse Beziehungsgeflecht „Fernsehen und Sozialisation" ist es das Verdienst der amerikanischen Forscherin Aimée Dorr, durch exakte Fragestellungen, durch Herausarbeitung anwendbarer Kriterien wie durch zahlreiche empirische Untersuchungen dieses Beziehungsgeflecht durchschaubarer gemacht zu haben – wobei ihr Vorgehen eine Übertragung auf Multi-Media-Bedingungen erlaubt und nahelegt. (Im folgenden beziehe ich mich auf den Themenband der Zeitschrift *Fernsehen und Bildung* „Fernsehen und Sozialisationsprozesse in der Familie", 1975. Vgl. darin auch Saxer. Für kommunikationswissenschaftliche Weiterführungen siehe Saxer, 1988.)

Ausgehend von amerikanischen Arbeiten kommt Aimée Dorr zu der Frage: „Welche Sozialisationsstrategien stehen der Familie zur Verfügung und welche dem Fernsehen?" Eine ihrer Antworten ist, daß Sozialisation in der Familie durch Beispielgebung, Bekräftigung und Bestrafung, durch Ermutigung und durch Beachtung der Bedürfnisse des Kindes geschieht. Das Fernsehen hingegen habe nicht so viele Sozialisationsstrategien zur Verfügung. Im Gegensatz zur Familie könnte es seine Beispiele nicht auf das einzelne Kind zuschneiden. Verstärker wie Zärtlichkeit, Liebe, Speis und Trank könne das Fernsehen nicht bieten, hier seien seine Grenzen. Das Fernsehen könne jedoch ermutigen, bestimmte Verhaltensweisen zu probieren und andere zu unterlassen (siehe Grewe-Partsch, 1982).

Diese Frage nach den Unterschieden in den Sozialisationsstrategien von Familie und Fernsehen wird dann bezogen auf die Möglichkeiten der Beispielgebung in Familie und Fernsehen:

„Wir wissen aus experimentellen Untersuchungen (Mischel, 1968), daß Häufigkeit, Konsistenz und Mächtigkeit von Beispielen Kinder in ihrem Verhalten beeinflussen. Wir wissen auch, daß Familien in der Häufigkeit, Konsistenz und Mächtigkeit der von ihnen gegebenen Beispiele variieren und daß diese Variationen eine Wirkung auf das heranwachsende Kind haben können (Bandura und Walters, 1963). Wir wissen ebenso, daß die Fernsehprogramme Variationen in der Häufigkeit, Konsistenz und Mächtigkeit der Beispiele bieten (Liebert, Neale und Davidson, 1973). Inhaltsanalysen, die sehr viel leichter mit dem Fernsehen als mit einer Familie durchgeführt werden können, erlauben uns, die dargebotenen Beispiele im Hinblick auf ihre Häufigkeit, Konsistenz, Mächtigkeit und Variation zu beschreiben und diese Muster für jedes einzelne Kind zu spezifizieren" (Dorr, 1975).

Mit den Zuordnungen „Häufigkeit/Konsistenz/Mächtigkeit und Variation" zu vorgegebenen Beispielen sind Grundlagen benannt zum Erkennen von Sozialisationseinflüssen unter Fernsehbedingungen wie unter lebensrealen Bedingungen. Für Multi-Media-Angebote hieße das: Welcherart Beispiele erscheinen in Häufigkeit, Konsistenz, Mächtigkeit und in Variationen in überzufälligen Ähnlichkeiten und Wiederholungen? Und auch: Welcherart Beispiele werden nicht angeboten, sind nicht auffindbar?

Durch eine Vielzahl von Inhaltsanalysen konnte für amerikanische Kinderprogramme nachgewiesen werden, daß sich in ihnen sehr ähnliche Muster der Beispielsetzung finden ließen, also Sozialisationswirkungen angemeldet waren.

„Zusammengenommen weisen alle diese Inhaltsanalysen darauf hin, daß die amerikanischen Kinder im Fernsehen eine Welt zu sehen bekommen, bevölkert von weißen Männern, die sich zur Lösung von Konflikten der Drohung und der physischen Gewalt bedienen. Sie sind von einer lauten Fröhlichkeit, erreichen ihre Ziele, beherrschen andere, sind aktiv, erfolgreich und im allgemeinen nicht sehr liebevoll, und sie führen ein verhältnismäßig einsames Leben, offensichtlich ohne einträglichen Beruf.

Gelegentlich erscheinen auch Frauen, Farbige und einige Vertreter anderer Minoritätengruppen der Vereinigten Staaten. Meistens werden sie jedoch von den weißen Männern beherrscht, sind im allgemeinen nicht aggressiv, relativ unterwürfig und bar aller gescheiten Ideen, die sich in die Praxis umsetzen ließen. Eingestreut in diese Inhalte sind unzählige Hinweise darauf, daß Amerika voll ist von interessanten und notwendigen Dingen, die man unbedingt kaufen sollte."

Diese frühen Aussagen zu Sozialisationsmustern amerikanischer Fernsehprogramme haben zahlreiche Fortschreibungen erfahren, man weiß also ziemlich genau, welcherart Inhalte das US-Fernsehen bevorzugt und wiederholt verbreitet. Leider gibt es zu diesen langlaufenden programmbegleitenden Inhaltsanalysen hierzulande nur wenig Entsprechungen – es lassen sich daher auch keine verbindlichen Aussagen machen, welche Inhalte und Handlungsmuster im deutschsprachigen Fernsehen immer wieder ähnlich erscheinen. Doch könnte sein, daß sich das ändert, die inhaltsanalytischen Arbeiten haben in den letzten Jahren eine starke Verbreitung und Aufwertung erfahren – für Fragen zur Mediensozialisation sind sie eine Vorausbedingung, auch im Zusammenhang mit Interaktionsanalysen zu den Kriterien Häufigkeit, Konsistenz, Variation und Mächtigkeit.

Diese *inhaltlich-beispielsetzenden* Sozialisationskriterien sind aber nur eine Seite der fernsehspezifischen Sozialisationspotentiale. Unter Langzeitbedingungen und Sozialisationsgesichtspunkten könnten den *formalen medienspezifischen Angebotsweisen* weiterreichende Wirkungen zukommen (auch im Zusammenhang mit künftigen Fernseh- und Laufbildentwicklungen z. B. mit Videoclips, Computeranteilen und neuen Produktionstechniken).

Es geht also um die Frage nach den fernsehtypischen Präsentationsarten von Inhalten als variationsreich immer wiederkehrende Sozialisationsfaktoren. Damit verbindet sich die Annahme, daß die bislang kaum vermerkten Langzeiteinflüsse variationsreicher medientypischer Präsentationsarten kontinuierlich-direkt beitragen zu einem veränderten Umgang mit Zeiteinheiten und Inhalten.

Diese Annahme gilt es zu begründen:

- Zunächst ist davon auszugehen, daß – trotz vieler Einförmigkeiten/Ähnlichkeiten fernsehvermittelter Inhalte – die Seite der „inhaltlichen Angebote“ dem Rezipienten zahlreiche Auswahlmöglichkeiten läßt. Zudem bringen die jeweiligen Aktualitäten mancherlei Wechsel mit sich, inhaltliche Veränderungen bringen auch neue Redaktions- und Produktionsteams, Programmplan-Änderungen etc. Hingegen:
- Weitgehend gleichbleibend ist die „Art des Transports in Inhalten“ mit den üblichen fernsehspezifischen Angebotsweisen: also durch Bild-/Wort-Bezüge, Schnitte, Schwenks, Zooms, Beleuchtungs-/, Musik-/, Geräuscheffekte etc. Diese formalen medienspezifischen Angebotsweisen sind es also, die immer wieder erscheinen – und zwar weithin unabhängig von den jeweiligen Inhalten. Unter den Kriterien „Häufigkeit, Konstanz und Varia-

tion" müssen daher dem „Wie der Präsentation" besondere Sozialisationswirkungen zugeschrieben werden.

- Schließlich ist darauf aufmerksam zu machen, daß der Rezipient gegenüber Inhalten (und Personen) durchaus gewisse Voreinstellungen mitbringt: Man ist für oder gegen eine Partei oder Institution, für oder gegen bestimmte Bildschirmakteure, hat Interesse/Nicht-Interesse an benennbaren Themen etc. Oder einfacher gesagt: Medienvermittelte Inhalte erfahren stets eine Filterung durch emotionale und kognitive Voreinstellungen der Rezipienten, durch seine Erfahrungen und Erwartungen. Gegenüber den formalen medienspezifischen Angebotsweisen aber hat der Rezipient weitaus geringere Filtersysteme für kognitive und emotionale Bewertungen.

Folgt man diesen Überlegungsschritten, dann dürften sich kaum Einwände dagegen finden lassen, daß die stetig verlangte Anpassung an die formalen medienspezifischen Außenreize ein zentraler Sozialisationsfaktor ist. Denn unter Sozialisation sind eben nicht vereinzelte oder einmalige Erlebnisse/Ereignisse und Beispiele zu verstehen, sondern dauernd veranlaßte Aktionen und Reaktionen hinsichtlich immer wiederkehrender, vielfach variierter, doch in sich ähnlicher Beispiele und Präsentationen. Und insofern kommt solchen variationsreichen Dauer-Angeboten (und zwar zunächst gleichgültig, von welcher Sozialisationsinstanz sie ausgehen) eine besondere, langanhaltende, nur schwer zu verändernde Gewichtigkeit zu.

Dies mag bis zu eindeutigen Veränderungen personaler Verhaltensweisen wie zu Veränderungen gesamtgesellschaftlicher Befindlichkeiten und Handlungen reichen.

Unter dem Blickpunkt des Fernsehens als Sozialisationsfaktkor verdienen also die immer wiederkehrenden medienspezifischen Transportmuster von Inhalten besondere Aufmerksamkeit, und zwar wegen ihrer vielfältigen Verkürzungsmöglichkeiten und der damit verbundenen vorhersehbaren Beendigungen und Umsprüngen: Zu denken ist an Schnitte, Schwenks, Zooms, an Kamera- und Mikrofonwechsel, an Umsprünge von Bild auf Wort und von Wort auf Bild. Diese Umsprünge und Verkürzungen verlangen vom Rezipienten ein Anpassungs- oder Abwehrverhalten, das nur unter

Laufbildbedingungen zu erwerben ist; es gibt bislang kaum andere Lern- und Trainingsmöglichkeiten.

Es ist daher anzunehmen, daß sich bei einem hohen und zunehmenden Laufbild-Laufwortkonsum auf der Zuschauer-/Zuhörerseite Aktionen und Reaktionen zeigen, die Sozialisationswirkungen gleichzusetzen sind, und zwar im Sinne von verlangten Schnellanpassungen an medienspezifische Außenreize.

Solche fernseh-/laufbildspezifischen Sozialisationswirkungen – ausgehend von den formalen medienspezifischen Angebotsweisen und dargelegt in den vorausgegangenen Kapiteln – könnten sich beziehen u. a. auf

- Veränderungen in Umgang und Bewertung emotionaler Eindrücke (so hinsichtlich der emotionalen Erinnerungen gegenüber den Hundertschaften von Bildschirmakteuren wie im Zusammenhang mit emotionalen Differenzierungen);
- Veränderungen der laufbildgesteuerten physiologischen Erregung (es könnten besondere Reizkonstellationen nötig sein für eine kognitiv-emotionale Betroffenheit, zugleich dürften besondere Sensibilisierungen nicht auszuschließen sein);
- ein Auseinanderklaffen der Beziehungen zwischen „Konkret und Abstrakt" (bis hin zu vermehrten konkreten und abstrakten Klischees im Intellektuellen wie im Emotionalen);
- eine zunehmende laufbildspezifische Außenlenkung vor allem bei Darbietungsarten, die dem Rezipienten keine Freiräume lassen für eigene „innere Verbalisierungen/innere Aktivitäten" und damit für ein Einbringen/Dazutun eigener Erfahrungen und Erwartungen.

Unter dem Kriterium dieses langfristig beeinflussenden – und oft kaum vermerkten – Wirkungspotentials der formalen medienspezifischen Angebotsweisen dürfte demnach den Fernseh-/Laufbilddarbietungen die Rolle eines Sozialisationsagenten/einer Sozialisationsinstanz zukommen, denn hinsichtlich des „Wie der Präsentation" sind Fernseh-/Laufbildprogramme weltweit vergleichbar und ähnlich – und zwar unabhängig von Themen und Inhalten, den politischen Konstellationen etc.

Allerdings verlangen diese Darlegungen nach einer Ergänzung, denn die in ihren Präsentationsarten weltweite Sozialisationsinstanz Fernsehen ist nur ein Sozialisationsfaktor neben vielen anderen wie Familie, Schule, Ausbildungsstätten, Jugendgruppen, Vereinen und Verbänden. Damit aber ist zugleich eine Frage von hoher gesamtgesellschaftlicher Relevanz angesprochen, nämlich die, ob dieser Sozialisationsfaktor Fernsehen einen steigenden Einfluß erhält in dem Maß, wie Darbietungsformen des Fernsehens eingehen, übernommen und imitiert werden von fernseh-unabhängigen Veranstaltungen und Veranstaltern.

Zahlreiche Beobachtungen sprechen dafür. Zu denken ist an eine besondere Art von „Kurzdarbietungen" bei Lehr-, Tagungs- und Seminarveranstaltungen: Da wird auf die Darlegung einer Frage oder Sache verzichtet – an ihre Stelle treten „Kurz-Statements"; bei Vorträgen werden Bild-/Ton-Unterbrechungen erwartet; selbst wissenschaftliche Veranstaltungen begnügen sich zunehmend mit „Thesen", wobei oftmals „plakative Thesen" erwünscht sind (etwa mit den fernsehspezifischen „Pro-und-Kontra"-Argumenten vergleichbar, die jedoch oft nicht zutreffen; die meisten Sachverhalte sind weitaus komplizierter, als daß sie sich in kurze „Pro-und-Kontra-Formulierungen" auflösen ließen).

Sollte sich also das Fernsehen als eine Art „Leitmedium" für Darstellungsfragen etablieren, dann freilich wären seine medienspezifischen Kurzzeitigkeiten ein Sozialisationsfaktor von enormer Dominanz.

Laufbildmedien und neue Medientechniken
Direkte und indirekte Wirkungen

Angelangt bei diesem Problemfeld des Bedenkens, zeichnen sich sowohl *direkte wie indirekte Sozialisationswirkungen* der Laufbildmedien ab.

Zunächst stellt sich die Frage, inwieweit das bisherige Leitmedium Fernsehen Einfluß genommen hat auf ihm vorausgegangene Medien (z. B. auf Printmedien und Hörfunk) und weiterhin Einfluß nimmt (z. B. auf Computermedien, interaktive Medien, auf neue

Lernmedien etc.). Zu den Organisations- und Rechtsfragen gibt es eine weitgestreute Literatur von Kommunikations- und Publizistikwissenschaft, von Soziologie und Politologie, auch zahlreiche juristische Aussagen und Urteile (z. B. zur Medienkonzentration, zu Wettbewerbsbedingungen, zu Kommunikationsordnungen, zur Journalistenausbildung – die Themenliste ist fast unbegrenzt). Schon bei einer Analyse dieser Organisations- und Rechtsprobleme zeigt sich, daß zwischen direkten und indirekten Wirkungen/Auswirkungen des expandierenden Fernseh-/Laufbildgeschäfts kaum unterschieden werden kann – ein Befund mit weitreichenden, kaum bedachten Folgen.

Für das Problem der personalen Sozialisation ist die Frage nach direkten und indirekten Laufbild-/Laufwort-Wirkungen zentral, so im Zusammenhang mit der Nutzung neuer Medientechniken, die es dem Rezipienten erlauben, sich seine eigenen Laufbild-/Laufwortprogramme zusammenzumixen (und je nach Nutzungslage dürften die dazugehörigen Laufbilder/Laufworte den jeweiligen Trends entsprechen). Dazu ein Hinweis: Einige Direktwirkungen des Fernsehens könnten wohl durch eine erweiterte und exakte Vielseherforschung erschlossen werden, auch durch Fragestellungen, die sich vornehmlich auf immer wiederkehrende Spezifitäten des „Wie der Präsentation" zu richten hätten in Verbindung mit den dazugehörigen Aktionen und Reaktionen bestimmter Rezipientengruppen (so hinsichtlich ihrer Wahrnehmungsstrategien, ihres Verbalisierungs-/Differenzierungsverhaltens gegenüber lebensrealen wie medienvermittelten Emotionen etc.).

Die *indirekten* Wirkungen dürften sich vorab in vielfältigen Einflüssen des Fernsehens zeigen im Hinblick auf Nachahmungen/Unterstützungen seiner kurzzeitigen Angebotsmuster durch weitere Sozialisationsinstanzen: im Lehr- und Lernbereich etwa durch Versuche, jede Art von (angenommener) Langweiligkeit zu vermeiden durch vielfältige abgewandelte Fernsehimitationen.

Dieser gleichzeitige Blick auf direkte und indirekte formal-laufbildspezifische Sozialisationsfaktoren erscheint deswegen notwendig, weil sich von dort her erst die entscheidenden Fragen nach heutigen und zukünftigen Sozialisationsbedingungen stellen lassen: So geht es um die stetige Forschungsfrage z. B. nach Ei oder Henne –

hier darum, ob Vielseher über ihr Leitmedium zu neuen Anpassungs- und Abwehrleistungen veranlaßt werden oder ob es bestimmte Zuschauer- und Zuhörergruppen gibt, die aufgrund ihrer Persönlichkeitskonstellationen in besonderer Weise zum Vielsehen tendieren (vgl. Sturm und Grewe-Partsch, 1977; Sturm, 1981).

Zugleich aber meldet sich die Frage nach Rezipientengruppen, die auf die „Kurzzeitigkeiten des Fernsehens" mit einer Art Fluchtverhalten antworten (so dadurch, daß sie ihren Fernsehkonsum drastisch reduzieren) wie gegenüber lebensreal-nachgeahmten Fernsehspezifitäten ähnliche Fluchttendenzen haben (wobei sich die Frage stellt „Flucht wohin?" Ebenso stellt sich die Frage nach möglichen Auffangsystemen – Probleme, die uns vielleicht schon bald beschäftigen werden).

Diese Hinweise bilanzierend, bleibt das Fazit: Die formalen laufbildspezifischen Angebotsmuster sind dominanten Sozialisationsfaktoren gleichzusetzen, und wie alle echten Sozialisationsfaktoren greifen sie über die jeweiligen Sozialisationsinstanzen hinaus: Sie betreffen – zumindest temporär – das gesamtgesellschaftliche Umfeld, man kann sich ihnen so gut wie nicht entziehen. Zwar sind verschiedene Gegensteuerungen und Eskapismen vorstellbar und (in Grenzen) durchführbar, doch ist ein stetiger Bezug gegeben zu immer wiederkehrenden Beispielsetzungen in Häufigkeit, Konstanz und Variation.

Für die formalen laufbildspezifischen Sozialisationswirkungen heißt das: Selbst wenn man sich entschließen würde, an keinerlei Fernseh- und Videodarbietungen teilzunehmen (was einer völligen Isolation gleichkäme und daher unter lebensnormalen Bedingungen kaum möglich wäre), bestimmte Auswirkungen des Sozialisationsfaktors Fernsehen sind nicht abblockbar – so hinsichtlich der Erwartungen an bestimmte Abwechslungen/Kurzweiligkeiten, an verkürzte Fragen und Antworten, an Sprachtempi, physiologische Erregungsmomente, Begriffskomprimierungen – die Reihe der Beispiele ließe sich fortsetzen, wobei eine zutreffende Kategorisierung oder gar Bewertung solcher Beispiele/Beobachtungen außerordentlich schwer fallen dürfte.

Denn – bei allem noch so kenntnisreichen Vorausbedenken: Wir haben uns einzugestehen, daß wir es erstmals in der uns bekannten

Geschichte der Menschheit mit der Gleichzeitigkeit permanenter Laufbild-/Laufwort-Abläufe zu tun haben, die uns Anpassungen abverlangen, deren Ausmaße und Endpunkte wir nicht kennen. Wir wissen bislang nicht, ob und welche psychischen Neuformierungen sich entwickeln werden, und wir wissen nicht genug über genetisch-physische Anpassungsmöglichkeiten und Begrenzungen.

Allerdings weiß man, daß es solche Begrenzungen gibt, und auch, daß ihre Überschreitungen gekennzeichnet sind durch Verfall und Zusammenbrüche menschlicher Koordinations- und Kommunikationssysteme: Man mag an ständig wiederkehrende emotionale Überforderungen denken, doch ebenso an ständige Überlastungen menschlicher Dekodier- oder Speicherkapazitäten.

Wir haben es also mit (zumindest) zwei Problemlagen zu tun: zum einen mit der menschlichen Ausstattung in Verbindung mit einer langtradierten Wortkultur und einer raumbegrenzten/eher statischen Bildkultur; zum anderen mit der Überlegung, daß bei permanenten Konfrontationen mit bislang nicht vorhandenen Gegebenheiten dominante Veränderungen der menschlichen Entwicklung nicht auszuschließen sind: bedingt und fortlaufend verstärkt insbesondere durch formale laufbildspezifische Präsentationsarten, für die es entwicklungsgeschichtlich keinen Vergleich gibt. Zwar gab es – solange wir zurückdenken können – immer die Mitteilung und den Austausch von Informationen, doch finden sich für Formen laufbildgesteuerter Informationen keine Entsprechungen (vielleicht mag hierzu noch der Hinweis nützlich sein, daß „informare und Information“ zunächst „das in eine Form Gebrachte“ bedeutet, vgl. Sturm, 1968).

Noch also läßt sich nicht vorhersagen, welche Entwicklungen/Regredierungen mit dem Sozialisationsfaktor Laufbilder/Laufworte auf Dauer verbunden sein werden. Mit Sicherheit aber ist davon auszugehen, daß wir uns in einem Zeitabschnitt tiefgreifender Übergänge befinden: hinsichtlich der Zahl, Art und Präsentation von Information, von veränderten Wort-/Bildbeziehungen – mit weitreichenden Folgen für personale und gesamtgesellschaftliche Aktionen/Reaktionen und Befindlichkeiten.

Vordringlich ist demnach, diesen Schaltstellen des Übergangs mit einem kenntnisreichen Bedenken zu begegnen – dies gilt für den Sozialisationsfaktor Fernsehen wie für alle anderen Sozialisationsinstanzen. Denn die neuen Arten der Informationsdarbietung werden weithin mitbestimmen, ob diese Übergänge von älteren zu neuen Kulturdimensionen pfleglich/sinnvoll geschehen oder abrupt/primitivierend, so unter Vernachlässigung/Mißachtung vorangegangener Lernerfahrungen wie bisheriger emotionaler und sozialer Verläßlichkeiten.

Es stellt sich also die Grundfrage, wie sich bisherige – oft über Generationen tradierte – Sozialisationsbedingungen verbinden lassen mit dem Sozialisationsfaktor Fernsehen im Hinblick auf Erweiterungen, Differenzierungen und Präzisierungen der menschlichen Ausstattung und des menschlichen Antwortverhaltens.

Damit geht es um *Zentralkriterien menschlicher Sozialisation*, und zwar unter der Sicht ihrer *Gemeinsamkeiten und Veränderbarkeiten* der Medienseite wie auf der Rezipientenseite.

Solche Zentralkriterien für Sozialisatoren auf der Medienseite wie der Konsumentenseite könnten sein:

das Bedenken und Gewichten der Beziehung von

- Langzeitaufmerksamkeit versus selektiven Kurzzeitigkeiten
- emotionalen Sicherheiten/emotionalen Wechseln und Schnellanpassungen
- Phasen der Spannung wie der Entspannung
- der Erhaltung und Stärkung personaler Motivationen versus außengesteuerten Kurzzeit-Interessen
- der Verbindung von ferngesteuerten Fremdbildern mit eigenen Bildern und Vorstellungen
- eigener innerer Verbalisierung versus Schnellzuschreibungen und Schnellantworten
- der Verbindung zwischen „konkret-abstrakt“ und „abstrakt-konkret“ unter verschiedenen Darstellungsbedingungen
- Vorhersehbaren/nichtvorhersehbaren Wort- und Bildabläufen etc.

Die Mühen des Weges zur Erkennung beidseitiger, aufeinanderbeziehbarer Sozialisationsfaktoren dürften sich lohnen: Für die Medienseite verweisen sie auf Möglichkeiten, bereits durch geringfügige Veränderungen medienspezifischer formaler Ingredienzen bisherigen Sozialisationsstilen näherzukommen – für die Sozialisatoren in Familie, Schule, Ausbildung etc. zeigen sie Freiräume für Förderungen von personalen Entwicklungen im Bezug zu den neuen Informationsvermittlern, also nicht durch deren Negierung oder durch verengte Einwegstrategien.

Der Blick auf solche Fragen könnte zu manchem Neubedenken von heutigen und kommenden Sozialisationsproblemen führen. Für die Sozialisationsinstanzen Familie, Schule und Ausbildung könnte es von zunehmender Wichtigkeit sein, sich mit viel Behutsamkeit, Geduld und Engagement um Notiznahme, Stärkung und Pflege selbst kleinster personaler Interessen zu kümmern, damit – jetzt auf die Medienseite bezogen – einem Laufbildsehen unter personalen Interessen der Vorzug gegeben wird gegenüber einem wahllosen Vielsehen, der potentielle Rezipient sich seine physiologische Erregung in Spannung und Entspannung interessengesteuert holen kann, also zum auswählenden Mediennutzer wird.

Ähnliches dürfte für das Problem der emotionalen Entwicklung gelten: Je mehr emotionale Streß-Situationen die Medienseite mit sich bringt, desto gewichtiger werden emotionale Verläßlichkeiten in lebensrealen Umfeldern. Für den Schulbereich – so für jüngere Kinder an Gesamtschulen – wäre es überlegenswert, wie summierte emotionale Wechsel vermieden werden könnten – etwa durch einen nicht zeitgleichen Wechsel von Lehrern/Unterrichtsraum und Banknachbarn (für weitere Beispiele siehe Sturm, 1985, 1995, 1997).

Als eine Art Drehpunkt zukünftiger Sozialisationsbedingungen aber dürfte sich der Umgang mit der Wortsprache erweisen, denn ohne Wortsprache und innere Verbalisierung ist eine Dekodierung von Laufbildern (und die Kommunikation über sie) bislang nicht möglich – und dies dürfte noch über lange Zeitstrecken so bleiben.

Es bietet sich also wohl für alle Sozialisationsinstanzen an, den Ausweitungen und Differenzierungen, besonders aber den Präzisierungen von Wortsprache mit einer durchgängigen Aufmerksamkeit zu begegnen. Für den Bereich der Laufbildsozialisation seien die Beziehung „konkret-abstrakt" und Unterstützungen/Übungen für adäquate „innere Verbalisierungen" zu Laufbildbeiträgen noch einmal hervorgehoben. Für die Medienseite gilt ähnliches: Es ist daran zu erinnern, daß das Fernsehen ein Bild- und Hörmedium ist und manchmal zudem Leseleistungen verlangt. Eine rezipientenfreundliche Fernsehdramaturgie sollte sich demnach durch eine sensible Aufeinanderbeziehung der Bild-Wort-Tonschiene auszeichnen. Dies gilt auch für Synchronisationen.

Solche auf die Sozialisationsbeziehung „Rezipient und Medium" gerichteten Gewichtungen kann man als „binäres Systemkreis-Denken" bezeichnen: weil sie Eigenheiten/die Spezifitäten der elektronischen Informationsvermittler ebenso berücksichtigen wie die Anpassungs- und Abwehrstrategien derzeitiger und zukünftiger Rezipientengruppen, wobei beide Seiten mit sozialisationstypischen Konstituanten verbunden sein könnten – je nach Annäherungen/Übereinstimmungen und Nicht-Übereinstimmungen der jeweiligen Sender-/Empfängersysteme.

Die Bezeichnung „binäres Systemkreis-Denken" habe ich auch deswegen gewählt, weil sie Freiräume aufzeigt hinsichtlich veränderbarer Beziehungen zwischen dem Sozialisationsfaktor Fernsehen und den Aktionen und Reaktionen heutiger und kommender Sozialisanden, denn Veränderungen des einen Systemkreises haben Wirkungen und Rückwirkungen im anderen Schaltkreis. Es geht also auch um die Auflösung/die Veränderung von verengten Direktmaßnahmen für oder gegen das Fernsehen, wie es um Annäherungen geht für eine rezipientenorientierte Mediendramaturgie – wobei diese Rezipientenorientierung ihrerseits Veränderungen unterworfen ist je nach Anpassungs-/Abwehrleistungen der Zuschauer und Zuhörer gegenüber dem medienspezifischen „Wie der Präsentation" und seinen Inhalten.

Daraus ergibt sich, daß dominante Veränderungen der Darbietungsseite der Medien veränderten Sozialisationsfaktoren gleichzusetzen sind.

Einzubeziehen sind Veränderungen und Neuerungen der Medientechnik, die – vielleicht – veränderte dramaturgische Abläufe verlangen. Doch auch unter den gegenwärtigen Fernsehbedingungen ist es keineswegs ausgemacht, daß die laufbildvermittelten Kurzzeitigkeiten weiterhin dominieren, denn je mehr Kanäle und Sendungen sich der Rasanz und Hektik verschreiben, desto eher könnte die ruhige und zeitlassende Darbietung „auffällig" werden – auch durch steigende Teilnehmerzahlen.

Es ist also nicht auszuschließen, daß „Umkehrtrends" zu erwarten sind, bis hin zu einer überdehnten Langsamkeit, einer „gemütlichen Privatheit" in Form und Inhalt, Anzeichen dafür gibt es. Mit einer rezipientenfreundlichen Mediendramaturgie hätte dies freilich nur wenig zu tun, eher mit Darbietungsumstellungen, weil man zuvor in Richtung Hektik und Rasanz überzogen hatte – und ein nächster Umkehr-/Modetrend wäre dann schon vorprogrammiert.

Geht man also davon aus, daß die formalen medienspezifischen Angebotsweisen – weil verbunden mit jeder Art des Transports von Inhalten und daher in Häufigkeit, Konstanz und Variation immer wiederkehrend – ein zentraler Sozialisationsfaktor sind, dann erweist sich das Erkennen der Gelenkpunkte zwischen den Systemkreisen „Präsentationsformen/Rezipienten" als vordringlich, auch im Zusammenhang mit beidseitigen Veränderungen und gegenseitigen Begrenzungen.

Für die Erarbeitung von Kriterien einer rezipientenorientierten Mediendramaturgie unter Sozialisationsaspekten käme es auf kontinuierliche Zusammenschaltungen der beidseitigen Wirkungsbeziehungen an, denn solche kontinuierlichen oder vergleichsfähigen Beobachtungen sind zugleich Voraussetzung für das Erkennen von Möglichkeiten für integrierte Übergänge von bisherigen zu sich neu ausprägenden dominanten Sozialisationsfaktoren. Es geht darum, sich einzulassen auf Fragerichtungen, die einen weiten Zukunftsbezug haben, bis hin zu der Frage, wie integrierte Übergänge von einer langgehegten Wortkultur zu einer (vielleicht entstehenden) Laufbildkultur beschaffen sein könnten.

Ein erster Schritt in diese Richtung könnte die Erkennung medienspezifischer Verlaufsprozesse sein: auf der Rezipienten-/Nutzerseite über die Erfassung personaler innerer Aktivitäten – auf der Medienseite mit Laufbild-Anteilen über die innere Verbalisierung zu Bild-/Wort- und Lesekombinationen unter sozialisationstypischen Wirkungsbedingungen.

VIII

Verlaufsprozesse von Medienwirkungen Die verborgene Kraft der inneren Rezipientenaktivitäten – Schritte in eine neue Richtung (II)

Sozialisation – so wurde dargelegt – geschieht in fortwährender Auseinandersetzung mit Außenreizen. Das meint: Sozialisationswirkungen sind Produkte von Verlaufsprozessen. Mit Bezug auf die audiovisuellen Medien wurden daher den sich variationsreich wiederholenden formalen medienspezifischen Angebotsmustern besondere Wirkungsgewichte zugeschrieben. Nunmehr stellt sich die Frage nach *medientypischen Verlaufsprozessen und den dahinterstehenden Wirkungspotentialen* im Beziehungsgeflecht zwischen Medien und ihren Nutzern.

Dieses letzte Kapitel handelt vom Erkennen und Erfassen medientypischer personaler Verlaufsprozesse von medienspezifischen Wirkungen. Es ist dies eine Fragerichtung von wohl weitem Zukunftsbezug: Denn zunehmend werden wir es zu tun haben mit neuen Medienangeboten und Medientechniken, die mit einer Unzahl von Medieneinflüssen unterschiedlichster Art und Herkunft einhergehen, auch – so bei der Nutzung interaktiver Medien – mit kaum mehr bestimmbaren Fremd- und Eigenanteilen von Wirkungen. Es sind somit Forschungsrichtungen gefragt, die über die „Ist-Aufweise von Medienwirkungen" hinausreichen und den vielfältig-komplexen Wirkungsbeziehungen zwischen Rezipienten/Nutzern und Medien zu folgen vermögen in einer rasanten Entwicklung von Medienangeboten und Medientechniken. Verlangt sind Schritte in eine neue Richtung.

Von solchen Schritten soll schließlich die Rede sein. Eine Grundlage hierfür bieten die zahlreichen Notierungen der inneren Rezipientenaktivitäten während des Hörens, Sehens und Lesens als Indikatoren für medientypische Verlaufsformen von Wirkungen.

Dabei wird davon ausgegangen, daß Hören, Sehen und Lesen weiterhin Primärvoraussetzungen sind für medienveranlaßte innere Aktionen und Reaktionen.

Grundlagen für meine Mitteilungen sind etwa 800 Einzel- und Gruppenprotokolle über innere Rezipientenaktivitäten während des Radio-Hörens, des Fernsehens und des Lesens. Es handelt sich um Notierungen mit der Methode des lauten Denkens (erfaßt über Tonrekorder), um freie schriftliche Notierungen bei freier Programmwahl (auch unter den Bedingungen von Kanal- und Programmwechseln und dem Wechsel von Lesematerial), um Notierungen unter Vorgaben (so hinsichtlich inhaltlich vergleichbarer Darstellungen in Hör-, Laufbild- und Printmedien), um Notierungen von Rezipientendialogen *während* des Hörens, Sehens und Lesens sowie um Notierungen unter Bezugnahme auf ein Rasterschema im Zusammenhang mit emotionalen und kognitiven Bewertungen und Bild-/Wort-/Geräusch-/Geruchs- und Erinnerungszutaten. Die Mehrzahl der Protokolle bezieht sich auf Notierungen zu darbietungsbegleitenden inneren Verbalisierungen mit dem Schwerpunkt Fernsehen.

An den Versuchen waren alle Altersgruppen beteiligt, die jüngsten Teilnehmer waren Vorschulkinder, die ältesten waren Studenten im Alter zwischen zwanzig und dreißig Jahren, weibliche und männliche Teilnehmer waren annähernd gleich verteilt.

Bei allen Teilnehmern zeigte sich ein ähnliches Verhalten: Auf ihre inneren Verbalisierungen aufmerksam gemacht – und nach einer ersten Übungsphase von ca. 30 Minuten –, hatten sie kaum noch Verständnisschwierigkeiten bei den gestellten Aufgaben. Sodann bestätigte sich durchgängig der Befund, daß die darbietungsbegleitende innere Verbalisierung als eine Primäraktivität des Laufbild-/Laufwort-Rezipienten anzusetzen ist; es bestätigte sich auch das Überwiegen der emotionalen Wortzutaten.

Jedoch: Es gab große Unterschiede hinsichtlich Länge und Ausdrucksform der mündlichen und schriftlichen Protokolle. Um zu exakten Vergleichbarkeiten zwischen der Rezipientenseite und der Darbietungsseite zu kommen, bedarf es einer strengen empirischen Untersuchung.

Eine solche empirische Untersuchung zu den inneren Verbalisierungen war geplant, sie scheiterte an den vorausverlangten Kärrnerarbeiten. Ich nenne hier lediglich drei solcher Vorausarbeiten:

- genaue Parallelisierungen der Versuchspersonengruppen – auch nach „Visualisierern" und „Akustikern", wie eigene Arbeiten nahelegten, d. h. es hätten neue Tests entwickelt werden müssen;
- die Verwendung eines Instrumentariums, das alle darbietungsbegleitenden verbalen Äußerungen zutreffend erfaßt – hierfür bot sich ein Instrumentarium zur Erfassung „kommunizierter Ängstlichkeit" an (vgl. Lazarus-Mainka, Kimm et al. 1988/89) unter der Voraussetzung seiner Überprüfung unter Medienbedingungen;
- die Parallelisierung der Darbietungsmaterialien von Hörfunk, Fernsehen und Printmedien – die wohl am schwierigsten einzulösende Voraussetzung für exakte Vergleichbarkeiten der inneren Rezipientenaktivitäten/der inneren Verbalisierungen während unterschiedlicher Mediendarbietungen;

Realiter war es die Erstellung der vergleichbaren Darbietungsmaterialien von Hörfunk und Fernsehen nach vorgegebenen Kriterien (z. B. identische Texte, identische Sprecher, identische Geräusche, vergleichbare Zeitlängen etc.), die von dem Vorhaben Abstand nehmen ließen. Auf Kompromißlösungen wollte ich mich nicht einlassen, da ohne eine Parallelisierung der Medien-/Darbietungsseite kaum verläßlichere Ergebnisse zu erwarten waren als unter den bisherigen Bedingungen. So mögen denn die nachfolgenden Mitteilungen als Vorarbeiten genommen werden für eine Fragerichtung, die zur Erforschung dominanter Verlaufsprozesse ein Teilstück beitragen können (vgl. Sturm, 1995, 1996, 1997).

Die inneren Aktivitäten während des Hörens, Sehens und Lesens als Indikatoren für medientypische Verlaufsprozesse von Wirkungen / mediale Zeitdimensionen und innere Aktivitäten

Als Startpunkt für die folgenden Darlegungen lassen sich zwei Fragen benennen:

- zum einen nach Erkennung und Stellenwert der inneren Aktivitäten *während* der Rezeption von Hörfunk-, Fernseh- und Leseangeboten,
- zum anderen nach den Verlaufsprozessen dieser darbietungsbegleitenden inneren Aktivitäten, auch im Sinne einer Früherkennung personaler Umorientierungen,

Es geht also um die angedeuteten Weiterführungen zu Kapitel V, und zwar unter dem Blickpunkt *medientypischer Wirkungsanteile* bei personalen Verlaufsprozessen. Zudem – so wird darzulegen sein – erweisen sich die Differenzen zwischen medialen Zeitdimensionen und menschlichen Zeiterfahrungen als dominant für unterschiedliche Bewertungen und Erinnerungen.

Innere Aktivitäten und menschliche Zeitdimensionen

- Während des Lesens
  Bei der Tätigkeit des Lesens zeigten sich, im Vergleich zu Hörfunk und Fernsehen, *die vielfältigsten und ausgedehntesten inneren Aktivitäten*: Bilder-Mitsehen, Musik- und Geruchsempfindungen, Farbzutaten, innere Kommentierungen, das Hören von Fremdstimmen wie der eigenen Stimme, lange Erinnerungsketten und eigene gedankliche Weiterführungen. Unter Beachtung des Zeitfaktors – hier der lesebegleitenden selbstbestimmten Pausensetzungen – sind diese Befunde kaum erklärungsbedürftig. Bei einem vorgegebenen Lesetempo oder einer überhöhten Lesegeschwindigkeit verringerten sich denn auch die inneren Aktivitäten, verbunden mit einer Beeinträchtigung des emotionalen Wohlbefindens und einem deutlichen Rückgang der Verständnis- und Erinnerungsleistungen. Weiter ist ein Befund zu nennen, der in die Zukunft weist: Während der Tätigkeit des Lesens zeigten sich zunehmend Bild-/Wort-Erinnerungen, die sich bezogen auf Fernseh- und Videodarbietungen. Bis jetzt gilt: Je jünger die Versuchspersonen waren, desto häufiger kam es zu Rückgriffen auf zuvor rezipierte Laufbilder. Daraus läßt sich folgern, daß die Bildmedien sich in Zukunft als weitaus einflußreicher erweisen könnten als bislang angenommen, dies gilt auch für Vielleser.

Zu berichten ist weiter von einem Überraschungsbefund: Die bisherigen Beobachtungen legen die Annahme nahe, daß sich die Leser unterscheiden lassen nach „Akustikern" und „Visualisierern". Es ergaben sich überdurchschnittliche Häufungen von Tonzutaten versus Bildzutaten bei den Einzelauszählungen personaler Protokolle, und sie zeigten sich durchgängig, bei unterschiedlichen Texten und Situationen. Weitere Untersuchungen dazu seien angeregt, auch unter dem Blickpunkt personaler bis gesamtgesellschaftlicher Veränderungen bei weiterer Ausbreitung von Bild- und Laufbildmedien.

- Während der Nutzung von Hörmedien
  Die Vielfalt der inneren Aktivitäten ist denen des Lesens ähnlich, bei einer klaren *Dominanz des Bilder-Mitsehens*. Bei einer Überprüfung des Zeitfaktors von Radio-Darbietungen aber ergab sich dieser Befund: Je rasanter Sprecher- oder Musikwechsel waren, desto weniger kam es zu einem Bilder-Mitsehen, statt dessen sind (oft einsilbige) *Wortkommentare* zu vermerken, zumeist ärgerlich und emotional gegeben. Wir haben es mit Aktionen und Reaktionen zu tun, die den inneren Verbalisierungen während des Laufbildsehens nahekommen. Im Zusammenhang mit einer (derzeit zunehmenden) Hörfunkstrategie der Pausenvermeidung oder Pausenlosigkeit könnte es somit sein, daß sich die bislang laufbildspezifische innere Verbalisierung als zutreffend erweist für darbietungsbegleitende innere Aktivitäten des Medienhörens.
- Während der Rezeption von Laufbildern
  Auf der Suche nach den inneren Aktivitäten während des Sehens von Bildern und Laufbildern ergab sich ein überraschend eindeutiger Befund; als durchgängige innere Rezipientenaktivität erwies sich die darbietungsbegleitende *innere Verbalisierung*. Bei Laufbildern ohne Tonbeimischungen waren diese inneren Wortzutaten recht vielfältig, je nach Filminhalt und Einzelbildern fanden sich insgesamt *ähnliche Anteile von Kognitionen und Emotionen*. Genannt wurden Musik- und Geräuschempfindungen, Stimmen-Mithören, Geruchsvorstellungen, auch eigene Bild-/Wort-Erinnerungen. Diese durchgängigen inneren Verbalisierungen erwiesen sich als ähnlich dominant wie das Bilder-Mitsehen bei der Rezeption der Angebote von Hörmedien. Es ist ein Befund mit

weitreichenden Konsequenzen für Sprach- und Sprechförderung (so für Kategorisierung, Verständnis und emotionales Wohlbefinden, wie in Kapitel V beschrieben).

- Während der gleichzeitigen Rezeption von Laufbildern und Laufworten: die Dominanz der inneren Verbalisierung bei Fernsehdarbietungen.

Ausgehend von darbietungsbegleitenden inneren Aktivitäten bei Lesen, Hören und Sehen war nicht vorhersagbar, mit welcherart inneren Rezipientenaktivitäten das Kombinationsmedium Fernsehen verbunden sein würde, da das gleichzeitige Angebot von Laufbildern und Laufworten zwei gleichzeitige Wahrnehmungs- und Dekodierungsleistungen verlangt (bei Schrifteinblendungen und Grafiken sind es sogar drei Dekodierungsvorgänge bei zumeist äußerst kurzen Darbietungszeiten). Um so erstaunlicher ist daher der Befund (er wurde im Verlauf von zwölf Jahren immer wieder bestätigt), daß bei Fernsehdarbietungen die *Bild- und Tonschiene einheitlich gleichermaßen mit der durchgängigen Rezipientenaktivität der inneren Verbalisierung verbunden sind.* Diese fernsehspezifische innere Verbalisierung erscheint (sozusagen) als „überdominant", das heißt, es finden sich neben ihr kaum andere innere Aktivitäten (wie z. B. bei der Lesetätigkeit, dem Hören oder dem puren Laufbildsehen).

Von besonderem Gewicht sind dabei die *emotionalen inneren Benennungen*: sie überwiegen so signifikant, bezeichnen – in Abhängigkeit von der Darbietungsgeschwindigkeit – zumeist ein Unangenehm-Erleben und werden überaus lange erinnert. Es bestätigen sich also über die fernsehtypischen inneren Verbalisierungen die empirischen Befunde der „Dominanz des Emotionalen" wie die „Dominanz des Wie der Präsentation": Je mehr die fernsehspezifischen „fehlenden Halbsekunden" notiert wurden, mehr Bild-/Wort- oder Frage-/Antwortverkürzungen, desto emotionaler, kürzer und aggressiver wurden die personalen Wortzutaten, oft gefolgt von einem depressiven Verstummen.

Bringt man diese fernseh-/laufbildtypischen inneren Verbalisierungen in einen Zusammenhang mit der *laufbild-/laufworterzeugten physiologischen Erregung* (vgl. dazu Kapitel III), dann bieten sich zumindest Teilerklärungen an für Medienwirkungen, die – auch wegen ihrer Komplexität – nur wenig empirische Stützung erfahren haben. In Fortschreibung der Kriterien für Verlaufsprozesse von Medienwirkungen geht es um Wirkkräfte, die – sozusagen – „hinter" den Ist-Aufweisen zum Vielseher-Syndrom und des Medien-Gewalt-Problems zu suchen sind.

Zunächst zum Vielseher-Syndrom
Hier ist es wohl vorab die laufbild-/laufwort-erzeugte physiologische Erregung, die ein Abschaltenkönnen erschwert; denn würde man abschalten, dann fiele man in eine Erregungsleere, in ein Erregungsloch. Also bleibt man am Apparat, wechselt von Programm zu Programm, verbalisiert laufend unzufriedener, bis hin zu einem schließlichen Verstummen. Für pädagogische Bemühungen öffnen sich hier weite Felder: Es käme wohl darauf an, selbst kleinste Interessen zu wecken und zu erhalten, damit das Kind wie der erwachsene Rezipient sich seine physiologische Erregung eigengesteuert über personale Interessen holen kann und nicht vorab ferngesteuert wird über Fernsehen und Video.

Zur Medien-Gewalt-Problematik
Das Problem „medienvermittelte Aggressionen" steht in einem vergleichenden Bezug zu physiologischer Erregung und darbietungsbegleitender Verbalisierung. Denn: Es sind eben nicht in erster Linie die Fernseh-/Videoinhalte, die Gewaltpotentiale freisetzen, eher ist es die fernsehtypische physiologische Erregung, verbunden mit abrupten, meist aggressiven Verbalisierungen. Bei einem stundenlangen, ununterbrochenen Dauersehen kann es zu aggressiven Umsprüngen kommen, dann verbunden mit depressiven Wortverweigerungen. Dieses innere Verstummen des Dauer-Sehers läßt sich als Streßreaktion begreifen und in die Streßforschung einordnen; so hat die Streßforschung wiederholt erbracht, daß Aggression und Depression nahe beieinanderstehen.

Vorstellbar ist also das „Paradox vom überreizten Katatoniker", eines Mediennutzers, der starr und stumm vor dem Bildschirm sitzt – nur die Fernbedienung wird bewegt –, doch aufgeladen mit einer steigenden physiologischen Erregung. Und es bleibt die Frage, ob, wann, wo und wie sich diese Erregung entlädt.

Mir scheint, für Aggressions- und Medienforscher könnten Überlegungen wichtig werden zur Erkenntnis von Verlaufsprozessen der physiologischen Erregung und den sie begleitenden inneren Aktionen und Reaktionen.

Bleibt als Fazit:

Bei einer Bewertung der mir bis jetzt vorliegenden notierten Beobachtungen liegt nahe, die darbietungsbegleitenden inneren Verbalisierungen als Kriterien für die Notierung von medienspezifischen Verlaufsprozessen anzusetzen.

Innere Verbalisierung und Verlaufsprozesse: Die Früherkennung personaler Umorientierungen

Klare Hinweise über *politische Einschätzungen* und deren Veränderungen erbrachten langlaufende Studien zu Verlaufsprozessen innerer Verbalisierungen bei medienvermittelten politischen Themen. Mit den Notierungen wurde 1986 begonnen, sie dauerten bis 1990. Zunächst waren die Teilnehmer Studenten der Universität Koblenz-Landau, Abt. Landau in wechselnden Gruppierungen, dazu kamen zahlreiche Protokolle von nicht-studentischen Jugendlichen und Erwachsenen. Die verbal notierten inneren Aktivitäten bezogen sich auf aktuelle politische Berichterstattungen in Fernsehen, Hörfunk, Zeitungen und Zeitschriften, einbezogen waren auch Interviews mit Politikern sowie Diskussionsrunden in Hörfunk und Fernsehen. Das eindeutige Ergebnis: Über einen Zeitverlauf von vier Jahren zeigte sich ein zunehmendes Unangenehm-Erleben der Rezipienten bei politischen Themen, und zwar bezogen auf alle Medien. Für alle Medien galt auch, daß zunehmend innere Verbalisierungen genannt wurden, die inneren Beschimpfungen gleichkamen.

Die *härtesten inneren Beschimpfungen aber waren verbunden mit Fernsehdarbietungen* im Zusammenhang mit Politikerauftritten, wobei in den meisten Fällen die Befragten, Diskussionsleiter und Moderatoren einbezogen wurden in diese ärgerlichen inneren Wortzutaten. Schließlich bin ich mit den Versuchspersonen übereingekommen, daß sie Schrägstriche setzen können, wenn sie ihre drastischen inneren Zutaten für nicht mehr mitteilbar hielten. Daraufhin wurden seitenweise Protokolle abgegeben (von Studenten wie Nichtstudenten), die mit Schrägstrichen durchsetzt waren. Dabei – und das ist der entscheidende Punkt – erinnerten sich Versuchspersonen *sehr genau und noch nach Wochen an ihre Beschimpfungen und ebenso genau daran, auf welche Darbietungsteile sie sich bezogen.*

Unter den Bedingungen der inneren Verbalisierungen zeigten sich also Verlaufsformen eines Unangenehm-Erlebens bei erforderlichen Doppelkodierungen; bei wiederholten Ähnlichkeiten von Medienpersonen und Situationen überwogen die *emotional-abrupten Wortzutaten und Beschimpfungen*, wobei die emotionalen Details – betreffend die Medienseite wie die Rezipientenseiten – sehr lange erinnert wurden und sich bei ähnlichen Mediendarbietungen wieder einstellten. Die Thematik der vorangegangenen Medienbeiträge wurde dagegen nur schwach erinnert.

Solche fernsehtypischen Befunde lassen sich bei Rezeption von Fernsehnachrichten durchgängig festhalten: Da sieht man grausame Katastrophen- und Kriegsbilder und benennt innerlich „Wie schrecklich"/„Die armen Leute"/„Da müßte die UNO eingreifen" etc. – man „hört auf sich selber" und überschlägt die Nachrichtentexte. Für mich sind diese *eigenen Verbalisierungen (neben der physiologischen Erregung) zentrale Gründe für das oft vermerkte schlechte Behalten von Fernsehnachrichten.* Im Kontext zu diesen Darlegungen formuliert: Es gibt viele Befunde zum schlechten Behalten von Fernsehnachrichten, die immer wieder bestätigen: Es ist so. Hinter solchen „Ist-Aufweisen" aber stecken differenzierte „Warum-Fragen" – im beschriebenen Fall sind die als „hinter" den Ist-Aufweisen stehenden inneren Verbalisierungen und physiologischen Erregungen wohl als sozusagen hintergründige Wirkungspotentiale anzusetzen.

Doch reichen die Wirkkräfte der inneren emotionalen Verbalisierungen weiter, denn es sind *die eigenbenannten personalen Emotionen, die sich einem Vergessen widersetzen* und sich immer wieder melden – bei ähnlichen Medienbeiträgen, in ähnlichen Inhaltskonstellationen wie in unvorhergesehenen Situationen. Nahliegend ist weiter, daß diese lange erinnerten verbalen Aktivitäten eingehen können in vielfältigen Kommunikationen. Es läßt sich also die Annahme begründen, daß sich „hinter" den Absichten, den Themen und Inhalten medialer Präsentationen breitgefächerte Meta-Kommunikationen ereignen, die sich zusammenfügen können zu starken Verlaufsprozessen, die dann – vermeintlich – plötzlich und unerwartet zutage treten. Über die *Erfassung der fernsehtypischen inneren Verbalisierungen müßte es daher möglich sein, personale Umorientierungen weitaus früher zu erkennen als über Befragungen und Fragebogen;* wenn sie sich dort niederschlagen – so läßt sich folgern –, haben bereits unzählbare Metakommunikationen stattgefunden, die nicht in Übereinstimmung sind mit medienverbreiteten Versionen bestimmter Gegebenheiten und Vorstellungen.

Für diese Annahmen sprechen die Protokolle der inneren Verbalisierungen zu politischen Sendungen des Fernsehens. Ab 1986 (dem Beginn der Notierungen) war eine stetig zunehmende Ablehnung von Politiker-Äußerungen zu bemerken – also lange bevor 1991 „Politikverdrossenheit" zum gesamtdeutschen „Unwort des Jahres" erhoben wurde.

In eine ähnliche Richtung weisen die inneren Verbalisierungen zu medienvermittelten Situationseinschätzungen: Bei einer Beachtung *der Verlaufsformen der darbietungsbegleitenden inneren Kommentierungen* waren personale Einstellungs- und Positionswechsel sehr viel früher zu erkennen als über Frage-Antwortbezüge oder Handlungsanteile (z. B. bei Wahlenthaltungen oder Veränderungen im Kaufverhalten). Voraussetzung freilich ist eine stetig einzulösende Vertrauensbeziehung zu den Versuchsteilnehmern. So habe ich versprochen, die Ursprungsprotokolle zu politischen Darstellungen zu vernichten – dies wurde auch getan.

Bilanziert man diese Befunde, dann scheinen mir drei Erfahrungswerte von Gewicht:

- Bei Medien mit Bildanteilen sind es die ehrlich gegebenen inneren Verbalisierungen, die Markierungen sein können für sich anbahnende Veränderungsprozesse;
- Personale Medienwirkungen erschließen sich über die Notierung von Verlaufsprozessen weitaus genauer als über Vorher-/Nachher-Testungen oder Zwischenbefragungen;
- Es spricht viel dafür, daß kontinuierlich notierte innere Verbalisierungen nonverbalen Erfassungen nahekommen.

Schließlich: Die personalen inneren Verbalisierungen können eingehen in gesamtgesellschaftliche Meta-Kommunikationen und deren Richtung und Intensität mitbestimmen. Damit zeichnen sich Verbindungspotentiale ab zwischen Mikro- und Makro-Ebenen von Wirkungen.

Diese letzte Aussage ist – ich bin mir klar darüber – sinnvoll nur dann, wenn sich die benannten Verbindungspotentiale zwischen Mikro-Ebene und Makro-Ebene, also die medientypischen Verlaufsprozesse von Wirkungen, als dominant erweisen gegenüber anderen Erfassungen. Damit stellt sich die Frage nach Dominanzkriterien personaler Medienwirkungen in neuen Zusammenhängen. Unter methodischen Gesichtspunkten (doch nicht nur unter diesen) könnte ein Kriterium für die Dominanz von Verlaufsprozessen sein, daß verbal und nonverbal erfaßte Verlaufsprozesse der darbietungsbegleitenden inneren Aktionen vergleichbar-ähnliche Ergebnisse erbringen.

Anzeichen für eine Dominanz der Verlaufsprozesse: Die Annäherung von verbalen und non-verbalen Erfassungen/Weiterführungen

Es wurde schon wiederholt darauf hingewiesen, daß verbale und nonverbale Erfassungen von Medienwirkungen zumeist unterschiedliche Ergebnisse aufweisen (vgl. Kapitel IV und V). Für die Erfassung der Verlaufsprozesse von Laufbildwirkungen aber stellt sich die Frage „verbal" versus „nonverbal" unter beiden Aspekten. Zunächst sind wohl Erkenntnisse der Hirnforschung gefragt mit Angaben über unterschiedliche Hirnzentren bei der Speicherung und Verarbeitung von visuellen versus akustischen Außenreizen. Dazu noch die Anmerkung: Ich bin sicher, daß eine zukünftige Medienwirkungsforschung auf Neuropsychologie und Hirnpsychologie nicht wird verzichten können, man sollte dies rechtzeitig bedenken, auch unter dem Gesichtspunkt der langen Lernzeiten auf diesen Feldern, zu denen dann ernstzunehmende Kenntnisse der Medienproduktion hinzukommen müßten.

Für zukunftsbedenkende Forschungsüberlegungen wäre es daher ein wichtiger Schritt, wenn es in der Medienwirkungsforschung Ansätze gäbe, die zwischen den meist sehr aufwendigen nonverbalen Erfassungen und den bei Laufbildanteilen ungenügenden verbalen Erfassungen eine Vermittlerrolle einnehmen könnten. Verlangt sind Aufweise von Übereinstimmungen bei verbal und nonverbal erfaßten personalen inneren Aktionen und Reaktionen unter vergleichbaren Medienbedingungen. Zur Beantwortung der „Warum-Fragen" von Medienwirkungen, für die Entwicklung rezipientenorientierter Mediendramaturgien wie für aktuelle und weiterführende medienpädagogische Handlungsentwürfe wären damit einige Verläßlichkeiten gegeben. Auch wären die Medienpraktiker und sonstige Auftraggeber von Forschungsarbeiten freier in der Grundsatzentscheidung über die Verwendung verbaler bzw. nonverbaler Erfassungen mit voraussehbaren unterschiedlichen Befunden.

Im Sinne einer Richtungsanzeige für eine Verbindung zwischen verbalen und nonverbalen Wirkungsanteilen beziehe ich mich auf meine Einschätzung der darbietungsbegleitenden *inneren Aktivitäten als Indikatoren für Verlaufsprozesse medientypischer Wirkungen*. Die ersten – empirisch gesicherten – Daten finden sich in der bereits dargelegten Untersuchung „Emotion und Erregung", 1982, doch habe ich die Brisanz dieser Befunde erst voll bemerkt nach einem Jahrzehnt kontinuierlicher Arbeiten zu den inneren Aktivitäten bei Laufbildsehen, Laufworthören und Lesen. Von diesen Neuzuordnungen und Neubewertungen ist nunmehr zu berichten.

Für solche Weiterführungen wiederhole ich einige Ermittlungen: Bei dieser Untersuchung wurden die physiologischen Daten (Herzfrequenz, Atemfrequenz, galvanischer Hautwiderstand) sekundengenau während der Darbietung von drei bild- und geräuschidentischen 30-Minutenfilmen erfaßt (eine non-verbale Fassung, eine Fassung mit kurzen sachlichen Textzutaten an 15 Stellen, eine Fassung mit kurzen, eher emotionalen Textzutaten an denselben Stellen). Insgesamt sollte diese Untersuchung erbringen, mit welcherart personalen Befindlichkeiten sich die laufbilderzeugte Erregung (hier bei veränderten Bild-/Wortbeziehungen) verband. Dem Problem der Verlaufsprozesse emotionaler Wirkungen wurde verbal und nonverbal nachgegangen; nonverbal markierten die zehnjährigen Versuchspersonen ihre emotionale Befindlichkeit durch die Bewegung eines Zeigers zwischen einem lachenden und einem traurigen Gesicht, verbal wurden sie bei 10 Filmstellen gefragt „Ist das heiter oder traurig?".

Es zeigten sich die üblichen Befunde: je nach verbaler oder nonverbaler Erfassung waren die Ergebnisse eindeutig gegenläufig (vgl. Seite 118, dritter Absatz).

Nach ausführlicher Diskussion dieser Gegenläufigkeiten habe ich für sie die folgende Erklärung: Mit der zehnmal gestellten Frage „Ist das heiter oder traurig?" haben wir einen *Verlaufsprozeß* der inneren Aktivitäten *unterbrochen* – wohingegen bei der nonverbalen „Heiter-traurig-Skalierung" *darbietungskontinuierliche Verlaufsprozesse* erfaßt wurden. Diese Annahme läßt sich begründen.

Im einzelnen: In den Szenen zwei und drei versucht Bibi Bitter (der Hauptakteur der Geschichte des Abschieds von einem Schneemann) Lösungen zu finden, die seinen Schneemann vor dem Schmelzen bewahren. Bei einem Gang über einen Friedhof findet er eine Lösung: Er wird den Schneemann auf einen Alpengipfel bringen, hoch hinauf in Eis und Schnee.

Bei der verbalen „Heiter-traurig-Beurteilung" wurden diese Szenen als traurig bewertet. Das verwundert nicht: denn die (einen Verlaufsprozeß unterbrechende) Frage „Ist das heiter oder traurig?" wurde bei dem Gang über den Friedhof gestellt, die Antwort „traurig" wurde zum aktuellen Bildbezug gegeben, ein Friedhof aber hat – per verbaler Konvention – traurig zu sein.

Hingegen: Bei der kontinuierlichen non-verbalen Skalierung (durch Einstellen eines Zeigers) wurden die beiden Szenen als „angenehm" bewertet – und das *entspricht dem Ablauf der Geschichte*, denn bei seinem Gang über den Friedhof kommt Bibi Bitter der (rettende) Einfall.

In der Szene 4 werden Bibi Bitter und sein Schneemann von einem Autofahrer mitgenommen, hinauf in die bayerischen Berge. Verbal wird diese Fahrt als heiter vermerkt – Autofahren gilt wohl, in verbaler Konvention, als vergnüglich. Nonverbal hingegen wird die Autotour als traurig bewertet – und auch diese Einschätzung *folgt dem Ablauf, der Dramaturgie der Geschichte*: Der Abschied vom Schneemann steht bevor.

Die Szenen sieben und acht zeigen eine besonders krasse Diskrepanz. Bibi Bitter schultert seinen Schneemann, er blickt über weite Täler, marschiert vorbei an sonnenbeglänzten Alpengipfeln und findet einen schneereichen Platz. Verbal wurden diese Szenen als „heiter" vermerkt: Sonne, Schnee und Alpengipfel erlauben keine Traurig-Beurteilung. *Im nonverbal-kontinuierlichen Nachvollzug* der Geschichte finden sich jedoch klare Unangenehm-Skalierungen: Der Abschied wird unabwendbar.

In den Schluß-Szenen neun und zehn verabschiedet sich Bibi Bitter von seinem Schneemann mit einem Lied auf der Mundharmonika, dann geht er hinunter ins Tal. Nonverbal werden diese Schluß-Szenen eher heiter bewertet – die Geschichte ist zu Ende, der Schneemann wird nicht schmelzen. Verbal werden die Szenen als traurig benannt, wohl der verbalen Einschätzung entsprechend: Abschiede sind traurig.

Die Ergebnisse der nonverbalen versus der verbalen Erfassung zeigten sich als nahezu deckungsgleich bei allen drei Versionen der Sendung, im einzelnen auch bei den Wiederholungsdarbietungen mit Rezipienten, die die jeweilige Version drei Wochen zuvor gesehen hatten. Die Unterschiede und Gegenläufigkeiten zwischen den verbalen und nonverbalen Erfassungen blieben somit bestehen.

Angekommen an diesem Punkt, kreuzen sich Ergebnisse und Forschungswege. So zeigte sich – jetzt unter neuen Bedingungen – die sehr rasche emotionale Besetzung der Fernsehakteure sowie ihre hohe Stabilität, d. h. die bei der Erstdarbietung gegebenen verbalen wie nonverbalen Aussagen blieben unverändert. Jedoch: Die *nonverbale darbietungsbegleitende* Skalierung führte weiter. Sie zeigte ein kontinuierliches und direktes Sich-Einlassen auf den inhaltlich-dramaturgischen Ablauf der Sendung unter Einbeziehung darbietungsbezogener vorangegangener Wahrnehmungen und Bewertungen wie ein Vorausbedenken dramaturgischer Fortführungen.

Auf den ersten Blick schien auch dort – wieder einmal – die nonverbale Erfassung von Laufbildwirkungen der verbalen Befragung klar überlegen. Doch zugleich meldete sich ein Problem, dessen Tragweite ich erst allmählich erkannte. Dahinter steckt die Frage, warum die darbietungsbegleitende Skalierung der den Darbietungsfluß unterbrechenden Wort-Abrufung deutlich überlegen war.

Es galt dabei zu bedenken, daß bei der nonverbalen Erfassung die emotionalen inneren Rezipientenaktivitäten *kontinuierlich* mitgeteilt werden konnten, wohingegen die Frage „Ist das heiter oder traurig?“ die *emotionale Kontinuität unterbrach* (und die gängig-üblichen Verbalantworten geradezu herausforderte). Es ging also um den Fragekomplex: Könnten „hinter“ den nonverbalen wie verbalen Notierungen Wirkungspotentiale stecken, die beide Erfassungsmethoden beeinflussen oder steuern?

Letztlich waren es solcherart Überlegungen, die mich mit der Gewichtigkeit der Verlaufsprozesse von Medienwirkungen konfrontierten. Ich unternahm eine Fülle von Einzelversuchen (ich habe nicht gezählt, wie viele es waren) unter den Bedingungen der darbietungsbegleitenden inneren Verbalisierung versus Zwischendurch- und Vorher-/Nachherbefragungen mit Radiohörern, Fernsehrezipienten und Lesern. Dabei zeigte sich so gut wie ausnahmslos: Es sind die *Verlaufsprozesse* der darbietungsbegleitenden inneren Aktivitäten (hier: der inneren Verbalisierung), die als dominant anzusetzen sind gegenüber den bisher üblichen Vorher-/ Nachher- oder Zwischendurchbefragungen.

Für weiterführende Arbeiten der Medienwirkungsforschung (und nicht nur für diese) könnte zudem bedenkenswert sein, daß sich manche Ungenauigkeiten und Mißverständnisse von schriftlichen oder mündlichen Befragungen wohl korrigieren lassen durch die Erfassung von inneren Verbalisierungen. Für Medienpsychologie und Medienpädagogik liegen hier vielfältige Felder der Anwendung und Überprüfung; denn beide Arbeitsbereiche haben es – schon von ihren Bezeichnungen her – per se mit dem diffizilen Beziehungsgeflecht „Mensch und Medien“ zu tun. Dieses Beziehungsgeflecht aber dürfte schon bald noch unübersichtlicher und diffuser werden, als es jetzt schon ist – man wird also nach Wegen Ausschau halten müssen, die den neuen Medienangeboten und Medientechniken gerecht zu werden vermögen, um den Entwicklungen und Veränderungen auf Rezipienten-/Nutzerseite folgen zu können und sie erkennen lassen.

Bleibt noch hinzuzusetzen, daß die inneren Verbalisierungen und Notierungen ihrer Verlaufsprozesse dem Medienpraktiker wichtige Hinweise geben können zu aktuellen mediendramaturgischen Wirkungen und späteren Folgen ihres Tuns. So sollte Autoren, Redakteuren und Regisseuren daran gelegen sein, die Wirkungen von Darstellungsdetails ad hoc zu erkennen, auch die Wortzutaten zu solchen Details im Zusammenhang mit Serien oder Wiederholungen. Speziell für den Ankauf/Nichtankauf von fremdproduzierten Laufbild- oder Fernsehmaterialien könnte die darbietungsbegleitende innere Verbalisierung unvoreingenommener Zuschauergruppen eine wichtige Entscheidungshilfe sein. Manche Fehlvorstellungen über „erdachte Zuschauer" – und manche Verkaufs-/Ankaufsinteressen – ließen sich so korrigieren.

Von Ist-Aufweisungen zu Veränderungen

Neue Medientechniken: Veränderungen von Metakommunikationen und der Beziehungen zwischen Mikro-Ebenen und Makro-Ebenen. Die Verschärfung des Warum-Problems von Medienwirkungen

Neue Medientechniken verlangen ein neues Anpassungsverhalten ihrer Nutzer. Bislang wurde gezeigt – und mit vielen Beispielen belegt –, daß schon winzige Veränderungen auf der Medienseite mit Veränderungen der inneren Rezipientenaktivitäten verbunden sind (wobei die darbietungsbegleitende physiologische Erregung sich diesen inneren Aktivitäten zuordnen läßt).

Nunmehr haben wir uns darauf einzulassen, daß kommende – wie schon vorhandene – neue Medientechniken neue Verhaltensrepertoires verlangen mit Folgen gleichermaßen für äußeres und inneres Handeln. Die bisher ermittelten dominanten Grundmuster von Wirkungen bleiben wohl gültig über lange Zeitstrecken – wie auch Fernsehen und Hörfunk, soweit absehbar, weiterhin zu den vielgenutzten Medien gehören werden. Anders gesagt: Hören, Sehen und Lesen als Primäringredienzen auch der sogenannten „neuen Medien" behalten im Zusammenhang mit den dazugehörigen inneren Aktivitäten ihre Wirkungspotenzen in nunmehr neuen Verbindungen. Diese neuen Verbindungen werden – nach meiner Einschätzung – sich vor allem zeigen in Veränderungen der Verlaufsprozesse von Medienwirkungen und den dahinterstehenden Metakommunikationen.

Auch diese Annahme läßt sich begründen:

So ist abzusehen, daß es zunehmend Medienangebote geben wird, die man beschleunigen, verlangsamen, umkomponieren, umdimensionieren und versehen kann mit einer Vielzahl individuell ausgewählter Informations- und Reizzutaten. Die sogenannten „interaktiven Medien" erlauben die Zusammenschaltung von Bildern, Worten, Geräuschen, Farben, Musik (bald wohl auch von Gerüchen) in der jeweils gewünschten Formation des Augenblicks. In Fortführung der bisherigen Überlegungen meint das: Der Nutzer interaktiver Medien kann zu seinen inneren Befindlichkeiten sofort Außenverstärkungen dazuschalten, kann dominante Wirkungsverläufe herstellen.

Der Nutzer von interaktiven Medien kann also personale Realitäten wie gegebene Medienrealitäten je nach seiner inneren Befindlichkeit verändern, verbinden, blockieren, verstärken, ausweiten, differenzieren oder reduzieren, mehr noch, er kann neue Realitäten herstellen mit Außenwirkungen in dem Moment, da seine erstellten personalen Medienrealitäten eine kommunikative Akzeptanz erfahren.

Es ist also denkbar, daß die bisherigen Metakommunikationen zu Darstellungen in Hörfunk und Fernsehen interaktiv-medientypische Zulieferungen erhalten, die mit den Verlautbarungen der Einwegmedien Hörfunk und Fernsehen kaum mehr zu tun haben. Es könnte also sein: Je globaler sich die Einwegmedien gerieren, desto stärker befördern die interaktiven Medien die Kommunikationen von Kleingruppen, die sich vereinigen können zu breiten Strömen von Metakommunikationen mit eigener Brisanz.

Es zeichnet sich also ab, daß sich die medienspezifischen und sogar Kommunikationsbeziehungen verändern werden. Wir könnten es zu tun bekommen mit verstärkten Kommunikationsbarrieren, mit intensiven Kommunikationen von Kleingruppen in geheimen Symbolen wie mit großflächigen Metakommunikationen, die sich zusammensetzen aus Fremd- und Eigenanteilen kaum mehr bestimmbarer Herkunft.

Dabei könnte es sich um Bündelungen jeweils sehr unterschiedlicher Metakommunikationen handeln, die sich speisen aus interindividuell differenten Zuordnungen global verfügbarer Bild-Wort-Informationen. Der Nutzer Interaktiver Medien ist also zugleich Dramaturg wie Rezipient seiner eigenen Darstellungen.

Damit erhält das dramaturgische Problem der (meist ungenügenden Verbindung von „Konkret und Abstrakt" (vgl. Seiten 43-44, 76, 77, 78) bei Laufbild-/Laufwort-Medien eine neue Dimension: Personale Dramaturgien der Mikro-Ebene können sich verbinden mit globalen Darstellungsingredienzen auf der Makro-Ebene.

Als Zulieferer für selbstverstärkte mediale Verlaufsprozesse unter Nutzung der interaktiven Medien könnte sich dabei insbesondere das Fernsehen erweisen.

Auf die oft ungenügende Verbindung von Konkret und Abstrakt haben wir immer wieder verwiesen. Insbesondere wurden die ungenügenden Beziehungen zwischen Laufbildern und Laufworten herausgearbeitet, die Hetzigkeiten und Fetzigkeiten der Darstellungsform Fernsehen aufgezeigt und die oft plakativen Antworten kritisiert, die das Fernsehen allzuoft auf Fragen gibt, auf die der Rezipient eigentlich – je nach seinen Interessen und seiner Ausbildung – die genaueren Antworten von sich aus, also ohne die vereinfachende Darstellung des Fernsehens, sich viel besser selbst stellen bzw. geben könnte.

Die zunehmenden globalen Verflechtungen haben zur Folge, daß regionale und lokale Probleme als „Medienereignis" oder temporäre Erscheinungen behandelt werden. Die dahinterstehenden Problemlagen werden auch hier „weg-globalisiert".

Schließlich kommt dem Fernsehen bezüglich selbstverstärkender Prozesse eine Schlüsselrolle auch deshalb zu, weil es beim Rezipienten jene medienimmanente physiologische Erregung hervorruft, welche seine Ärgerlichkeiten verstärkt, bis es zu einem Pendeln zwischen den Polen Aggression und Depression kommt.

Literatur

Bandura, A. & R. H. Walters (1963). *Social learning and personality development*. New York: Holt, Rinehart and Winston.

Berghaus, M. (1978). „Inhaltsanalytische Untersuchung des Fernsehfilms ‚Versteckspiele'." in Sturm H. et al. *Emotionale Wirkungen des Fernsehens – Jugendliche als Rezipienten*. München: Verlag Dokumentation, pp. 45–81.

Berlyne, D. E. (1967). „Arousal and Reinforcement." in D. Levine (Ed.). *Nebraska Symposium on Motivation*. Lincoln: University of Nebraska Press.

Bock, M. (1990) *Druckmedium und Fernsehen im Wirkungsvergleich*. Tübingen: Niemeyer.

von Brentano, M. (1952). „Rundfunk und Erziehung." in *Südwestfunk-Schulfunkprogramm*, 7, 123.

Bruner, J. S. (1966). *Studies in cognitive growths*. New York: Wiley.

Collins, Andrew W. (1982). „Cognitive processing in television viewing." in D. Pearl, L. Bouthilet & G. J. Lazar (Eds.). *Television and behavior. Ten years of scientific enquiry and implications for the eighties*. Technical Reviews. Vol. 2. Washington D. C.: U. S. Government Printing Office, pp. 9-23.

Doelker, Christian (1991 2. Aufl.). *Kulturtechnik Fernsehen. Analyse eines Mediums*. Stuttgart: Klett-Cotta.

---- (1993). „Visual pedagogic. The chronic deficit of media education." in Bertelsmann Foundation (Ed.). *Media competency as a challenge*. Gütersloh: Verlag Bertelsmann Stiftung, pp. 138–146.

---- (1999 2. Aufl.). *Ein Bild ist mehr als ein Bild. Visuelle Kompetenz in der Multimedia-Gesellschaft*. Stuttgart: Klett-Cotta.

Dorr, Aimée (1975). „Untersuchungen über die Sozialeinflüsse des Fernsehens in den Vereinigten Staaten." *Fernsehen und Bildung. Internationale Zeitschrift für Medienpsychologie und Medienpraxis (Themenheft: Fernsehen und Sozialisationsprozesse in der Familie)*, 9, 2/3, 111–143.

---- (1982). „Television and affective development and functioning."

in D. Pearl, L. Bouthilet & G. J. Lazar (Eds.). *Television and behavior. Ten years of scientific enquiry and implications for the eighties.* Technical Reviews. Vol. 2. Washington D. C.: U. S. Government Printing Office, pp. 68-75.

---- (1982). „Television and the socialization of the minority child." in G. L. Berry & G. Mitchell-Kernan (Eds.). *Television and the socialization of the ethnic minority child.* New York: Academic Press.

Eggert, D. (1974). *Eysenck-Persönlichkeits-Inventar. E-P-I.* Handanweisung für die Durchführung und Auswertung. Göttingen: Hogrefe.

Eysenck, H. J. (1967). *The biological basis of personality.* Springfield: Charles C. Thomas.

Eysenck, H. J. & A. Levy (1972). „Conditioning, introversion-extraversion and the strength of the nervous system." in V. D. Nebylitsyn & J. A. Gray (Eds.). *Biological bases of individual behavior.* New York: Academic Press.

Eysenck, H. J. (Ed.) (1981). *A model for personality.* Berlin: Springer.

Eysenck, H. J. & M. W. Eysenck (1985). *Personality and individual differences. A natural sciences approach.* New York: Plenum Press.

Findahl, O. & B. Hoijer (1979). „Nachrichtensendungen – wie werden sie verstanden?" *Fernsehen und Bildung. Internationale Zeitschrift für Medienpsychologie und Medienpraxis (Themenheft: Nachrichten und Kinder)*, 13, 1–2, 7–12.

Frey, S. (1984). *Die nonverbale Kommunikation.* Stuttgart: SEL-Stiftung, und Folgearbeiten.

Fröhlich, W. D. (1988). „Medienwirkung unter dem Mikroskop? Ein Plädoyer für interdisziplinäre Medienforschung." in W. D. Fröhlich, R. Zitzlsperger & B. Franzmann (Eds.). *Die verstellte Welt. Beiträge zur Medienökologie.* Frankfurt/M.: Fischer Taschenbuchverlag, pp. 60–97.

Früh, W. & K. Schönbach (1982). „Der dynamisch transaktionale Ansatz – Ein neues Paradigma der Medienwirkungen." *Publizistik*, 1–2, 74–88.

Gerbner, G. et al. (1981). „Mainstreaming in the U. S. A. Violence profile No. 11." *Fernsehen und Bildung. Internationale Zeitschrift für Medienpsychologie und Medienpraxis (Themenheft: Der Vielseher – Herausforderung für die Fernsehforschung und Gesellschaft)*, 15, 1–3, 33–42.

Greenfield, P. (1982). *Radio and Television experimentally compared: Effects of the Medium on Imagination and Transmission of Content.* Report to National Institute of Educational Teaching. A Learning Program.

Grewe-Partsch, M. (1982). „Die Bedeutung der kindlichen Entwicklungsetappen für eine Medienpädagogik des Fernsehens." *Fernsehen und Bildung. Internationale Zeitschrift für Medienpsychologie und Medienpraxis (Themenheft: Mediendramaturgie und Zuschauerverhalten),* 16, 1–3, 139–148.

Guyer, W. (1964). *Wie wir lernen.* Zürich/Stuttgart: Klett.

Hamm, I. & B. Koller (1989). *Sehen und Verstehen. Verbraucherinformationen und ihre Resonanz im Fernsehpublikum.* Mainz: v. Hase & Koehler.

Heckhausen, H. (1964). „Motivation der Anspruchsniveauansetzung." in Tomae, H. *Die Motivation des menschlichen Handelns.* Köln: Kiepenheuer, pp. 231–251.

Heftrich, H. (1960). „Der Schulfunk im Unterricht." *Südwestfunk-Schulfunkprogramm,* 22, pp.164–172.

Heiß, Robert (1947). *Person als Prozeß.* Bericht des Kongresses Berufsverband Deutscher Psychologen, Bd. 2. Hamburg: H. H. Noelke, pp. 11–25.

---- (1963). „Wort, Begriff und Bild." *Bild und Begriff.* München: Juventa-Verlag.

Hilgard, E. R. & G. H. Bower (1970). *Theorie des Lernens.* Stuttgart: Klett.

Höijer, B. (1989). „Television-evoked thoughts and their relation to comprehension." *Communication Research,* 16, 2, 179-203.

Hörmann, H. (1967). *Psychologie der Sprache.* Heidelberg: Springer.

Huston, A.C. & J. C. Wright (1987). „Eine Angelegenheit von Form und Darbietung: Die Einwirkungsmöglichkeit des Fernsehens auf Kinder." in Grewe-Partsch, M. & J. Groebel (Eds.). *Mensch und Medien. Zum Stand von Wissenschaft und Praxis in nationaler und internationaler Perspektive. Festschrift für Hertha Sturm.* München: K. G. Saur, pp. 42–57.

---- (1989). „The forms of television and the child viewer." *Public communication and behavior.* Vol. 2. New York: Academic Press.

---- et al. (1981). „Communicating more than Content: Formal Features of Children's Television Programs." *Journal of Communication* 31, 3, 38-48.

Katz, E., J. G. Blumler & M. Gurevitch (1974). „Utilization of mass communication by the individual." in Blumler, J. G. & E. Katz (Eds.). *The uses of mass communications. Current perspectives on gratifications research*. Beverly Hills: Sage, pp. 19–34.

Lazarus-Mainka, G., G. Kimm et al. (1988–4, 1989–1). „Kommunizierte Ängstlichkeit, motorische und sprachliche Signale ängstlicher Personen." *Psychologische Beiträge*.

Lehr, U. (1971). *Psychologie des Alterns*. Heidelberg: Springer.

Liebert, R. M., J. M. Neale & A. S. Davidson (1973). *The early window. Effects of the television on children and youth*. New York: Pergamon.

Lindsley, D. B. (1961). "The reticular activating system and perceptional integration" in D. E. Shur (Ed.). *Electrical stimulation of the brain*. Austin, Tex.: Texas Press.

McLuhan, H. M. (1964). *Understanding Media. The extensions of Man*. New York: McGraw Hill.

Meyer, M. (Ed.) (1984). *Wie verstehen Kinder Fernsehprogramme? Forschungsergebnisse zur Wirkung formaler Gestaltungselemente des Fernsehens*. München: K. G. Saur.

Mischel, W. (1968). *Personality and assessment*. New York: John Wiley.

Myrtek, M., C. Scherff et al. (1992). „Psychophysiologische Untersuchungen zum Schul- und Freizeitverhalten bei Gymnasiasten und der 5. und 6. Klasse". *Forschungsbericht Nr. 78 der Forschungsgruppe Psychophysiologie* der Universität Freiburg.

Neisser, U. (1967). *Cognitive Psychology*. New York: Meredtih Publishing Company; dt. (1974): *Kognitive Psychologie*. Stuttgart: Klett.

Paivio, Allen (1979). *Imagery and Verbal Processes*. Hillsdale, N. Y.: Lawrence Erlbaum Assoc.

Petter, Guido (1976). *Die geistige Entwicklung des Kindes im Werk von Jean Piaget*. Bern: Hans Huber Verlag.

Piaget, Jean (1970). *Psychologie der Intelligenz*. Zürich/Stuttgart: Rascher.

Postman, Neil (1985). *Wir amüsieren uns zu Tode*. Frankfurt/M.: S. Fischer Verlag.

Pribram, K. H. (1988). „Wirklichkeit zwischen Wiedererkennen und

Wiedererinnern. Sehen, Hören, Lesen und die Vorgänge im Hirn." in W. D. Fröhlich, R. Zitzlsperger & B. Franzmann (Eds.) op cit., pp. 34–59.

Rice, M. L., A.C. Huston & J.C. Wright (1982). „The forms of television: effects on children's attention, comprehension and social behavior." in Pearl, D., L. Bouthilet & G. J. Lazar (Eds.). *Television and behavior. Ten years of scientific enquiry and implications for the eighties*. Technical Reviews. Vol. 2. Washington D. C.: U. S. Government Printing Office, pp. 24-38.

Robinson, Gertrude J. (1987). „Visuelle Präsentationsformen von Fernsehnachrichten. Ein Vergleich zwischen frankophonen und anglophonen Programmen in Kanada." in Grewe-Partsch, M. & J. Groebel (Eds.). *Mensch und Medien*. München: K. G. Saur, pp. 58–78.

Rohracher, Hubert (1965). *Einführung in die Psychologie*. Wien/Innsbruck: Urban & Schwarzenberg.

Rossiter, J. R. & T. S. Robertson (1976). „Canonical analyses of developmental social and experimental factors in children's comprehension of television advertising." *Journal of Genetic Psychology*, 129, 317–327.

---- (Ed.). (1987). *Emotional effects of media: the work of Hertha Sturm*. Montreal: McGill University Press.

Salomon, G. (1979). *Interaction of media, cognition, and learning*. San Francisco: Jossey-Bass.

Salomon, G. (1984). „Der Einfluß von Vorverständnis und Rezeptions-Schemata auf die Fernsehwahrnehmung von Kindern." In: Meyer, M. (Ed.) op cit., 199–218.

Sanders, A. F. (1971). *Psychologie der Informationsverarbeitung*. Bern: Huber.

Saxer, U., H. Bonfadelli & W. Hättenschwiler (1980). *Die Massenmedien im Leben der Kinder und Jugendlichen*. Zug: Klett & Balmer.

Saxer, U. (1988). „Zur Sozialisationsperspektive in der Publizistik-/Kommunikationswissenschaft." *Publizistik*, 33, 2–3, 197–222.

Schachter, S. (1964). „The interaction of cognitive and physiological determinants of emotional state." in L. Berkowitz (Ed.). *Advances in experimental social psychology* (Vol. 1). New York: Academic Press.

Schulz, W. (1987). „Determinanten und Folgen der Fernsehnutzung." in Grewe-Partsch, M. & J. Groebel (Eds.). *Mensch und Medien*. München: K. G. Saur, pp. 9–32.

Scott, S. (1974). „Preschool children's comprehension on age – a propriate information television program." *Child Development*, 45, 561–565.

Singer, Jerome L. & Dorothy G. Singer (1988). „Wider die Verkümmerung der Phantasie. Fernsehen, Lesen und die Entwicklung der Vorstellungskraft." in W. D. Fröhlich, R. Zitzlsperger & B. Franzmann (Eds.). *Die verstellte Welt. Beiträge zur Medienökologie*. Frankfurt/M.: Fischer Taschenbuchverlag, pp. 98–114.

Spitz, René A. (1965). *Vom Säugling zum Kleinkind*. Stuttgart: Klett.

Sturm, Hertha. (1968). *Masse – Bildung – Kommunikation*. Stuttgart: Klett.

---- (1971). „Fernsehen und die Entwicklung der Intelligenz. Kritische Überlegungen zu medienspezifischen Sozialisationswirkungen." in F. Ronneberger (Ed.). *Sozialisation durch Massenkommunikation*. Stuttgart: Enke, pp. 290–304.

----, R. v. Haebler & R. Helmreich (1972). *Medienspezifische Lerneffekte. Eine empirische Studie zu Wirkungen von Fernsehen und Rundfunk*. München: TR-Verlagsunion.

---- (1973). „Der Zuschauer als Manipulator." in Saxer, Ulrich (Ed.). *Fernsehen: Stichwort Objektivität*. Band I der Schriftenreihe der Pressestelle des Fernsehens der deutschen und der rätoromanischen Schweiz. Zürich.

---- (1974a). „Die Faszination der Medien schwindet. Folgerungen für die Journalistenausbildung in Rundfunk und Fernsehen." *Media Perspektiven*, 6, 241–251.

---- (1974b). „Vorschläge zur Abschätzung von Fernsehwirkungen auf Kinder." in A.-L. Heygster et al. (Ed.). *Fernsehkritik. Kinder vor dem Bildschirm*. (= Mainzer Tage der Fernsehkritik 6). Mainz: v. Hase & Koehler, pp. 29–47.

---- (1975). „Die kurzzeitigen Angebotsmuster des Fernsehens." *Fernsehen und Bildung. Internationale Zeitschrift für Medienpsychologie und Medienpraxis (Themenheft: Medienforschung – Medienpraxis)*, 9, 1, 39–50.

---- (1976) in Zusammenarbeit mit Karin Böhme, Marianne Grewe-

Partsch, Sabine Jörg, Katharina Holzheuer & H.-W. Linster. „Die Erfassung von non-verbalen Emotionen bei Kindern.“ Eine Test- und Literaturdarstellung (unveröffentlichtes Manuskript).

---- (1976) in Zusammenarbeit mit J. Friedrichs & R. Helmreich et al. *Methoden der Medienwirkungsforschung. Einführung für den Medienpraktiker. Ein Seminarbericht*. München: Verlag Dokumentation.

---- (1977). „Fernsehdramaturgie und Zeigarnik-Effekt. Eine Variante zu Wahrnehmung – Entwicklung – Kommunikation.“ *Fernsehen und Bildung. Internationale Zeitschrift für Medienpsychologie und Medienpraxis (Themenheft: Wahrnehmung – Entwicklung – Kommunikation)*, 11, 1–2, 172–185.

---- (1977) in Zusammenarbeit mit Marianne Grewe-Partsch. „Wirkungen des Fernsehens: Förderungen und Defizite. Ansätze einer Medienpädagogik.“ *Fernsehen und Bildung. Internationale Zeitschrift für Medienpsychologie und Medienpraxis (Themenheft: Interaktion: Zielpublikum Eltern und Kinder)*, 11, 3, 172–185.

---- (1978) in Zusammenarbeit mit K. Holzheuer & R. Helmreich. *Emotionale Wirkungen des Fernsehens – Jugendliche als Rezipienten*. München: Verlag Dokumentation.

---- (1979). „Die Ergänzungsbedürftigkeit des Fernsehens als Problem seiner formalen medienspezifischen Angebotsweisen.“ Vortrag vor der Deutschen Lesegesellschaft in Mainz. Unveröffentlichtes Manuskript.

----, Marianne Grewe-Partsch et al. (1979). *Grundlagen einer Medienpädagogik*. Zug: Klett & Balmer.

---- & Sabine Jörg (1980). *Informationsverarbeitung durch Kinder: Piagets Entwicklungstheorie auf Hörfunk und Fernsehen angewandt*. München: K. G. Saur-Verlag.

---- (1980). „Ansätze und Ergebnisse psychologischer Medienforschung in Mediennutzung/Medienwirkung.“ in *Ansätze und Ergebnisse psychologischer Medienforschung in Mediennutzung/ Medienwirkung*. AfK-Studien 15. Berlin: Verlag Volker Spiess, pp. 103–107.

---- (1980). „Die Bedeutung von Anschauung und Begriff für die politische Sozialisation – Überlegungen nach dem Holocaust.“ in E. Schreiber, W. R. Langenbucher & W. Hömberg (Eds.). *Kommu-*

nikation im Wandel der Gesellschaft. Otto B. Roegele zum 60. Geburtstag. Düsseldorf: Droste Verlag, pp. 107–116.
---- (1980). „Programmausweitungen: Das Problem sind die Kinder." *Media Perspektiven*, 9, 621–629.
---- (1981). „Der Vielseher als Schlüsselproblem einer psychologisch-orientierten Medienwirkungsforschung." *Fernsehen und Bildung. Internationale Zeitschrift für Medienpsychologie und Medienpraxis (Themenheft: Der Vielseher – Herausforderung für Fernsehforschung und Gesellschaft)*, 15, 1–3, 9–15.
---- (1981). „Der Vielseher im Sozialisationsprozeß. Rezipientenorientierter Ansatz und der Ansatz der formalen medienspezifischen Angebotsweisen." *Fernsehen und Bildung* op cit., 137–148.
---- (1982). „Der rezipienten-orientierte Ansatz in der Medienforschung." *Publizistik*, 1–2, 89–97.
---- (1982) in Zusammenarbeit mit Peter Vitouch, Herbert Bauer & Marianne Grewe-Partsch. „Emotion und Erregung – Kinder als Fernsehzuschauer. Eine psychophysiologische Untersuchung." *Fernsehen und Bildung. Internationale Zeitschrift für Medienpsychologie und Medienpraxis (Themenheft: Mediendramaturgie und Zuschauerverhalten)*, 16, 1–3, 11–114.
---- (1984a). „Grundlagen für einen Moralkodex besonderer Art: Vom Umgang mit Interviewpartnern und Referenten." *Medium*, 4, 17–19.
---- (1984b). „Wahrnehmung und Fernsehen – Die fehlende Halbsekunde. Plädoyer für eine zuschauerfreundliche Mediendramaturgie." *Media-Perspektiven*, 1, 58–64.
---- (1984c). „Einflüsse des Fernsehens auf die Entwicklung des Kindes." in H. Ringeling & M. Svilar (Eds.). *Die Welt der Medien. Probleme der elektronischen Kommunikation.* Bern: Verlag Paul Haupt, pp. 55–69.
---- (1985). „Das ‚Wie' der Präsentation: Methoden und Ergebnisse zu Wirkungen der formalen medienspezifischen Angebotsweisen." in Walter A. Mahle (Ed.). *Fortschritte der Medienwirkungsforschung?* (=AKM-Studien 26). Berlin: Verlag Volker Spiess, pp. 19–24.
---- (1986a). „Die grandiosen Irrtümer des Neil Postman. Zur Fernseh-Wirkungsforschung." *epd – Kirche und Rundfunk*, 71, 3–14.

---- (1986b). *Kriterien zur Beurteilung von Filmen.* Materialien zur Medienpädagogik 2/86. Mainz: Landesfilmdienst Rheinland-Pfalz.

---- (1986c) in Zusammenarbeit mit Peter Vitouch & Marianne Grewe-Partsch. „Medienvermittelte Pausen und Lerneffekte. Eine Untersuchung zu Wirkungen der formalen medienspezifischen Angebotsweisen." *Unterrichtswissenschaft*, 2, 111–125.

---- (1986d). „Medienwirkungen auf Kinder und Jugendliche." in Deutsche Forschungsgemeinschaft (Ed.). *Medienwirkungsforschung in der Bundesrepublik Deutschland.* Weinheim: VCH-Verlag, Teil I und II, pp. 29–46.

---- (1987a). „Medienwirkungen auf Wahrnehmung, Emotion und Kognition." in Issing, Ludwig (Ed.). *Medienpädagogik in der Informationsgesellschaft.* Weinheim: Deutscher Studienverlag, pp. 91–115.

---- (1987b). „Das ‚Wie' der Präsentation. Methoden und Ergebnisse zu Wirkungen der formalen medienspezifischen Angebotsweisen." in Grewe-Partsch, M. & J. Groebel (Eds.). *Mensch und Medien.* München: K. G. Saur, pp. 33–41.

---- (1988). „Medienwirkungen – ein Produkt der Beziehungen zwischen Rezipient und Medium." in W. D. Fröhlich, R. Zitzlsperger & B. Franzmann (Eds.). *Die verstellte Welt. Beiträge zur Medienökologie.* Frankfurt/M.: Fischer Taschenbuchverlag, pp. 115–130.

---- (1989). „Medienwirkungen ein Produkt der Beziehungen zwischen Rezipient und Medium." in Jo Groebel & Peter Winterhoff-Spurk (Eds.). *Empirische Medienpsychologie.* München: Psychologie Verlags-Union, pp. 33–44.

---- (1989). „Wissensvermittlung und Rezipient: Die Defizite des Fernsehens." in Bertelsmann Foundation (Ed.). *Wissensvermittlung, Medien und Gesellschaft.* Ein Symposium der Bertelsmann Stiftung 1989 in Gütersloh. Gütersloh: Verlag Bertelsmann Stiftung, pp. 47–76.

---- (1991). *Fernsehdiktate: Die Veränderung von Gedanken und Gefühlen. Ergebnisse und Folgerungen für eine rezipientenorientierte Mediendramaturgie. Eine Untersuchung zum Konzept von Extraversion und Introversion.* (In Zusammenarbeit mit Christine Altstötter-Gleich, Jo Groebel und Marianne Grewe-Partsch). Gütersloh: Verlag Bertelsmann Stiftung.

---- (1991). „Darbietungstempo und Persönlichkeitsmerkmale – eine Untersuchung zum Konzept von Extraversion und Introversion." in Sturm *Fernsehdiktate: Die Veränderung von Gedanken und Gefühlen. Ergebnisse und Folgerungen für eine rezipientenorientierte Mediendramaturgie. Eine Untersuchung zum Konzept von Extraversion und Introversion.* (In Zusammenarbeit mit Christine Altstötter-Gleich, Jo Groebel und Marianne Grewe-Partsch) Gütersloh: Verlag Bertelsmann Stiftung, pp. 149–200, 207–228.

---- (1993a). „Media effects: The dominance of the emotional as a pedagogical problem." in Bertelsmann Foundation (Ed.). *Media competence as a challenge.* Gütersloh: Verlag Bertelsmann Stiftung.

---- (1993b). „'Es kommt darauf an.' Gewalt im Fernsehen: Dominante Wirkungspotentiale." *epd. Kirche und Rundfunk,* Nr. 20, pp. 3–6.

---- (1993c). „Die Dominanz des Emotionalen als pädagogisches Problem." in Bertelsmann Stiftung (Ed.). *Medienkompetenz als Herausforderung an Schule und Bildung. Ein deutsch-amerikanischer Dialog.* Gütersloh: Verlag Bertelsmann Stiftung.

---- (1995). „Die inneren Aktivitäten bei Hören, Sehen und Lesen. Ein Ansatz zur Klärung der Warum-Frage von Medienwirkungen." in B. Franzmann, W. D. Fröhlich, H. Hoffmann et al. (Ed.). *Auf den Schultern von Gutenberg. Medienökologische Perspektiven der Fernsehgesellschaft.* Berlin/München: Quintessenz, pp. 82–98.

---- (1996). „Verhaltensprozesse von Medienwirkungen. Innere Rezipientenaktivitäten und medienspezifische Dominanzen." in Hömberg, W. & H. Pürer (Eds.). *Medientransformation. Zehn Jahre dualer Rundfunk in Deutschland.* Konstanz: Bd. 22, pp. 374–389.

---- (1997). „Auf der Suche nach dominanten Wirkungspotentialen bei Medien und Rezipienten." in Kutsch, A. & H. Pöttker (Eds.). *Kommunikationswissenschaft – autobiographisch. Zur Entwicklung einer Wissenschaft in Deutschland.* Opladen: Westdeutscher Verlag, pp. 184–222.

Tannenbaum, P. H. (1978). „Emotionale Erregung durch kommunikative Reize." *Fernsehen und Bildung. Internationale Zeitschrift für Medienpsychologie und Medienpraxis (Themenheft: Emotion und Information),* 12, 3, 184–195.

Vitouch, P. (1978). „Emotion und Kognition. Psychophysiologische

Grundlagen." *Fernsehen und Bildung. Internationale Zeitschrift für Medienpsychologie und Medienpraxis (Themenheft: Emotion und Information)*, 12, 3, 195–212.

Vitouch, P. (1993). *Fernsehen und Angstbewältigung – Zur Typologie des Zuschauerverhaltens*. Opladen: Westdeutscher Verlag.

Wackman, D. B., E. Wartella & S. Ward (1979). „Children's information processing on television advertising." (Tech. Rep. to the National Science Foundation on Grant No.APR 76–20770).

Wember, B. (1976). *Wie informiert das Fernsehen? Ein Indizienbeweis*. München: List.

Wundt, W. M. (1863). „Vorlesungen über die Menschen- und Tierseele." Hamburg, zit. nach Saunders, A. F. (1971). *Psychologie der Informationsverarbeitung*. Bern: Huber.

Zeigarnik, B. (1927). „Das Behalten erledigter und unerledigter Handlungen." *Psychologische Forschung*, 9, 1–85.

Zillmann, D. (1982). „Television viewing and arousal." in D. Pearl, L. Bouthilet & J. Lazar (Eds.). *Television and behavior*. Rockville: National Institute of Mental Health, 53 ff.

Zillmann, D. (1989). „Erregungsarrangements in der Wissensvermittlung durch Fernsehen." in Bertelsmann Foundation (Ed.). *Wissensvermittlung, Medien und Gesellschaft*, op cit., pp. 77–99.

Vita Hertha Sturm
Prof. Dr. phil. habil., Dipl.-Psych.
(1925 – 1998)

Bis 1990	Leiterin des Instituts für Kommunikationspsychologie/Medienpädagogik an der Universität Koblenz-Landau, Abteilung Landau. Studium von Psychologie und Jura an den Universitäten Erlangen und Freiburg/Brsg.
1945	Diplom-Hauptprüfung in Psychologie.
Ab 1946	Aufbau und Leitung des Jugendfunks des Südwestfunks.
1948	Promotion an der Universität Freiburg/Brsg. mit einem Thema aus der Testpsychologie.
1953 – 1963	Leiterin der Abteilung „Schul- und Jugendfunk" des Südwestfunks.
1963 – 1968	Aufbau und Leitung der Abteilung „Bildung und Erziehung" des Zweiten Deutschen Fernsehens.
1967	Habilitation
1968 – 1974	Dozent/Professor für Psychologie an der Universität Freiburg/Brsg. Erste europäische Untersuchung zu emotionalen Medienwirkungen; Entwicklung des rezipienten-orientierten Forschungsansatzes und erste Arbeiten zum „Wie der Präsentation" (Wirkungen der formalen medienspezifischen Angebotsweisen).
1974 – 1982	Professor für Psychologie und Kommunikationswissenschaft an der Universität München, zugleich (im Nebenamt) wissenschaftliche Leiterin des Internationalen Zentralinstituts für das Jugend- und Bildungsfernsehen am Bayerischen Rundfunk.
1975 – 1982	Mitherausgeberin der Zeitschrift „Fernsehen und Bildung" als Internationale Zeitschrift für Medienpsychologie und Medienpraxis.
1976	Zweite Untersuchung zu emotionalen Medienwirkungen.

1978	Untersuchung zur Entwicklungstheorie Piagets unter Fernseh- und Hörfunkbedingungen.
1980 – 1982	Projektgruppe Sturm/Grewe am Bayerischen Rundfunk (nebenamtlich).
Ab 1982	Entwicklung des Studiengangs „Kommunikationspsychologie/Medienpädagogik" in Landau als Zusatzqualifikation für Diplom-Psychologen und Diplom-Pädagogen.
1982 – 1990	Mitglied der Senatskommission „Medienwirkungsforschung" der Deutschen Forschungsgemeinschaft.
Ab 1990	Vortrags- und Expertentätigkeit; Weiterführung ihrer wissenschaftlichen Studien, u. a. Aufnahme von Recherchen zur NS-Zeit.

Herausgeber:

Marianne Grewe-Partsch
Honorarprofessorin, ehedem: Institut für Kommunikationspsychologie/Medienpädagogik, Universität Koblenz-Landau, Abt. Landau.

Christian Doelker
Professor für Medienpädagogik an der Universität Zürich.

Redaktion:

Ingrid Vetter
Institut für Kommunikationspsychologie/Medienpädagogik, Universität Koblenz-Landau, Abt. Landau.

Grafiken, Abbildungen:

Christoph Hoelscher

Christian Doelker:

Ein Bild ist mehr als ein Bild

Visuelle Kompetenz in der Multimedia-Gesellschaft

205 Seiten, ca. 200 farbige Abbildungen, gebunden,
ISBN 3-608-91654-7

Wir glauben, was wir sehen. Doch den Bildern ist nicht mehr zu trauen. Wir müssen lernen, Bilder zu lesen, damit sie uns nichts vormachen. Wir müssen lernen, die Sprache unserer Mediengesellschaft voll zu nutzen. Dieses Buch bietet dafür einen Leitfaden. Bilder sind überall. In Zeitungen, Zeitschriften, auf Plakaten, auf Gebrauchsgegenständen, auf CDs tauchen sie auf, und im Fernsehen und Kino haben sie die absolute Macht inne. Ohne Bilder läuft nichts. Was wir unsere Welt nennen, ist zum großen Teil eine bunte Bilderwelt. Doch die Bilderflut zu bewältigen haben wir nicht gelernt, und Bilder eigentlich sehen und entschlüsseln zu lernen schon gar nicht.

Jedes Bild ist mehr als ein Bild, es trägt vielschichtige Bedeutungen mit sich. Also muß man lernen, Bilder zu befragen, und auch, ihnen zu mißtrauen: Es gibt Fotos, die Lügengeschichten erzählen, und Fernsehbilder, die blind machen und das Verstehen behindern.

Christian Doelker:

Kulturtechnik Fernsehen

Analyse eines Mediums

287 Seiten, gebunden, ISBN 3-608-93369-7

»Die Bücher populärwissenschaftlicher Fernseh-Verdammer werden offenbar doch nicht nur bejubelt. Eine kleine Schar ebenso unbeugsamer wie fernsehkundiger Wissenschaftler erhebt vehement Einspruch und versucht, die Kritik am derzeit wohl populärsten Massenmedium auf ernsthaftere wissenschaftliche Füße zu stellen...«
Süddeutsche Zeitung

Klett-Cotta

Uwe Pörksen:

Weltmarkt der Bilder

Eine Philosophie der Visiotype

329 Seiten, zahlreiche Abbildungen, gebunden,
ISBN 3-608-93407-3

Wir sind umstellt von Bildern: der blaue Planet, die steil nach oben weisende Kurve der Bevölkerungsexplosion, der ölverschmierte Kormoran, Autos im Stau, die riesenhaft vergrößerte Milbe oder der Big Bang, mit dem das Universum begann: Wir haben uns angewöhnt, mit Bildern zu argumentieren. Die Sprache scheint auf dem Rückzug. Eine Bildsimulation sagt mehr als tausend Worte. Was bedeutet das für unser Denken, unser Handeln, unser Wirklichkeitsempfinden?
Uwe Pörksen denkt nach über die visuellen Zeichen, über die Kultur der Info-Graphik und die Logik der Vereinfachung. Er zeichnet den Siegeszug des DNS-Spiralmodells nach, neben dem Atommodell die Wissenschaftsikone unserer Zeit. Er analysiert, wie Medizinkongresse, Philosphieseminare und politische Normalverbraucher beeinflußt werden durch das suggestive Design einleuchtender Bilderketten.
Eine historisch fundierte Polemik. Ein glänzend geschriebener Essay über die Schlüsselreize unseres Bewußtseins.

Uwe Pörksen:

Plastikwörter

Die Sprache einer internationalen Diktatur

127 Seiten, gebunden, ISBN 3-608-93407-3

Keine Politikerrede kommt ohne sie aus und keine Fernsehnachricht. UNO-Konferenzen werden mit ihnen genauso bestritten wie Stammtisch-Debatten. Sie bestimmen unsere Sprache und zunehmend auch unser Denken: Plastikwörter, das Pidgin der industrialisierten Welt.
Kompetent, einfallsreich und anschaulich beschreibt Uwe Pörksen Geschichte und Merkmal von ca. 30 Wörtern, die es vom Wissenschaftsbausteinchen zu Stars der internationalen Verständigung gebracht haben.

Klett-Cotta

Uwe Pörksen:

Weltmarkt der Bilder

Eine Philosophie der Visiotype

329 Seiten, zahlreiche Abbildungen, gebunden,
ISBN 3-608-93407-3

Wir sind umstellt von Bildern: der blaue Planet, die steil nach oben weisende Kurve der Bevölkerungsexplosion, der ölverschmierte Kormoran, Autos im Stau, die riesenhaft vergrößerte Milbe oder der Big Bang, mit dem das Universum begann: Wir haben uns angewöhnt, mit Bildern zu argumentieren. Die Sprache scheint auf dem Rückzug. Eine Bildsimulation sagt mehr als tausend Worte. Was bedeutet das für unser Denken, unser Handeln, unser Wirklichkeitsempfinden? Uwe Pörksen denkt nach über die visuellen Zeichen, über die Kultur der Info-Graphik und die Logik der Vereinfachung. Er zeichnet den Siegeszug des DNS-Spiralmodells nach, neben dem Atommodell die Wissenschaftsikone unserer Zeit. Er analysiert, wie Medizinkongresse, Philosphieseminare und politische Normalverbraucher beeinflußt werden durch das suggestive Design einleuchtender Bilderketten.

Eine historisch fundierte Polemik. Ein glänzend geschriebener Essay über die Schlüsselreize unseres Bewußtseins.

Uwe Pörksen:

Plastikwörter

Die Sprache einer internationalen Diktatur

127 Seiten, gebunden, ISBN 3-608-93407-3

Keine Politikerrede kommt ohne sie aus und keine Fernsehnachricht. UNO-Konferenzen werden mit ihnen genauso bestritten wie Stammtisch-Debatten. Sie bestimmen unsere Sprache und zunehmend auch unser Denken: Plastikwörter, das Pidgin der industrialisierten Welt.

Kompetent, einfallsreich und anschaulich beschreibt Uwe Pörksen Geschichte und Merkmal von ca. 30 Wörtern, die es vom Wissenschaftsbausteinchen zu Stars der internationalen Verständigung gebracht haben.

Klett-Cotta